U0109734

古典文獻研究輯刊

二七編

第 3 冊

唐代意象論中的時空觀研究

初 嬌 嬌 著

國家圖書館出版品預行編目資料

唐代意象論中的時空觀研究／初嬌嬌 著 -- 初版 -- 新北市：
花木蘭文化事業有限公司，2023〔民 112〕
目 4+182 面；19×26 公分
（古典文學研究輯刊 二七編；第 3 冊）
ISBN 978-626-344-249-8（精裝）
1.CST：中國文學 2.CST：美學 3.CST：唐代
820.8   111021978

ISBN-978-626-344-249-8

古典文學研究輯刊
二七編 第三冊   ISBN：978-626-344-249-8

唐代意象論中的時空觀研究

作　　者　初嬌嬌
總 編 輯　杜潔祥
副總編輯　楊嘉樂
編輯主任　許郁翎
編　　輯　張雅淋、潘玟靜　美術編輯　陳逸婷
出　　版　花木蘭文化事業有限公司
發 行 人　高小娟
聯絡地址　235 新北市中和區中安街七二號十三樓
　　　　　電話：02-2923-1455／傳真：02-2923-1452
網　　址　http://www.huamulan.tw 信箱 service@huamulans.com
印　　刷　普羅文化出版廣告事業
初　　版　2023 年 3 月
定　　價　二七編 11 冊（精裝）新台幣 28,000 元

唐代意象論中的時空觀研究

初嬌嬌　著

作者簡介

初嬌嬌（1990～），女，漢族，黑龍江省海倫市人，華東師範大學文藝學博士畢業，現任職於哈爾濱師範大學美術學院。講授課程主要包括中外美術史、中國畫論、藝術概論等。曾多次參與國家社會科學基金項目，並在《中國文學批評》《中國美學研究》《哈爾濱工業大學學報社會科學版》等核心雜誌發表論文多篇，擅於審美意象研究，具體研究領域為：中國古典美學、文藝美學、藝術學理論。

提　　要

　　審美意象是時空中的存在。在意象理論深入發展、文學藝術絢爛多元的唐代時空與審美意象之間產生了深情交融與碰撞，並融匯到詩、書、畫、藝等審美意象深層，形成獨具特色、富含詩性且彰顯古典美學精神的意象時空觀念。全書選取唐代這一特定歷史時期意象時空觀的發展，來管窺古典意象論中的時空觀念。一方面，它處於特殊審美意象發展階段，承前啟後，蘊藉著豐富審美性時空意涵；另一方面，唐代盛世包容，文藝多元深入，唐人對於自身存在的外部審美世界和內在境界時空都充滿著熱情探索和審美沉思，以此就會呈現出意象時空的詩性探源和深度建構。在結構上從總體美學特質、本體論時空觀、創構論時空觀、藝術論時空觀等層面深入唐代意象論中，由形而上的哲學思想遍及形而下的文藝現象。唐代意象論時空呈現出蘊含時代語境的美學主題，展現了思想文化的多元本體形態，並縱深沉潛於意象創構全過程，最後又在藝術化的審美具象呈現中將時空觀念推移到廣闊藝術長廊與詩意宇宙之中。唐代意象論中時空觀是時代風貌和民族心靈所獨有的思維模式，展現了有唐一代文人的內心世界和情感軌跡，在整個中國古典美學的歷史長河中寫上了濃墨重彩的一筆，對後來時空審美研究也產生了深遠影響。

目次

緒　論

第一節　研究背景

　　法國漢學家葛蘭言在《中國思維》中曾指出中國文化中不曾有時間的概念，據他描述中國偏向在「時間」裏觀察紀元、時節或時期的整體，在「空間」裏觀察區域、氣候與方位的複雜關係。葛蘭言的這種說法多有偏頗，中國古典文化中並非沒有時空的概念，只是與西方文化的邏輯推理論證方式不同，中國文化與美學中的時空是意象化的，它是存在於人們心目中的合理想像以及充滿宇宙情懷的詩意彰顯。中國古典美學中的時空觀念具有鮮明審美特質和審美欣賞性，並通過審美意象來表達和傳遞出來。審美意象在歷史發展過程中不斷豐富其內在規定性和時空審美內涵，使之成為能夠反映中國古典美學特質的審美範疇。其中唐代作為我國古典美學與意象發展的高峰時期，承上啟下，這一歷史時代具有十分特殊的美學地位和研究價值意義。唐代古典詩論、書論與畫論等審美意象中存在大量關於時空內容的書寫，它們都是帶有感性色彩的詩性思維和藝術境界。而「意象論」正是基於這些審美意象的本體論、創構論以及藝術論所展開與呈現的，時空觀念展現在意象本體論、創構論與藝術論的審美流程之中，蘊藉著強烈的詩性色彩。也就是說，唐代意象論中蘊含極其深刻可待進一步挖掘的時空觀念，它沉潛於唐代審美意象形式中，根深於時代豐富審美文化裏，表現了唐代獨特的美學精神和時代內蘊。以此在唐代意象論的探源與梳理中可以更深層次領會時空觀念、營構時空意境，品鑒時空審美。

關於研究背景我將分別以「唐代意象論時空觀的提出及原因」「唐前意象時空觀的發展回溯」以及「唐代意象時空觀的發展概述」三個方面具體說明：

一、唐代意象論時空觀的提出及原因

《尸子》曰：「天地四方曰宇，往古來今曰宙。」〔註1〕這體現了我國古代最早的時空觀念，它代表了早期人們對時空的認知和理解。在古人心中，時空是最具神秘感，也是最能引起人情感變化和心靈共振的載體。人生存在時空之中，人們對這萬事萬物存在的場域倍感興趣，時空關乎人類感知世界與體驗生命的方式，因而時空也會成為美學與文藝研究的一個重要維度。古人惲南田曾說過：「諦視斯境，一草一樹，一丘一壑，皆潔庵靈想之獨闢，總非人間所有。其意象在六合之表，榮落在四時之外。」韋爾施在《重構美學》中也曾說過：「我們首先植入的是美學的規定：空間和時間的直覺形式。唯有在時空的內部，客體才會被呈現在我們面前」〔註2〕。顯然，時空問題是美學研究十分重要也是亟需深刻論證的理論難題。時空作為萬事萬物存在的場域與前提，同時也是意象自然呈現與詩意展開的美學語境與媒介，其蘊藉了一個燦爛而又豐富的藝術世界。審美意象不僅僅是空間的存在，同時也暗含了時間的維度，在時空中自行敞開的意象世界是我們所關注的重心。所以說「只有著眼於時空之『道』和時空之『理』，才能推動時空理論的深化」〔註3〕。

在多元文化衝撞與磨合中，唐代審美意象類別多樣而豐富，文藝作品以及審美經驗華美而多情，尤其是出現了中國古典美學史上詩歌創作的巔峰時刻，這是一個詩意盎然、令人嚮往的年代。無論是從思想文化領域，還是藝術與審美領域，都是古典美學的輝煌氣象與精緻化時代，也是主體心靈深度構建和審美超越的時代。「唐代文人，一方面結束六朝以前，一方面又開啟宋代以後。此朝實為中國古今文學變化之樞紐。」〔註4〕在此影響下的唐代美學承上啟下，繼往開來，其地位獨特，影響深遠，遠非其他任何階段可以取代。同時唐代也是意象理論的勃發期，它繼承了之前的意象理論傳統，並在其基礎上更加注重對文學和藝術的審美性探討，將意象提升到審美與藝術的維度。唐代意象論無

〔註1〕〔戰國〕尸佼著：《尸子》，汪繼培輯、孫星衍輯，中華書局1991年版，第27頁。
〔註2〕韋爾施：《重構美學》，上海譯文出版社2006年版，第46頁。
〔註3〕劉文英：《中國古代的時空觀念》，南開大學出版社2000年版，第67頁。
〔註4〕胡小石：《中國文學史講稿》，上海古籍出版社1991年版，第163頁。

論從理論維度還是審美意象創構維度都已幾近成熟，且唐代意象論極具有古典意象代表性，人們對它的研究也是不絕如縷，那麼如何才能從這些理論和審美意象實踐研究中脫穎而出呢？時空恰是這一完美的視角和突破口。時空存在於人們生活中的方方面面，在美學領域也必然有它存在的價值和意義。時空特性一度影響著文藝創作與美學研究，以時空視角來重析唐代意象論，將會使它從紛繁文藝現象中驚現出來，增加其學理性思辨和審美維度意義。

　　之所以選擇唐代這一斷代來進行審美意象時空觀念的論證與闡述，主要基於兩點考量：一是唐前關於審美意象理論並非完全系統化，直至唐代它才不斷美學化、詩意化並與文藝創作深度結合，甚至得到充分理論發展和實踐建構。二是唐之後審美意象時空觀念基本上都是沿襲唐代的詩意特性，只是不斷將其深化、完善，從總體上依舊走的是意境化的審美時空建構之路。唐代意象論做到了審美意象與時空的詩情碰撞，從「意」中時空、「象」中時空到「境」的時空性有機統一，將意象時空呈現為一個完整審美形態。因而鑒於中國古典美學中審美意象時空總體發展情形，筆者選擇了最具有代表性的盛世——唐代來進行時空審美的深度探源和闡釋。剖析唐代意象論中的時空觀念可以使我們更進一步透徹地理解這個時代，而且還可以通過時空殊性的審美體察進一步使我們重識古典封建社會頂峰時代民族獨特的審美心理和文化積澱。因此筆者意圖從唐代這一斷代來研究古典意象美學中的時空觀念，一來可以對審美意象時空觀念進行深入地研究，將審美意象時空問題落到一個實處，有據可考，有理可依；二來也可以從唐代這個詩意年代的審美意象時空研究中凸顯時代的精神風骨、文化情趣以及美學個性，使得審美意象時空問題得到細緻緊密地論證；由此對意象時空研究才更加具有針對性、科學性和系統性。需要注意的是對唐代審美意象時空觀念的探討，這其中不僅包括意象中的各家理論，同時也離不開唐代豐富而又多樣的審美意象實踐，以及從這些諸多燦爛的審美意象世界中我們可以更加明晰意象時空的內涵和表現。

二、唐前意象時空觀的發展回溯

　　說到唐代意象論中時空觀這個理論問題，不得不對該論題的朝代發展和審美流變予以系統地回顧和清晰地掌握。時空即是古人眼裏的宇宙，時空觀念最初只是宇宙意識的抒發，它有意識地融入到文學藝術作品中被人們所關注則是萌芽於漢末並發展於魏晉南北朝，如陸機《文賦》中說：「遵四時以歎逝，

瞻萬物而思紛」〔註5〕「籠天地於形內，挫萬物於筆端」〔註6〕「觀古今於須臾，撫四海於一瞬」〔註7〕等等。到唐代時空的文藝審美模式才開始全面呈現出來，唐代以「意境」為重心的審美意象論中蘊含了深刻時空審美建構，時空觀念已經滲入審美意象的本體、創構與鑒賞的全過程，時空觀念也因此更加具有審美性意味。由最初宇宙意識的抒發，到有意識地化時空於審美意象中，時空觀念反映了古代人們的生存狀態和思考方式。為此，在正文展開具體論述之前，也有必要進行一下審美意象時空的朝代梳理，從時代特徵中析之意象時空觀念。每一個歷史朝代都有其殊性，並在中國古典美學長河中綻放異彩，將時空逐漸詩化為一種「有意味的形式」，一種蘊含著民族文化與審美思維的美學特質。從前代的時空之美與時空之思的探究中逐漸明確唐代審美意象時空的特質，以最終實現對唐代意象論中時空觀的深入探源，以此打開一個審美意象時空思維之鏈。

先秦時期，意象論開始發生，在對「象」「意」「境」等問題的討論中其實已經隱含了深刻的時空觀念。比如說老子所說「大象無形」就隱含了空間的概念，「象」於天地間沒有具體的形體，它可以任由人們的想像並賦予其具體形態，所以說此「象」在空間上是無邊的、無限的。在莊子看來，「象」是似有似無、即虛即實、在有形與無形之間的，所以從本體論意義上「象」的時空具有無限性和神秘性。如此看來先秦時期關於意象論中時空的討論偏哲理層面，並未有意識地融入到具體審美意象創構上來。就比如古典文學源頭《詩經》中的時空觀念也只能看作是時空意識的發生和緣起，不能將它稱為時空意象，它的實質是一種時空表象。畢竟其中的意象時空多是物理性的感受，缺少了審美意象化的心理時空成分。時至漢魏晉，意象論中的時空觀才逐漸從哲理層走向文學藝術層，不過這過程似乎是漫長的。

漢代文藝整體上追求一種闊大而充實的時空觀念，在審美情趣上講究古樸和恢宏。諸如漢大賦意象中的「山谷原隰，泱漭無疆」「紅塵四合，煙雲相連」以及漢畫像石意象中的「天上人間」「古今書寫」等，擅於描繪空間的恢宏場景。人與物佔據了空間，樂於構建現實性闊大與充實的審美空間成為了漢代意象時空觀念的主要特色。如漢大賦意象空間營構始終保持著一種政治性，

〔註5〕 〔西晉〕陸機：《文賦集釋》，張少康集釋，上海古籍出版社1984年版，第14頁。

〔註6〕 〔西晉〕陸機：《文賦集釋》，張少康集釋，上海古籍出版社1984年版，第43頁。

〔註7〕 〔西晉〕陸機：《文賦集釋》，張少康集釋，上海古籍出版社1984年版，第25頁。

它所追求的是穩定而廣大的空間系統，實質上象徵了王權的大一統。「大一統」反映在文藝上自然是將古往來今、天地萬物都置於自身觀照之下，並加以藝術化呈現。以「大」「高」「巨」為審美理想的漢代審美意象是對先秦時期時空意識的發展，在歷史演變中將時間和空間逐漸意象化為主體的想像。這必然與當時社會背景關係甚密，陰陽五行學說在漢代的盛行，楚文化的深遠影響，道家思想在漢代的廣泛傳播，這些因素交織在一起就形成了漢代意象論中富有宗教色彩同時又隱藏著深刻文化內涵的樸素時空觀念。

漢末之後社會發生劇烈變化，一場場動亂和紛爭使得人們從神學迷霧中掙脫出來，看清了生與死，不再追求一種相對凝固的時空形式，轉而是自我與生命意識的覺醒。伴隨著自我生命意識的覺醒，人們開始逐漸慨歎時光短促、生命無常，於是遷逝感成為了這一時期意象論中時空的重要審美主題。宇宙時空的永恆與人生時空的遷逝無常形成強烈對比，於是訴諸審美意象，形成了極富生命感的時空表現。如古詩十九首中的時空詠歎，「人生天地間，忽如遠行客」「浩浩陰陽移，年命如朝露」等等，時間的流逝與空間的焦慮都融入到詩學意象中，成為了千古之歎，訴說著時代的審美時空印記。

魏晉六朝時期，這種詩學意象中的時空遷逝感主題更加深沉，成為了彌漫整個時代的思想意緒。強烈的生命意識感自然會讓文人們自覺關注自身的處境、時代的風雲，這也就成為了魏晉文學中彌漫於作品中的審美意象時空構築主題。但與漢代追求物的橫向展開所引起的視覺審美心理不同，魏晉六朝在審美意象時空表現上更傾向於從視、聽審美心理互相融合層面去感悟與理解時空。文人開始注重內在情緒的抒發，將時間逐漸融入空間，使得意象由單一時間與空間展現變為時空兼備的審美世界。此外，時間與空間的玄學色彩十分濃重，人們逐漸想要逃離受現實時空感支配的焦慮處境，轉向「玄而又玄」的精神世界中。時至南北朝時期，這樣的意象時空觀念發生了細微變化。山水審美蔚然大觀，隨著人們暢遊山水、遊目騁懷，漸漸形成了以山水審美為中心的時空建構，意象時空逐步走向審美的時空境界。此時，在意象論中就有一些關於時空的表達，諸如「精鶩八極，心遊萬仞」〔註8〕「寂然凝慮，思接千載；悄焉動容，視通萬里」〔註9〕等等。不難看出南北朝時期意象時空已經出現了意

〔註8〕〔西晉〕陸機：《文賦集釋》，張少康集釋，上海古籍出版社 1984 年版，第 25 頁。
〔註9〕〔南朝梁〕劉勰著，范文瀾注：《文心雕龍注》，人民文學出版社 1962 年版，第 493 頁。

境中以虛實為結構、循環往復的表徵，這為唐代成熟的意境式時空觀念產生作
了背景和鋪墊。

三、唐代意象時空觀的發展概述

　　意象論中的時空發展到唐代，則展現了另一番景象。唐代是我國古典社會
最為鼎盛的時期，生活於此時代的文人以寬闊襟懷來體察萬物、抒寫興象。在
審美意象世界中所展示的是人對存在的時空維度敞開，回歸自然心性，創構出
了時空無限性、時空一體化、時空境域化的意境式意象時空建構圖式。就時間
而言，他們突破了現實與自我時間將感悟時間的觸角伸向渺遠的過去與悠悠
的未來；就空間而言，他們將現實空間拓展到宇宙天地、山河萬里，展現了恢
宏、開闊、悠長綿延的意象空間面貌。唐代意象論中的時空是對漢代意象時空
的「否定之否定」，即它在理念上是向漢代廣袤開闊的時空回歸，同時又超越
於此，融合了魏晉六朝中的具體化時空結構，因而表現為多層次、豐富性的審
美意象時空觀念。就比如同是書寫地域空間的廣闊，漢代的意象僅僅停留在基
於平面的展示，而唐代意象論中廣闊的地域空間書寫則因為具有真實感受而
融入了時間的因素。時間與空間的互相融合得以生成美妙的意境式時空，這是
在前代時空觀基礎上的發展融匯與詩意探索。所以說時空統一、轉化與變幻成
為了唐代意象論中時空觀的永恆美學主題。

　　中國古典美學的時空觀不同於西方的「形而上」追問，而是將時空意象化
為文學藝術中，表達方式含蓄且詩意。意象論中談審美意象本體、審美意象創
構、審美意象生成與審美意象呈現都涉及到時間與空間的藝術化表現。這其中
對時空無限、時空合一以及時空詩性的時空觀美學主題追求可以說是整個中國
古典意象理論的普遍特徵，但這種普性特徵也隨著不同朝代歷史文化、時代特
徵以及審美風格不同而表現為不同的審美差異和殊性。對於唐代意象論中的時
空觀來講，這種差異與殊性是以「時空合一」的意象思維和超越時空的「象外
之意」和「象外之境」為總體主題背景特徵的。唐代意象論將「象外」從歷史
文獻中剝離出來，提高了它的審美趣味、豐富了它的審美內涵，同時也增加了
其時空方面的意義，這是對魏晉六朝意象時空思想的延續和發展。唐代意象理
論將傳統的虛實、言意、形神與意境思想融為一體，注重審美性的意象時空思
維，它在魏晉六朝基礎上更加追求含蓄空靈、言盡意遠。在唐代審美意象創構
中不乏將時空審美化、意境化，從而產生了時空的審美發現。以此從時空觀角

度重新審視唐代審美意象中心與物、意與象的關係，別有一番韻味。由時空意識引發的價值觀念借比興等手法訴諸於審美意象中並傳達出來，是古代審美意象時空觀念的基本形態。所以那些鮮活的自然或人生意象如日月山川、流水落花、亭臺樓閣中都飽含了豐富的時空觀念。進一步來說，時間從宏觀上抒發了審美主體意緒的一段心路歷程，從微觀上又體現為對外在世界的物象、事象以及背景的感受、感悟及體驗。空間是意象論的又一座標，它從大方向來看是縱深廣闊的無邊審美世界，而仔細析之卻又體現為審美意象中細緻入微的情意傳達、心理期翼，諸如詩學意象中的「上天入地」、書法意象中的「筆勢造化」以及繪畫意象中的「渺遠境界」等等都是意象論中空間的具體呈現。

唐代這種獨特且兼具詩意與哲思的時空觀對它自身意象建構的影響也是極其深遠。這豐富的時間與空間觀念在唐代獨特哲學、文化與歷史語境中生發蘊藉並逐步滲入到具體審美意象創構與批評之中，使得各類意象都包孕了極其深刻的時空感知。我們不妨看那豐富的唐詩意象，其中不乏對時間與空間的感觸，如「乾坤萬里眼，時序百年心」〔註10〕「年年歲歲花相似，歲歲年年人不同」〔註11〕「人生貴賤無終始，條忽須臾難久恃」〔註12〕等。唐代繪畫也著有詩的意境，在極為渺遠深邃的境中彰顯了深刻的時空觀念，如「咫尺內萬里可知」〔註13〕「凡畫山水，意在筆先」〔註14〕等。唐代書法意象也體現了濃厚的時空想像，諸如「雖跡在塵壤，而志出雲霄。靈變無常，務於飛動」〔註15〕「情動形言，取會風騷之意；陽舒陰慘，本乎天地之心」〔註16〕等。這些藝術意象形式共同書寫了唐代意象論中的時空形態和審美殊性。

所以說，意象時空觀在深層次上刻著時代的烙印。值得注意的是在唐代不同發展時期，意象時空觀有多樣表現方式和背景特徵。這是研究唐代意象論中

〔註10〕〔唐〕杜甫：《春日江村五首》，選自《全唐詩》第4冊卷二二八，中華書局編輯部點校，中華書局1999年版，第2486頁。

〔註11〕〔唐〕劉希夷：《代悲白頭吟》，選自《全唐詩》第2冊卷八二，中華書局編輯部點校，中華書局1999年版，第884頁。

〔註12〕〔唐〕盧照鄰：《行路難》，選自《全唐詩》第1冊卷四一，中華書局編輯部點校，中華書局1999年版，第522頁。

〔註13〕〔唐〕張彥遠：《歷代名畫記》，中華書局1985年版，第235頁。

〔註14〕〔唐〕王維：《山水訣山水論》，人民美術出版社1959年版，第1頁。

〔註15〕〔唐〕張懷瓘：《文字論》，見張彥遠《法書要錄》卷四，影印文淵閣四庫全書本第812冊，第172頁。

〔註16〕〔唐〕孫過庭著，鄭曉華編著：《書譜》，中華書局2018年版，第145頁。

時空觀的一個基本背景和必要前提。時代政治文化的風雲變換在意象時空上有所體現，其中蘊含了唐代文人強烈的宇宙意識和時空感，體現了深刻的時空觀思考。如初唐處於上升時期，唐人對意象時空進行審美初探，文藝中的「宇宙之思」展現了唐人對於時空觀念的審美關注和審美思索。人們對待自然宇宙多澄明純粹，對於宇宙、人生的初步追問中生發出了時間與空間的靈魂考問，體現為略有感傷色彩的詩性表達與意象創作。到了盛唐時期，思想文化與文藝得到極大地發展與繁榮，與此同時意象時空觀也得到了廣闊與縱深地審美拓展。盛唐社會是一個極富包容的時期，任何生命情感與文化精神都得以極度地彰顯，所以就會產生以雄闊為美的時代精神和審美心理，體現為「盛唐氣象」。在審美意象論中體現為對「萬物與我為一」宇宙圖式的嚮往，這一時期所創造的審美意象大多在時空上廣泛、巨大乃至無限，各種涵蓋乾坤、氣通萬象的審美意象撲面而來，時間與空間的無限與廣闊訴說著時代的豪邁與恢宏氣魄。如唐代詩學中關於浩瀚歷史與遼闊宇宙的意象書寫，書法意象論中的無限時空體現，水墨山水繪畫意象中的闊遠時空等等。時至中唐，時空逐步走向一種情感化與境域化的審美趨勢，文藝與時空之間存在著情感內在張力。中唐是整個唐代由盛到衰的轉折，安史之亂以後詩思禪心之間的隱退與迴避已經形成了一種時代潮流。在這個關節點上，出現了大批文人或退隱、或逃禪、或貶謫、或流放，他們將自身對外部世界的感知轉移到內在的心象中去。這些文人對時間與空間的感受與以往盛唐時期有很大不同，具體展現為對審美意象時空的關注由外部世界逐步轉向了內心世界，注重內在意識流動的時間與空間想像。亦如大曆詩人筆下具有幻滅感的時空描繪，「三湘衰鬢逢秋色，萬里歸心對明月」〔註17〕「雨中黃葉樹，燈下白頭人」〔註18〕等等。在這裡，我們可以強烈感受到詩學意象中的時間遷逝感和對空間悵惘感，所以筆下的審美意象也都展現撫今追昔、黯然神傷、時地距離的景象。又如中晚唐時期出現的水墨山水畫意象，文人將對意象時空的關注轉向了具有審美性的自然山水，將時空意象化、情感化，以展現其豐富而又曲折的內心世界。滄桑細膩的時空感和在時代變幻與今昔對比之下的主體沉淪與反思共同融入到審美意象中，匯成了時空

〔註17〕〔唐〕盧綸：《晚次鄂州》，選自《全唐詩》第 5 冊卷二七九，中華書局編輯部點校，中華書局 1999 年版，第 3173 頁。

〔註18〕〔唐〕司空曙：《喜外弟盧綸見宿》，選自《全唐詩》第 5 冊卷二九三，中華書局編輯部點校，中華書局 1999 年版，第 3329 頁。

韻味深遠的長卷。最後到了晚唐，時空完全沉浸在境域化審美主題中，與整個時代文人的審美心境密切關聯。此時，將審美意象的時間與空間理解境域化，個體時空已經完全佔據了詩畫等審美意象的中心，走向淡漠與空寂的時空感知。譬如司空圖所著《二十四詩品》不僅在文化思維中展現莊禪時空的形態，也在審美意象建構中深刻挖掘「意境」中的時空感，同時又映像了一個時代的風雲寫照。這其中充滿了深刻而又複雜的宇宙觀和時空意識，也反映了唐人獨特而又發展變化著的時空觀念。與盛唐時期個體消融於充滿歷史感和宇宙感的時代精神不同，晚唐的時空已完全被個體意識所淹沒，反映了時代變化對意象時空觀念的深層影響和塑造。唐代自身也有著意象時空的發展背景因素，影響著審美意象時空的論證和闡釋。

　　總而言之，從上面朝代演變和時代自身背景因素看來，無疑唐代意象論中的時空觀成為了一個非常有意義的選題。它的審美意象時空觀豐且多元，融哲思、詩意和感悟為一體，無論是時空思維、時空營構與時空呈現都極具審美性和鮮明典型性。鑒於唐代內部歷史分期駁雜且層次多元，本書主要進行唐代意象論時空觀的整體性研究，從整個古典美學意象理論發展中析之唐代意象論時空的審美殊性和時空審美主題，從自身時代演變中總結出意象時空的整體美學特質。因而本書意在從唐代這個特殊歷史環境中分析、概括出意象時空觀念，把握其美學性和特殊意義。古人對於時空問題向來比較敏感，從古至今對審美意象時空的探索也是無盡的。在遠古神話中既有不少對空間的原始性靈想像，這種想像上天入地、廣大無盡，認為世上有四海八荒，不知極限。於是在美學上就有了「觀古今於須臾，撫四海於一瞬」〔註19〕「精騖八極，心遊萬仞」〔註20〕「空潭瀉春，古鏡照神；流水今日，明月前身」〔註21〕等等的時空感受。時空本是人類哲學中深層次的兩個問題，而現在已然成為了美學與審美意象研究的必要維度。

第二節　研究現狀

　　中國古典哲學中蘊含著深刻的時空意識和時空觀念，每個朝代的時空觀又受當時的哲學與思想文化等多方面影響以至於共性和殊性兼而有之，所以

〔註19〕〔西晉〕陸機：《文賦集釋》，張少康集釋，上海古籍出版社1984年版，第25頁。
〔註20〕〔西晉〕陸機：《文賦集釋》，張少康集釋，上海古籍出版社1984年版，第25頁。
〔註21〕〔唐〕司空圖：《二十四詩品》，羅仲鼎，蔡乃中注，浙江古籍出版社2013年版，第27頁。

對於時空觀研究也應該從特殊中歸納一般，從一般中演繹特殊。時空觀研究不僅是哲學與文化層面的重大問題，同時也是對古典美學和意象的深層探索。唐代是儒道釋文化共同深入影響的朝代，思想與文化高度繁榮推動了意象創構理論的深度發展，意象創構理論同時又帶動了豐富多姿的意象實踐，而紛繁的意象實踐中必然隱含著深刻的時空觀念，這些時空觀念都是極具研究價值的。對於唐代意象論中的時空觀研究，我將分別從時空觀整體研究中的意象時空問題、唐代美學和意象研究中的意象時空相關問題、唐代時空觀研究中的意象時空相關問題以及意象時空觀研究中的獨特性視角等四大方面為線索展開分析。

一、時空觀整體研究中的意象時空問題

　　唐代意象論中時空觀研究是一般中的特殊，但也要關注整體的一般研究與發展現狀，這些現狀是研究唐代意象論中時空觀的必然參考，從中可以間接瞭解意象時空的一些問題。宗白華先生在《藝境》一書中對中國古典美學的空間意識進行了深刻的自覺反思，他可以說是研究中國古典藝術時空性的重量級代表人物，他的空間思想極為深刻地影響了後來人們對於時空的見解。在《藝境》中他談到了中西畫法、中國藝術意境以及中國詩畫中所表現的時空意識，是時空審美研究的一個引導。宗白華從中西比較的維度來探測兩種不同的時空性，以此來對中國古典美學作出更加深刻的時空闡釋。他認為，中國古典藝術的境界是充滿音樂情趣的時空統一的審美境界，蘊藉著深刻的詩意和節奏。朱良志秉承宗白華的時空觀點，在他的《中國藝術的生命精神》一書第二章「時——生命時間論」中將時間論證為一種生命意識的顯現，把時間同生命聯繫在一起，為「時空合一」這一理論命題注入了生命元素。這些關於時空的見解影響了後來人對時空的探討，如程明震《心靈之維——中國藝術時空意識論》一書中論述到：「所謂時空意識，不僅僅是指人們對時空的意識和把握，更是指一種以時間和空間思維特徵為基礎的感知、體驗和思維的模式，它其實是一種生命感知形式，在文化傳統的基因裏先驗地存在於我們的生命中。」〔註22〕該書共分為四章，首章從中西傳統時空觀對比中明確中國傳統藝術時空觀的一般特性——「中國藝術中的時空意識是一種在中國人所理解和認識

〔註22〕程明震：《心靈之維——中國藝術時空意識論》，東南大學出版社 2011 年版，第 6 頁。

的宇宙意識下，導向於藝術家的心靈，在通過長期的藝術實踐過程由藝術家的內在心理邏輯建構起來的一種心理時空圖式。」〔註23〕第二章探討了時空意識產生的理論淵源，其中包括周易「象」思維中的時空關係、「道」的天人合一宇宙觀念以及《文心雕龍》中所展現的藝術時空觀都與藝術時空意識的形成與發展有著極深關聯。第三章從陰與陽、虛與實、言與象、形神與氣韻等範疇析之藝術時空，這為唐代意象時空觀的分析提供了一個很好的借鑒，時空觀念是內隱於這些審美範疇中的。末章對中西不同藝術時空作差異化的闡釋，更加凸顯了中國藝術時空的獨特性。

　　有關代表性論文如朱志榮《中國美學的時空觀》論文分為三大部分：第一部分是時空觀念的由來，中國人的時空意識最初同生命意識緊密相連，整個時空是充溢著生氣的和諧世界。第二部分從主體與對象及其關係的角度著手，一是審美者所把握的現實時空，重視超感性的生命體悟；二是超越了現實時空之外的心理時空，豁然貫通時空遂以進入無窮的宇宙。現實時空與心理時空又共同鑄造了審美時空。如柳宗元《始得西山宴遊記》中：「心凝神釋，與萬化冥合」〔註24〕，主體超越了現實時空的混沌狀態，而進入了審美時空的無盡想像裏。第三部分中國美學時空觀的藝術表現，時空具有濃烈的主體性色彩，主體的情感融匯其中，使之具有精神生命。另外，中國藝術時空還超越有限追求無限，時空相互轉化，增強了時空感觀效果。論文整體上對美學時空觀的把握是我們研究唐代意象論中時空觀的一個有力參考。又如于德山《中西藝術時空觀探析》以「語—圖」互文的角度入手，重新探討了中西藝術創作中的「時空」問題。他在論述中國古典時空觀念時以山水圖像為例，主體在山水意象中看透了動靜、變化之間的時空本質，把握與體驗了時空的流動之趣。從中我們瞭解到中國古典藝術時空是相互融合且獨具詩性的，是生命化、具象化以及體驗化的。尚永亮《自然與時空——漫議中國古代時空觀及文學表現》基於時空觀與自然的關聯，從陰陽五行、日月流水等事象和物象著手，同時結合古人俯仰流觀的觀物思維模式系統地討論了有限與無限、短暫與永恆、執著與超越等時空問題，探究中國古代的時空特點以及文學表現。突破現實時空的創構侷限和束

〔註23〕程明震：《心靈之維——中國藝術時空意識論》，東南大學出版社 2011 年版，第 29 頁。
〔註24〕〔唐〕柳宗元：《始得西山宴遊記》，選自《柳宗元集》第 3 冊，中華書局 1979 年版，第 763 頁。

縛，尋求更廣闊的審美自由時空是文藝創作或意象創構的共同追求。這些研究雖都是關於意象時空觀的間接研究，但也對問題研究產生了一定影響。

　　針對上述研究現狀，對於唐代意象論中時空觀研究的啟發是在這些時空共性基礎上找出殊性，意象論中時空包含於其中，但也有自身獨特之處。從時空觀整體研究中也不難看出時空與意象是相關的，它的研究範疇極大成分和意象範疇有諸多關聯，譬如意象中以「時空合一」為旨歸的「象」思維、意象本體時空問題以及言意與時空之間的聯結等問題，都是值得我們關注的重要問題。意象與時空之間關係也由此變得很重要，值得進一步深入下去。而這一部分研究目的即在於從這些宏觀上的時空分析中總結規律，以這些視角透視唐代意象論中的時空意識，為此接下來也有必要重新梳理一下唐代美學與意象中時空觀研究情況。

二、唐代美學和意象研究中的意象時空相關問題

　　意象是主客交融、心物一體的產物，完成這一審美形象的創構必須要在超越現實時空基礎上，再透過心理時空的深度轉圜、變化以此才能生成豐富生動蘊藉著審美經驗的藝術化形象，這一過程亦即意象的審美創構過程。所以說意象論中的時空觀其實是隱藏在美學與意象理論和實踐中的，研究意象論中的時空觀應當以這些基礎研究為背景進行更深層次研究，這些研究中諸如對意象論中「虛實」「意」「象」與「境」的起源等研究都間接地暗含了時空因素。對於唐代美學和意象的研究大致可分為兩個方面，具體情形如下：

　　首先，就唐代美學範疇思想中的意象時空性問題。韓林德《境生象外——華夏審美與藝術特徵考察》一書從總體上探究了華夏審美與藝術的主要特徵，進而深入剖析了其形成原因，得出審美與藝術發展無疑與儒、道、禪三大哲學流派的影響有關。第一章「範疇說」裏闡釋了「虛實論」，藝術創作中虛實問題和時空有著密切的聯繫。如「虛而為實，是在筆墨有無間」〔註25〕「虛實相生，無畫處皆成妙境」〔註26〕，這裡集中論證了華夏美學追求「空靈」的審美取向。同時他又提到了「意境」說，討論了唐至明清之際，詩畫等藝術門類中有關意與境、思與境、情與景的關係。第二章提出了華夏美學特徵，強調無限

〔註25〕〔清〕方士庶：《天慵庵筆記》，中華書局，1985年版，第1頁。
〔註26〕〔清〕笪重光著，關和璋譯解、薛永年校訂：《畫筌》，人民美術出版社1987年版，第7頁。

與有限統一但偏重無限，這裡蘊含了時空的概念，所謂無限性就是時空的美學追求之一。第三章論述尤其深入透闢，將陰陽五行與時空結合在一起，提出陰陽五行說所構建的物質運動以及時空一體化模式所包孕的宇宙觀念對華夏審美與藝術時空意識有重要影響的觀點。另有王明居《唐代美學》是關於唐代美學範疇的經典之作，也是研究唐代美學思想的一部經典著作。該書上卷唐代美學綜論從哲學基礎談起，依次論述了唐代美學的九大範疇和十大理論，其中包括有無、方圓等範疇以及風骨論、興象論、意境論等理論等；下卷唐人美學智慧，總攬全局且十分豐富和具體，將唐代文人的美學觀點表現得鉅細無遺。從這本書中可以看到一些意象時空的因素，比如方圓、大小等涉及了空間，有無、動靜又暗指了時間，這對唐代意象論中時空觀的研究有著借鑒作用。王耘《唐代美學範疇研究》一書通過對唐代思想史的把握與梳理拓展了新思路。第一章總體分析唐代美學範疇的一般特徵，包括了總體形態、思想淵源與創新思路等。並提出了如下觀點：「唐代美學範疇的總體形態，是一種以詩性生命美學範疇為主流，兼及思性以及倫理性生命美學範疇的形態。詩性生命通過現象的直觀體驗本真超越的自由，詩性生命精神成為唐代美學範疇的核心精神。」〔註27〕如同作者所提出唐代美學的思想本源即儒道釋思想的對越與回互的動態建構過程，通過剎那直觀的現象呈現在具體審美意象創構中，其中飽含了時、空的流動變化。第二章「本元與人道」是本體論範疇，其中元是世界的本源，道則是世界的本體。從第三章開始依次提出了「心性與情感」「風骨與法度」「空幻與靈悟」「淨土與意境」等範疇。此書中提到了：「中國美學思想特質，倡導一種主體體驗的審美品格，已在唐代美學範疇中得到確立」〔註28〕，從以上論著可以看出唐代美學中所包孕的審美範疇、創構中的主體胸臆、鑒賞中的體驗傳達都與時間、空間有著密不可分的聯繫，整個唐代就是詩性精神極度張揚、審美情懷熱烈勃發的時代。唐代意象論中的時空觀研究不可避免要從這些審美範疇中尋取靈感和創新點，那些範疇中都蘊含著時間和空間的觀念問題。

其次，唐代意象論研究中的時空等問題。專著如下：胡雪岡《意象範疇的流變》第四章講到「意象」說的發展中唐人的「意象」說，梳理了唐代關於審美意象的觀點。唐代意象理論以王昌齡、劉禹錫、皎然與司空圖為代表，他們

〔註27〕王耘：《唐代美學範疇研究》，學林出版社 2005 年版，第 2 頁。
〔註28〕王耘：《唐代美學範疇研究》，學林出版社 2005 年版，第 273 頁。

關於意象的論說反映了唐人詩歌審美觀的發展與深化，同時也構成了唐人在不同歷史時段意象理論變遷的軌跡。這成為了研究唐代意象論時空觀的一個基礎，時空是存在於意象理論的建設中的。汪裕雄的「審美意象學三書」可以說是意象研究領域極為重要的理論著作，包括了《意象探源》《審美意象學》以及《藝境無涯》等經典著作。其中《意象探源》是對中華民族文化心理的一種追根溯源，他論述了「象」的形成與發展、意象何以由巫術經哲學而走向審美維度，這些思考都是研究意象時空不可繞開的重要借鑒。《審美意象學》認為審美意象是審美心理的基元，在審美活動過程中審美意象是審美創造活動與欣賞活動的心理中介，審美意象特別是象徵性以及隱喻性的傳統審美意象積澱著深厚民族文化心理因素。以心理學視角研究審美意象，一方面反映了一個民族特殊心理構成，另一方面也為審美意象論中的時空建構增添了心理基石。《藝境無涯》中探討了「藝術意境」，文中論說到藝術意境是中國古典審美意象所追求的理想形態，是眾多文學藝術門類的審美典範，同時也是藝術之所以為藝術的最根本特徵。該書對藝境創構論的闡釋也極為有見解，是進行唐代意象創構論中時空觀的必要參考，畢竟藝境中包含了深刻的時空觀念。另外，張國慶《二十四詩品詩歌美學》以二十四種風格為線索展開對詩歌美學性的探討並深入細緻分析其美學特色，從詩品每一品中感受體驗它所特意呈示的形象、意象、意境，結合理論性表述對二十四詩品詩歌美學作「心穿其境」的解說。從以上學者的著作分析中可以或隱或顯地看出一些意象時空性因素，這些時空性隱藏在作品內核，其中的理論內涵和價值蘊藏極深，有待再認識再發現以及繼續挖掘。

　　碩博論文如下：趙天一《中國古典意象史論》第二章主要討論了意象誕生和發展，即漢唐意象論，這是一個意象發展的關鍵階段。他指出意象在唐代主要見於詩論與書論中，並以書論為重心，唐代張懷瓘的書論在古典美學與意象史上具有重要地位。其他期刊論文如下：李樹軍《唐代詩論中「意」的意象內涵與理論探索》提到了「意」的概念，「意」是詩歌構成的本體性因素，是主體情與志的綜合體現。「凡屬文之人，長須作意」，只有煉「意」，才能成就意象。這裡值得注意的是「意」中時空性的探究，也是一個意象時空觀值得關注的重要部分。趙建軍《唐代般若與文學意象、意境之美學融攝》重點討論了般若學美學特質以及思想意蘊對唐代文學意象和意境的影響，般若智慧於詩歌中正是那深度拓展的「境」。這為唐代意象論時空觀研究提供了一個參考。張

慨《唐代詩畫中的長安意象》通過對唐代詩與畫中的長安意象比較研究，考察長安地域文化與歷史時空在詩畫中的表達方式，以此發現創作主體對長安意象人文時空的思考和表達。詩中送別意象如灞橋與渭城等都是暗含了一定情感的地理空間，通過空間場景抒發離別的思緒，這是意象空間性的一種傳達。經史料也可瞭解到唐代文人多喜好隱居，山川別業或是佛寺清居都成為了文人的另一種生存空間。另根據期刊網的論文刊載情況來看，對唐代意象研究多和詩學相關，一般會選取詩歌中的某一類意象為研究對象，如落花意象、流水意象、桃花意象、竹林意象、飛鳥意象、月意象等自然意象或者是樓臺意象、長城意象、長安意象等人文意象來分析時空觀念。由此可以看出對於唐代意象論的研究還是主要集中於個案的專門研究，而且個案研究中又多以詩歌意象研究為主，唐代意象論中的時空觀即隱藏於這些個案之中。同時也給我們一個思考的方向，除了傳統詩學還有其他藝術意象的時空也尤為值得關注，意象時空觀需要一個整體性的思考和體察。

三、唐代時空觀研究中的意象時空相關問題

雖然這一部分的時空觀研究有的未直言意象，但無不有關於意象的一些概念隱藏於其中，給與了我們必要啟發，有待深入挖掘。對唐代時空觀或是相關性研究還是相對零散的，這個問題並沒有得到直接地或者有針對性地闡釋，我們只能從這些已有文獻中間接瞭解。我們從文獻梳理中瞭解到中國古典美學或意象中的時空觀念大多是從文藝作品、美學作品或是創作實踐中總結出來的，它與中國古人的生命意識、心靈體悟與審美觀念關係甚密，所以說意象時空觀雖然抽象無形但卻是有跡可循、真實可感的。這一部分研究具體可以分為以下幾種情形：

首先，研究整個時代時空特徵、其中有代表性人物的時空見解。諸如劉文英《中國古代的時空觀念》一書，這本著作是研究中國古典意象時空觀的一個引入，他的觀點很具有代表性，不得不在此處提及。該書分別討論了時空觀念的由來、時空觀念的抽象、時空的本質、時間與空間界限性質等問題。正如該書中所講的「中國傳統的思維方式則是名象交融，概念與意象相結合。就我們研究的時空問題而言，像日月、四時、年歲、方向、方位和時、空、宇、宙之類的術語，最初都是具體的意象，後來才演變成抽象概念。而像六合、天地、

光陰之類的術語，則一直採取意象的形式。」〔註29〕該書中第五部分提到了唐代有代表性人物的空間觀點，但是由於章節設置問題等原因對此問題沒有深入展開論述。李烈炎《時空學說史》將中外古今人物的時空觀念一一論述，其中第七章提到了柳宗元的時空觀，他承繼屈原《天問》之思繼續發問，但囿於整體研究範圍太廣，所以沒有進行細緻討論與展開。相關代表性論文如潘世東《中國傳統文化的時空觀及其人文魅力》從整體上審視了中國古典思想文化中的時空觀念，認為時間與空間、與生命合一，這種造化觀無邊廣大，伸向永恆。中國傳統文化早期就認為時間是很重要的方面，以時間融匯到空間之中，以感性生命變化把握宇宙萬物內在生命之流和週期，追求宇宙天合之妙，這已成為古典美學的審美理想。時空觀融合與互滲的獨特性決定了中國傳統文化對無限審美與無限境界的普遍關注和情有獨鍾。

　　其次，研究某一文藝類型中的時間或空間觀念。如史成芳《詩學中的時間觀念》以中西比較詩學視角闡明了詩學中的時間性問題，時間幾乎是同人類最初對自然的思考聯繫在一起，在詩學意象中也處於同樣重要地位。該書上篇「過去時間與再現詩學」論述了一種過去時間對人們思維和想像的支配性，這種過去時間在詩學中就表現為對過去與歷史的回憶。在論述過程中涉及了中國古典文化中儒、道與釋家的一些代表性時間觀念對詩歌創作的影響，這是一個很典型研究視角。蕭馳新著《佛法與詩境》中認為「境」這一詩學審美範疇與佛教關係甚密，其中佛禪的時空意識具有很關鍵意義。該書還以唐代王維、皎然、司空圖等個案進行考察，得出了佛禪時間與「境」之間的關聯。又如詹冬華《中國古代詩學時間研究》一書中第五章「時間空觀與晉唐山水詩境」提到了唐詩時間觀，他論述到「在有唐一代，時間仍然是詩文創作的一個重要主題。」〔註30〕且這種對於時間的思考始終伴隨著古人的審美意象思考與創構，尤其是佛學引入之後傳統時間觀念發生轉變。對於掙扎在時間苦海中的心靈來說，空靈、澄澈的意象時空體驗給予了他們靈魂的釋放和心理的安頓。顯然，作者以佛學時間觀對唐代詩學意象影響這一視角出發來論述詩學時間。

　　第三，除了個人專著之外，也有一些相關研究論文。碩博論文如鄧偉龍《中國古代詩學的空間問題研究》這一文章，該文著重探討了詩學中的空間性問題，其中有從言、象、意與空間之間的聯繫角度展開，也有對「意境」中空間

〔註29〕劉文英：《中國古代的時空觀念》，南開大學出版社2000年版，第2頁。
〔註30〕詹冬華：《中國古代詩學時間研究》，中國社會科學出版社2914年版，第151頁。

性的探討。「意境」成熟於唐代，它的時間與空間問題是關於意象時空研究不可忽視的維度。期刊論文如王鍾陵《唐詩中的時空觀》以時間與空間為線索，將時空意識融進唐詩藝術中。又如張晶《中晚唐懷古詩的審美時空》一文通過幾個不同的意象來表達盛衰之感，通過時空感、時空透視、審美時空析之晚唐懷古詩歌意象，我們可以從中體會到時空問題的重要性。詩文題材之外，也有書法、繪畫、樂舞等題材中時空意識或時空觀念的研究。的確，時空意識與時空觀念是所有文藝類型的共同特性，時空觀念存在於藝術世界的方方面面，從創構到體驗，由思性到詩性，由時空而純美。

從上述分析看來，關於唐代整個時代或是其中單個藝術類型時空的研究也是很豐富的，但美中不足在於沒有一個系統性地說明和論證。唐代意象論中的時空觀需要一個美學視野的深度打開，需基於這些零散的時空個案之上，獲得對於時空本身整體性的美學深思。時空觀研究影響著審美意象論的發展和完善，影響了意象論的朝代認知和審美批評。筆者對唐代意象論中時空觀的研究目的就在於以這些零散的時空文章為基礎並從中高度概括、深度挖掘出意象論中的時空觀念。對唐代意象論中時空觀的研究應抓住一切相關方面，既要總攬全局，又要不失細節，有的放矢地進行全方位高層次地研究工作。

四、意象時空觀研究中的獨特性視角

從現有文獻資料看來，意象時空觀研究也是僅限於對某種意象的特殊研究，如詩詞意象、書法意象、繪畫意象、園林意象、樂舞意象等，或者說是對意象論中某個範疇中的時空意識作個案的研究，這些研究共同的不足之處在於沒有達到一般理論高度上來，所以唐代意象論中的時空觀問題還是沒有具體深入地得到論證，具體研究情形如下幾個方面：

首先，某一文藝類型的意象時空觀念。代表性論文如魏耕原的《詩詞的意象、系列題材與時空之關係》行文中多處講到唐詩，足以彰顯其獨特魅力，文章以時空性切入古典詩詞意象不失為一個很好的角度。從藝術意象類型中汲取一些時空共性，對於研究問題起到了一個奠基作用。又如一些海外漢學家如朱立安、蘇利文等對於中國古典美學中詩詞意象或山水畫意象中時空性的研究也極為有見解，巫鴻將美術蘊藉在時空中來論證，這些漢學家的意象時空論證為研究問題提供了一個思考視角。只有基於中西對比的視角來理解中國古典文藝類型的意象時空特徵，才能更加清晰地認知與體證古典意象時空觀的獨特性與創見性。

其次，某一個代表性人物的意象時空觀念，或者說意象主體心靈的時空觀念。代表性論文如：范立紅《在無限時空中低回往復的主體心靈——從〈中國詩畫中所表現的空間意識〉看中國古典藝術精神》著重探究了文藝創作主體在時空境域下的心靈狀態，在「立象以盡意」前提下創作主體往往把自己的主觀心靈寄託於對外在客觀世界以及人生情狀的描繪之中。從王昌齡的「處心於境，視境於心」，劉禹錫的「境生於象外」，一直到晚唐司空圖「思與境偕」，創作主體都注重情景與心物之間的深度交融，這必然同他們的時空觀有密切關聯。在具體文藝創作中，主體俯仰自得、遊目騁懷，所謂「網羅天地於門戶，飲吸山川於胸懷」﹝註31﹞超越了具體的時空侷限，獲得了關於宇宙與人生的終極性體悟。對意象主體來說，時空就是他們心靈或精神上的一種遊歷，在外部世界中尋求一種能夠契合內在心靈的節奏，超越於具體視野侷限，在時空中體悟真實的審美情感。此時，人與宇宙同一，大化自適，這就是意象時空的審美魅力所在。

再次，時空作為意象的一種。相關論文如：王瓊的《論「時空」意象的生成與超越》，文章以「時空」意象的形成為線索，論證了「時空」作為意象是對存在整體性體驗的超越性喚起。張計連《王維山水詩時空意象初探》一文主要探討了王維詩歌中的時空意象，並將視線鎖定在山水詩歌中的時空意象，在時空意象中詩人將有限個體生命置於無限時空視域而求得生命的永恆，把有限時代放到無限的宇宙時空而求得靈魂昇華與超越。從這裡可以看出，對永恆與無限時空的追求與現實有限時空的感歎是時空的一個悖論所在，這也是意象論中時空觀研究的一個最基本著眼點。方笑《心靈的境界——略談時空意象的靈性轉換》一文中論述說：「在中國哲人和藝術家眼中的宇宙，它還是一個用心靈鎔鑄的時間與空間交織、流動的合一體。」﹝註32﹞時空意象的關係表現在四個方面：空間時間化、時間空間化、時空的平行與時空的逆推，這四個方面在藝術創作中都有具體表現。從以上研究來看時空問題應推到一個理論高度，不應囿於藝術意象實踐，只有在理論與實踐結合中詮釋時空才算得上論證得詳盡透徹。

﹝註31﹞ 宗白華：《中國詩畫中所表現的空間意識》，選自《美學散步》，上海人民出版社 1981 年版，第 88 頁。

﹝註32﹞ 方笑：《心靈的境界——略談時空意象的靈性轉換》，藝術評論 2017 年第 1 期，第 151 頁。

　　第四，意象特別形態中的時空觀念，諸如興象、意境等審美範疇中的時間與空間性。薛富興《意境：中國古典藝術的審美理想》在第三部分意境構成裏提到了「時空結合體」，如作者在文中所說：「古典藝術意境之所以能形成廣闊、生氣流動之境，就在於它實際上是一種時空結合體。」〔註33〕比如詩歌意象中的時空合一就體現在引景入詩和詩畫結合，引景入詩增加了詩歌的空間感效果，而詩畫相結合是指在詩情與畫意中包孕了時空想像。繪畫意象則引入時間性因素，通過視角的不斷轉換以及全新的透視方法獲得畫面拓展效果和觀賞意境。觀之書法意象，時空結合表現在「動靜之間」，空間造型的形式美在時間流動中呈現出節奏感。又如許多闡釋「意境」中時空意識的文章，他們都以不同視角給予意境這一審美範疇以深度的時空省思，這是意象論中時空的一個重要層面。古典美學或是藝術中的意境隱含著深刻的時空意識，它們構成了意象時空的審美特質來源，同時也與時代的思想文化相互關聯。

　　綜上看來，經過對唐代意象論中時空觀的直接或間接研究現狀分析，可以得出如下結論——對於唐代意象論中的時空觀研究總體上來說還是比較薄弱的。首先是這一問題沒有得到系統地理論論證，只是從某一相關方面來進行分析闡述，且都是一些文藝類型的時空意象偏多，尤其是詩學意象這一傳統文藝類型。其次是意象的時空問題是時空觀研究方面的薄弱環節，沒有明晰的概念，畢竟對意象的研究也是眾說紛紜、觀點不一。另外如何從意象的時空總體情況中總結出唐代意象論中時空觀特性也是有待解決和論證的問題。基於以上幾種問題，關於唐代意象論的時空觀研究變得饒有興味，十分重要。從上述研究現狀看來，對於唐代意象論中時空觀的研究應該從意象論範疇中的時空觀入手，深入唐代思想和文化的最深層，把握意象論中諸如「意」「象」「道」以及唐代意象的特殊範疇「境」中的時空性。在意象理論研究領域中，關於時空觀的研究應從單向度研究走向綜合時空觀研究，這就需要綜合運用哲學、歷史學、美學、文藝心理學等理論方法進行多維研究。也就是說，意象論中的時空觀研究應從文化意義、時代特徵以及意象時空本身所具有的獨特性上展開多角度、新視野、深層次地研究與論證，只有如此關於意象時空觀問題才算是真正有所進展和飛躍。從時空視角研究唐代意象需要在這些文獻基礎上進一步地鑽研，並把意象時空觀念深入到唐代思想與文化內核之中，深入到意象美

<hr>

〔註33〕薛富興：《意境：中國古典藝術的審美理想》，文藝研究 1998 年第 1 期，第 29 頁。

學主題、本體思維、審美創構、審美生成與體驗全過程，以此更好地把握唐代意象論中的時空觀念。

第三節　研究思路及研究價值意義

　　時間與空間不僅僅是先驗存在於世界的，當人們去感受時間與空間性之時，它的某種特點便內置於人們潛意識中，形成一種心理積澱。與西方時空觀的哲學色彩不同，我國古典意象時空觀總是在直覺感受中內蘊著一個時代豐富的文化心理。古典意象時空並不似西方時空的理論思辨性，想要在源流上去探索時空本質，而是注重時空呈現方式和美學特色，在詩意的唐代意象時空美學性表現得十分突出。在中國傳統「天人合一」模式下，人與宇宙的關係是有機和諧的，意象主體心靈與深遠宇宙時空相互交融。中國古人匯通天人、古今，他們對於時空理解也更多的是從生活實際出發，出於對自然體驗和生活感受且融進文學藝術創作與欣賞之中，書寫性靈，反思人生，具有感悟性、即時性和詩性特色。

一、研究思路和內容

　　針對前面研究現狀梳理以及中國古典意象時空獨特美學特質，我們從中可以看出這個理論問題還有很多可開拓的發展空間。如何從中國古典意象論時空意識中歸納概括出唐代之殊性是本書著重深入探討的問題。時空觀念對於意象論建構和意象圖式創構與生成都產生了極大影響，以時空之鏡透視唐代審美意象理論也是亟需解決的理論難點。本書唐代意象論中的時空觀基於唐代本身，立足我國傳統古典美學與文化，貫通於詩、書、畫、藝多方面，從審美主題到審美本體，由審美本體再到創構生成以及審美具象呈現。首先從審美主題特質角度初步探索時空觀基本內涵，接之從本體角度來探測時空性或時空的觀念，再次是以具體意象理論、意象創構過程以及藝術化呈現來剖析時空，從觀念到實踐，從源到流。研究過程中不僅注重文化與美學結合、理論與實踐互補，也細緻精深地深入到中國古典意象精髓深處做到全面、科學、系統地分析與闡釋。具體說來，全書除緒論和結語之外預設為四章，分別為唐代意象論時空觀的總體美學特質、唐代意象本體論時空觀、唐代意象創構論時空觀以及唐代意象藝術論時空觀。四章下設詳細子目，分別為意象時空無限性、一體化與境域化主題，儒道釋思想文化與本體論時空觀探析，審美意象創構中

「意」、「象」與「境」中的時空構造途徑以及詩、書畫、園林、樂舞等有代表性藝術意象中的時空具體展現等幾個方面。詳盡章節分配如下：

第一章「唐代意象論中時空觀的總體美學特質」。唐代是是一個思想文化等意識形態相互交融的時代，在美學上表現即是各種文學藝術門類之間的互相借鑒以及相互轉化，而就在這各類藝術互相融入之中形成了時空審美主題特質。這是唐代意象論時空觀念研究的一個大背景與根本基調，它決定了在審美意象創構中時空審美運思與建構，同時也內隱著鮮明時代性，並最終呈現到各類審美意象形式中去。唐代時空觀念總體美學特質主要表現為時空連續化、時空一體化與時空情境化等三個方面。

第一節為「意象時空無限性的審美追求」。在時空連續化審美語境中感受無限綿長的時空體驗，審美意象不斷向無限時空敞開，最終呈現出一片虛幻、無際的審美想像空間。可分為三個層面闡述：首先是「內外因：意象時空無限性的時代背景」意從時代美學背景著手，從內外因相結合方式探究意象時空無限性原因。其次「虛實、超越、詩意：意象時空無限性的審美體現」，通過虛實相生的時空拓展、超越性的時空縱深以及詩意性的時空延展實現了意象時空無限性審美主題彰顯。第三「無限的生命律動：意象時空無限性的審美意義」從審美意義維度對意象時空無限性美學主題予以深度闡釋。無限是審美意象的生命律動，也是時代審美精神的深刻展現，具有深層美學意義。

第二節為「意象時空一體化的美學主題」。從時空互合審美關係中體悟意象時空之立體圖示，時間與空間互相蘊藉，以達到審美意象時空的一體化、豐富性的美學主題。首先「時空演變：時空一體化的理論積澱」分別從主客兩方面來進行時空關係的推演，從理論積澱角度探測時空的審美主題。其次「時空互滲：時空一體化的審美路徑」分別從時間空間化、空間時間化以及時空交融與碰撞三個層面進一步論證時空互滲的審美理路。審美意象時間中蘊藉著空間性，時間推移或是主體心緒推移造就了空間模式與審美，並形成了超越與多變的時空軌跡。空間時間化進一步拓展了意象時空審美表現力，通過空間時間化美學主題來尋求主體心靈的安放、靈魂的自適。唐代審美意象多彩紛呈，無一不蘊藉著時空一體化美學思維。審美意象時空給予人的美感是時間與空間相互融合與互滲的整一美感，一個韻味生動的藝術世界。再次「時空合一：時空一體化的主題意蘊」，把握了時代的總體基調，為宋元及以後時空關係的發展奠定了基礎，時空合一展示了唐代審美意象的又一重要思維特性。

第三節為「意象時空境域化的美學主題」。從時空情境化中獲得對於歷史、宇宙與人生的超感悟、意象化理解與感受，將審美意象時空訴諸唐人社會生活與人生體驗之中。首先「情感境域：意象時空的情感化層次」側重從情感性維度分析唐代審美意象時空境域化主題，體現為對審美意象內部情感時空的關注，注重體悟審美意象背後的「意識流」和「心理場」，使得審美意象不斷生發出可開拓的象外空白情意時空，將時空境域化、審美化。其次「心靈境域：意象時空的心靈化加深」意從時空心靈化層次進一步深入唐代審美意象中，將意象時空上升到一個審美詩意高度，從精神境界層面對其深入探究。第三「審美旨歸：時空境域化的時代美學精神」，這些對於唐代意象時空審美性主題特質的探求蘊藉著深刻時代美學精神，從時空審美中頓悟意象時空的詩意和超越，唐代審美意象時空觀念與前代相比逐漸走向了精深與純美，時空在此維度上走向了純美藝術意象世界。

第二章為「唐代意象本體論時空觀」。筆者認為只有回歸到唐代儒、道與禪交融與碰撞的思想文化語境中才能認識意象論中時空觀真正內涵，對時空觀研究進一步深入推進。所以本章意從文化視角切入唐代意象本體論時空，意象時空觀念離不開生成意象的傳統文化土壤。意象時空在本體上終極展現就是「道」，「道」在唐代這個獨特思想文化語境中有三種基本形態——儒家之「道」、道家之「道」以及禪宗之「道」。筆者認為，唐代意象本體論中時空觀念是與唐代深刻思想文化背景密切相關的，深入文化內核才能對意象時空觀念以更深入地理解和觀照。為了進行清楚、明晰地論述，本章分別從儒、道、佛禪思想層次去逐一深入探討唐代意象本體論中的時空觀念。

第一節「唐代儒家文化視域中的『物』本體時空觀」。唐代是儒家思想文化深入發展的時代，儒家思想文化對審美意象本體論時空觀產生了極大影響。體現為三個層面：首先「『逝者如斯夫，不捨晝夜』：儒家文化影響的意象本體時間」，時間被看作是生生不息的綿延之流，無盡無涯，周而復始，在「綿延」中超越，在「物化」中通達。時間於此形而上層面通達永恆的詩意本體。其次「『天尊地卑，則乾坤定矣』：禮樂文化影響的意象本體空間」，在儒家文化影響的審美意象空間本體呈現為「規則」與「秩序」的中和樣態，由此在一定程度上制約著審美意象空間存在方式和形態，合乎規則與秩序的倫理化空間成為了本真、本體訴求。再次「節奏與韻律：意象時空的情感本體彰顯」從整體上對審美意象本體時空進行析解，時空於此不僅承載禮樂、展現規則，同時還

表達情感，在審美意象本體時空中尋求自我心靈的安頓和自適。總體看來，這是一個以「物」為中心的意象本體時空性，基於「感物」引發時空慨歎，並在「擬物」與「物化」中通達對於本體時空的審美思索。

第二節「唐代道家逍遙視野中的『道』本體時空觀」。道家思想文化蘊藉著唐代審美意象本體時空的又一形態，意象時空逐步由社會人生層走向了充滿無限可能的道體宇宙自然層面，走向更為遠闊的高邁與自由。首先「『乘物以遊心』：『逍遙遊』的意象本體時間」以「乘物以遊心」的「逍遙遊」思維打開唐代審美意象本體時空視野，將時間看作是自然之道的大化流行，在審美意象時間中適意書寫。其次「『越形色而入情懷』：『逍遙遊』的意象本體空間」，道家思想文化將它那天人一體的自然觀推移到自然界萬千意象與情意宇宙中，超越形色而注入情懷，給古典美學增添無限「境」與「味」，將古典意象帶到一個更高遠、更超邁的審美意象空間。再次「『逍遙遊』的意象本體時空境界」，古人對美學思想的闡發往往突出表現在超越主體現實空間基礎之上的遊心，以「道」的本體視角感知意象時空與存在，在「逍遙遊」美學思維之下唐代審美意象將時空拓展到無窮之野，無際涯亦無所待，將時空審美提升到一個新高度。

第三節「唐代佛禪自性境域中的『心』本體時空觀」。佛禪在唐代得到了前所未有的深入發展，並逐漸成為了對唐代審美意象影響深遠的思想文化典型。它賦予唐代審美意象本體論時空以新質素，將意象時空導向更加空靈的審美境域。首先「『無住無念』：佛禪影響的意象本體時間」從時間維度展現本體論時間形態，佛禪重新塑造了唐人的審美經驗和時間感知，使之極度心靈化與意象化。體現為打破時間三際，對綿延時間消解，轉向為「瞬間永恆」的空觀時間。其次「『自性虛空』：詩情拓展的意象本體空間」將視角轉向意象空間，佛禪「自性」與「虛空」文化心理結構在唐代審美意象時空建構中得到了全面推進，形成了萬物一體、自在心悟的審美意象空間觀念。再次「『萬有一體』：時空審美之境的超越與回味」，受佛禪思想影響唐代審美意象生成了審美時空之境，佛禪的「境」具有超時空意味，實則是超逸於自然空間和社會空間並回歸本真心識的審美意象本體時空形態。佛禪為唐代意象理論注入了深邃哲理意蘊，以「心」觀時與空，將存在時空境域化為詩意棲居之所，與唐人意象思維深度契合，時空在此走向了純美化意象世界。

第三章為「唐代意象創構論時空觀」。明晰唐代意象論時空觀念總體美學

主題特質與本體論時空觀之後，就要對其審美創構與生思展開說明，在意象審美創構中展現時空審美建構流程。具體說來，展現在審美領域則是對「意」中時空、「象」中時空與「境」中時空內涵特性以及審美建構的深度探究與延展。唐代意象論時空觀在創構論層面主要展現為主體「意」中時空的遊心與想像，「象喻」式的審美時空建構和「意境」式的審美時空傳達，最終達到意象時空的審美建構，超越於物理意義和文化意義，追求審美意義的時空層次塑造。時間與空間在審美意象創構過程中是動態生成的，它體現為對時空範圍、時空關係、時空詩性的處理上，它們形成了意象時空建構的一個思維理路。詳細小節如下所示：

第一節「唐代意象創構論中主體『意』的時空無限觀念」。唐代意象論中時空觀研究不可離開對意象之「意」的討論，古典美學一直追求一種意在言外的含蓄表達方式，在唐代也不例外。意在言外本身指涉一種時間和空間觀念，「意」中體現了主體的心理時間，而「言外」則蘊藉了超越於物象之外的審美空間，意在言外所追求的就是詩性時空彰顯。在唐代古典詩、書、畫、樂、舞等審美意象中都有詳盡體現。本節共分為三個部分。首先「『攢天海於方寸』：時空無限的理論探索」從具有代表性理論家如王昌齡、皎然、司空圖對意象之「意」的探究中梳理時空觀念，這是一個理論基礎，為主體之「意」中時空提供了學理上依據。其次「『意冥玄化，遊心泰素』：時空無限的意象構思」以「遊心」「想像」等意象思維分析主體在創構意象時「意」的主導作用以及「意」中的時空圖式構成。綜合論述主體「意」中時空意涵，諸如「寓無限於有限」「由剎那見永恆」「言外之意」等美學彰顯。第三「『意在言外』：時空無限的藝術呈現」，由前面論述中可以看出在唐代意象創構論中主體之「意」蘊含著深刻時空觀念，它構成了意象創構中時空審美建構基本途徑之一。通過不斷地觸發想像造就了時空心理，在時空超越之中完成了意象構思，並以主體「意」中時空的無限拓展而進行文本時空布局，最後再將無限情思都寄託於時間和空間綿延之中，完成了詩與思相互結合的意象時空藝術建構。本節旨在以唐代主體之「意」來反觀時空性，從中析之時空拓展的無限意味。

第二節「唐代意象創構論中『象』的時空合一主題」。承接上節意象創構主體之「意」中時空拓展，這裡進入「象」中時空探究。因思而成象，時空不僅存在於所思之「意」中，還存在於所觀之「象」裏。「象」，說不可說，表心所想。「象」是古典意象理論的源頭，中國古典文化自古就有尚「象」之傳統，

殊不知「象」中其實蘊含了深刻時空觀念。意象中「象」又分言內之象與言外之象，言內之象是我們可以直接感知的存在，而言外之象包含了一些不確定因素，存在於意象的想像時空中，是對原有時空形式的超越。本節主要涉及了唐代意象創構論中「象」的時空觀問題，以「象」為中心分析意象之「象」中時空構造與表現，並由「象」牽引出「象外」的內涵。本節共分為三個部分——首先「時間與空間在『象』的歷史語境中萌發」主要簡述「象」之源頭，分析「俯仰」「觀取」之中的時空意識。緊密結合唐代「象」的概念，並從中析之時空觀念。其次「『時空合一』在『象』的審美建構中形成」依次從「象」中時間的體味，到「味」外空間的探尋，唐代意象論中以「象」為中心的時空合一主題正式形成。第三「『時空合一』在『象外』的審美流變中延伸」主要以唐代「象外」說為論述對象闡釋其中時空觀念。在唐代意象理論中最能體現時空意識的莫過於「象外說」，唐代的劉禹錫、皎然與司空圖等理論家都對「象外」問題進行了深刻闡釋。這是一種時空心理機制的延伸，從藝術思維來看清時空觀念，把握時空合一審美建構主題。概言之本節以意象中的「象」為重點，從中總結出意象創構論中時空觀念。

　　第三節「唐代意象創構論中『境』的時空詩性創構」。「意」中詩性時空拓展以及「象」中時空合一和內外時空的轉化都為「境」中虛實相生、情景相融時空做了鋪墊，這是時空審美建構的逐步深化過程。中國古典文化中有著厚實時間思想地基，它與人的現實存在和情感體驗、個體集體遭逢和歷史理性思考之間形成了千絲萬縷的密切關聯。於是本節意從「境」中虛實相生的意象創構視角出發，根據意象創構過程中的主客情感遭際和物我天人相合視角釐清意象時空建構的核心問題。第一部分「『境』中時空詩性的理論萌發」預設以王昌齡、皎然、司空圖等有代表性的論「境」的觀點，從中感悟詩性時空觀念建構。這是詩性時空形成之源，也是從理論高度將意象時空審美建構途徑予以最終極理解與闡釋。第二部分「『境』中時空詩性的審美建構」預從「師造化」與「得心源」等角度來剖析詩性的唐代意象時空審美建構路徑，既是「境」的生成，也是時空詩性的審美形成過程。第三部分『境』中時空詩性的審美層次」，其中包括了虛實相生時空布局、遠近有無時空轉化以及情景相融時空顯現等主要結構層次。以此完成了唐代審美意象創構中時空觀念的詩性審美建構。

　　第四章「唐代意象藝術論時空觀」。審美意象時空根深於思想文化深處，進一步泛顯於審美意象創構中，同時又昇華於藝術世界。由此本章承接前文將

時空觀念進一步推進，將它深入到具體審美意象的多樣化類別中，通過「道」
與「藝」之間的勾連進而更加深入理解意象時空之美，體悟意象時空之思。時
空設計與時空呈現是時空觀念研究的關鍵環節，深入於唐代審美意象藝術化
深層，以此為意象時空找到了審美意義和落腳點。由源到流，最終完成唐代意
象論中時空觀理論和實踐層面的全面探究和詮釋。

　　中國美學中的時空意識更多的是從感性層面出發，以體驗的豐富與完善
來獲得生命本真的鮮活意趣，所以意象論中時空觀念也多半在體驗中尋得，從
眾多意象實踐中截取時間與空間觀念和感觸。意象時空體驗其實質上就是一
種神遊，流連於各意象之間，神遊於時空之外。末章「唐代意象藝術論時空觀」
從具體審美意象中再次論證時空觀念，其中不僅包含了唐代詩歌、書法、繪畫，
也涉及到了園林、樂舞等典型審美意象類型。審美意象時空觀念無處不在，它
們構成了唐代意象論時空觀的一個具象呈現，也是審美意象時空真正意義上
的開啟。經過系統論證，發現它們存在著一定規律，在對時空呈現中傳遞著深
刻時空感悟。具體小節如下：第一節「『言象立意』的唐代詩學時空」分別從
時間、空間維度重新拾起意象的深度之美，時空氤氳一體共同促成了審美境界
的創生。第二節「『意象化』的唐代書畫時空」從書、畫審美意象維度打開陰
陽變化以及筆墨特徵等審美技巧中蘊含的空間視野，最終以空間帶入時間，形
成了意象時空的完美合一。第三節「『借景經營』的唐代園林時空」從時間處
理和空間布局的維度審視內隱於審美意象中的時空美感，深度感觸時空的境
心相遇。第四節「『立線律動』的唐代樂舞時空」，唐代樂舞意象時空突破了有
限節律，突破了感性形態，實現了現實時空與宇宙時空的深刻對接。以此完成
了唐代意象藝術論時空觀的深入探究。

　　誠如前述，唐代審美意象營造出了意義層疊、韻味無窮、妙不可言的語意
時空，其中「象」為其表，「意」為其裏，「境」為其追求，意象就是一個充滿
著時空性的藝術化思維存在。本書首先從宏觀審美視角對唐代意象論時空觀
總體美學特質予以深入探究，為唐代意象論中時空本體、建構以及呈現找到深
入的文藝美學主題特質。第二章則結合文化語境，進一步深入意象本體論中時
空觀念，為時空觀念呈現找到深刻的哲學文化淵源。第三章則深入意象創構論
的表裏，透闢深入分析時空在意象中的構造與種種表現，分別從「意」「象」
與「境」這三個唐代意象創構論的重要範疇來對唐代意象論中時空觀進行深入
剖析與論述。通過由意到象，由象入境的文論本位研究，從唐代意象創構論的

時空審美建構中進一步深思意象時空的美學性和現實意義。第四章從源到流，由創構到鑒賞，更進一步探討唐代意象論時空觀審美具象呈現，這是研究唐代意象論時空必不可少的一環，也是意象時空得以綻放異彩的關鍵所在。為此需要結合意象論中具體形而下文本如詩、書、畫、園林以及樂舞等意象中的時空觀分析，概括出審美意象時空呈現規律與特質，來對唐代意象論中時空審美構造進行全方面瞭解，以此對於唐代意象論時空觀研究才可以畫上句點。

二、研究價值和意義

「萬象森羅，依空而往。百變紛紜，依時而顯。空間時間者，世間一切事象之所莫能外也。」〔註34〕時間和空間已經成為了探尋民族性「文化—心理」結構的特殊標尺，透過對唐代意象論中時間與空間多層次、多維度分析，可以感知到古代文人開闊的宇宙格局和超越時空的曠古胸懷，以此更深入地把握中華民族「文化—心理」結構。毋庸置疑時空與人的存在密不可分，存在即是彰顯，時空即是前提。人生活在時空之中，意象創構當然也在時空之中進行，我們對各種意象體驗當然也在時空中去感受、去超越。古代人們將時空觀念內隱於意象創構與體驗之中，瞭解意象論中時空觀念必然要從豐富創作實踐、意象理論以及有關意象的一切美學思想中去深刻挖掘和重新詮釋。發達的意象創作實踐以及意象理論上的積極探索是研究這個問題的有力出發點，多元哲學文化時空概念、廣泛美學時空觀念以及人們關於時空的思慮和感知都給予了這個問題以研究的實踐價值。

唐代意象論中時空觀問題是一個極其深刻而又發人深省的話題，這個話題包含了人們對於唐代意象論的一切思慮和想像，它是研究審美意象的十分新穎角度。唐代是研究意象論中時空觀的一個極好斷代，時間與空間於此具有鮮明美學性和審美價值，體現在詩、書、畫、藝等多元審美意象形態之中，並沉澱在藝術思維與美學風格裏，體現了這一時期獨特審美理想，承前而啟後。唐代意象論中時空觀研究範圍中第一維度即意象論中的時空思維、時空意識以及人們對時空的理解；第二維度則體現為具體意象的時空性。這是一個理論上的大膽建構和嘗試，對古典意象理論無疑是一個鮮活補充和發展。時空觀在意象論中的地位不可取代，它的美學作用已經逐漸受到人們的重視和關注。時空觀不僅展現了唐代美學對於意境化審美意象創構和無限拓展審美理想的

〔註34〕宗白華：《宗白華全集》第一卷，安徽教育出版社2008年版，第15頁。

深度追求，同時也展現了時空中的主體意象思維特徵，蘊藉著強烈古典美學情懷。

進一步說來，時間與空間是我們生存的方式和場域，也是審美意象創構與鑒賞的必然因素，對於唐代美學史與意象研究意義極為深遠。唐代是意象理論的蓬勃發展期，它繼承了之前意象理論的傳統，並在其基礎上更加注重對文學和藝術的審美性探討。在這其中，對於時空觀念研究更是在此基礎上的理論創見，以時空觀念反觀意象，會有一種出其不意的美感和新意。叔本華在《作為意志和表象的世界》中，把美學的時空觀與其他科學意義上的時空觀作了區分和說明，他認為自然意義上的時空猶如一個人疾步走向雲天相接的地平線，當你到達時地平線又向前推出了同等的距離；而美學意義上的時空則不同，每一次都能達到目的。時空觀在審美意象維度具有超越自然性特點，它具有審美性，是時空的詩性化表達。或者說這種本源時空觀念唯在審美世界中才得以本真展現，即在意象論中得以實現。在文學與藝術審美日益精緻化與多元化的唐代，意象實踐豐富多樣，在審美體驗現象學還原之下對審美意象時空的探求也逐步趨向完善化，以審美意象融合物我時空即是本源時空的真實顯現。也就是說，時空之美成為了唐代意象論中極為鮮活的表徵，它體現了一種整體性的時空美學思維。從文化交融中進一步將審美意象時空研究推進，把握時空之本體。再由時空之本體進一步深入到審美意象創構維度，於審美意象創構的諸範疇中把握時空的建構流程和深刻美學性。接之以多元、典型的審美意象形式為研究對象，將意象時空觀念展現到具體審美意象類別中，從時空之審美建構到時空之藝術呈現與感知，從而深度把握審美意象時空之源流和本質，重新認識時空之美。這一研究過程本身就具有深刻的美學意義，為唐代意象論研究提供了思考與感知的新視野和新思路。

總而言之，唐代意象論在整個意象研究領域中都極其具有典型性，可以說是整個中華民族意象思維的代表。意象是整個文學藝術美的來源和本體，美在意象中生成並顯現，而意象論中時空觀卻是意象形成與發展中的超越本體存在。唐代美學或者說整個中國古典美學都是在時空合一、物我相融和意象思維模式框架下，各文學藝術門類表現出自身獨特美學特性，眾多文藝共同成就了大唐氣象。可以說，唐代意象論中時空觀研究是更好地理解和把握唐代意象論的必要維度。對於唐代意象論中時空觀研究是深入到意象內部，從本質上對古人意象創構與意象體驗的深度探源。與此同時唐代意象論中時空觀研究也彰

顯了中國古典美學的獨特精神，是整個民族思維方式和行為習慣的深刻體現。我們可從時空觀研究中重新審視意象思維，重新認識意象實踐，並以此重新定位中國古典美學與文化精神。本書是對唐代意象論中時空觀的系統梳理和建構，本乎意象，衷於時空，意從時空觀角度尋找審美的根源。以圖最終能夠讓讀者在時空中體會意象和解讀意象並獲得出其不意的審美愉悅，以此重識唐代這個獨特年代中別樣的審美意象世界。

第一章　唐代意象論時空觀的總體美學特質

　　審美意象時空觀念是時代風貌與民族心靈所獨有的思維模式，展現了有唐一代文人的情感世界以及生命軌跡，包蘊了由個人推及到社會歷史乃至宇宙人生的深度省思，表達的是超越於形式和內容之上的精神內核層面。唐代是一個思想文化等意識形態相互交融的時代，在美學上的表現即是各文學藝術門類之間的互相借鑒以及相互轉化，而就在這眾藝術互相融入之中形成了別具一格的時空美學主題特質。這是唐代審美意象時空研究的主題背景，也是意象時空觀研究的總體方向，並與時空審美本體、時空審美建構、時空藝術呈現妙合無二，是意象時空感知與理解的必要維度。唐代意象論中時空觀的總體美學主題在時空範圍、時空關係、時空內容上都體現出了自身獨特審美特性，並形成了一個逐漸完善、極富玄思且豐富敞開的時空審美系統。它們共同形成了唐代審美意象時空的鮮明主題呈現，具體體現為如下幾個層面：對意象時空無限性的審美追求，意象時空一體化的美學主題以及意象時空境域化的美學主題。

第一節　意象時空無限性的審美追求

　　唐代審美意象時空在範圍上追求無限性的主題特質。在任遊時空與錯綜古今中實現了時空的連續化，在神思物化、心與物遊之中體現了主體思緒的超越時空、任意舒卷，此時千年之遠與萬里之遙都可以近在咫尺。時空無限性審美追求，體現了從時空邊界、範圍來看審美意象中時空觀念。所謂時空無限性

究竟展現在意象論中是怎樣的理論圖式？這是對時空限制的一種消解，藝術生命力就在於對時空無限超越的體驗與感悟之上。這種時空的遊歷在唐代意象論中表現得尤為明顯，並得到了充分生發和呈現，影響了後來的時空美學。時空無限性與連續化成為意象之所以為美的重要因由，它體現為唐人對於審美意象的意思、意想中，體現了宇宙意識的超越層面。因為時空無限，客觀物象可以極大地豐富原有定勢，主觀心意也可以拓展目視所及的侷限性，所以審美意象時空感便充滿了不斷繼續創構和深入探究的可能性，這些都是在無限廣闊的意象時空思維中得以實現和完成。它是我國古代傳統哲學觀——從有限到無限的深度體現，與此同時審美意象時空又從無限回到有限，如此不斷迴旋往復是意象時空的審美本質之一。總之，唐人對於時空感知和時空表達向著無限宇宙本身做更深更遠的拓展，蘊藉為深刻的時空審美特質。

一、內外因：意象時空無限性的時代背景

唐代審美意象時空無限性主題具有其深厚美學背景。審美意象時空體現了主體生命對宇宙無限的發現，對內在精神和外在形象的超越和拓寬，從時空廣度和深度對審美意象以縱情書寫。其中緣由背景可以從兩方面予以深入理解：一方面從審美意象創構中找到其生發的內在機制，成為了審美意象創構中時空建構的一個總方向和美學主題；另一方面折射出了一個時代豐富的精神氣度和美學風尚，從廣闊的外部審美環境中尋求無限性主題的審美根源。

首先，內因——意象時空的無限性是由審美意象創構的內在機制決定的。唐代是一個審美創構高度發達的時代，審美意象形式多元，創構理論豐富全面。唐人的藝術思維也得到了飛躍發展，在審美意象創構與發展中不斷進行著對於時與空的思考和表達，以一種詩意的維度。藝術家主觀意念造就了意象時空獨特審美特質，諸如視野的開闊、聲色的打開以及情趣的增加等都決定了時空的轉換超越、無限廣闊的天地精神書寫以及往古來今的審美意象體驗與品鑒，這些都是審美意象時空無限性特質的展現。所謂「包天地而羅萬物，籠日月而掩蒼生。」〔註1〕「五音五行，和於生滅。六律六呂，通於寒暑。」〔註2〕

〔註1〕〔唐〕王昌齡：《詩格》，選自張伯偉著《全唐五代詩格匯考》，鳳凰出版社2002年版，第171頁。

〔註2〕〔唐〕王昌齡：《詩格》，選自張伯偉著《全唐五代詩格匯考》，鳳凰出版社2002年版，第171頁。

從文獻閱讀中可以看出唐代意象論從整體上追求在無限審美時空視域中體悟宇宙的審美觀念，超越主體與「象外」，超越客體與宇宙自然，以此極大地豐富藝術思維，拓展審美意象時空。

　　具體說來，在審美意象創構機制中，主體之「意」遊心於客觀物象之間，它的審美視野是極度廣闊開放的，所謂「其何以澄觀一心而騰踔萬象。」〔註3〕這裡體現了一種時空無限性的審美心理。與此同時，客觀萬象也具備深遠時空內蘊，在整個審美意象創構活動中審美主體可以極大地抒發心意，縱情呈象，以象顯意。唐人的審美心靈具有無限律動特質，憑藉審美意象創構得以表達出來，超越了前代意象論所侷限的時空視野，追求心靈所感受的廣闊時空以及層深境界。在心物視域的打開中豐富了現實時空，進入到一個擁有無盡審美可能的多維、廣闊意象時空視域。這一切都離不開時空無限性審美主題。審美意象創構機制決定了時空無限性的詩情展現，以形式的有限達到意義的超限與無限。也只有在審美意象創構中突破有限時空，以此才能獲得審美體驗的滿足，縱情時空的雀躍。無限性是根深於唐代審美意象創構中內在的、深層的、終極的美感形式，是時空之美的起點，也是根本。

　　其次，外因——審美意象時空的無限性是唐代意象美學的主旋律。時空無限觀念是審美思維與視野的拓展，是對前代意象時空觀念的承繼和發展。對於時空無限的追求體現為對審美情趣的打開、藝術視域的開拓以及精神領域的延伸，這些在唐代文化與美學大背景中也得到了鮮明體現。意象時空觀念是一個時代精神氣度和美學風尚的折射。作為一個歷史上極度開放的朝代，它具有「冠帶百蠻，車書萬里」〔註4〕的恢弘氣勢，在歷史文化上卓絕百代，在審美上更加具有空前的時空意識和時空審美追求。受此影響的唐人在審美情趣、藝術領域等方面取得了突破進展，極大地抒發審美自由，書寫無限時空視域。唐人對意象藝術經營可以在上天入地、越古通今的周遊求索之中編織一個無線廣闊的藝術審美世界。一方面給人以整體感，構成一個情境相生的審美時空畫面；另一方面又加之以縱深感，從有限畫面延展到更廣闊的想像時空和情意時空。譬如唐代詩歌意象，其緣情與構景追求意象廣闊，時空縱深，皆源自時代美學思潮的深遠影響。又如書畫意象，時空悠遠，筆墨縱橫間傳遞的是無限寬

〔註3〕〔清〕冠九：《都轉心庵詞序》，選自〔清〕江順詒著《詞學集成·卷七》，清光緒七年1881年版，第160頁。
〔註4〕〔後晉〕劉昫等撰：《舊唐書·玄宗紀下》，中華書局2000年版，第157～158頁。

廣的時代審美情趣。即將無限置於審美意象中，又將無限視為時空審美重要因子，它們皆源自於時代闊大而深厚的整體美學精神。

這裡尤為注意的是，在整個古典美學中對於時空無限性的探究並非專屬唐代。但需說明的是唐代對於審美意象時空無限性的追求是縱橫超越與別具特色的，展現了盛世王朝的獨特審美意蘊，由此獲得了審美上的特別關注和共鳴。就比如同是書寫時空無限性，宋代審美意象時空無限性與唐代相比就明顯削弱了許多，具有不同情感性體現。以詩詞為例，同是書寫意象時空無限性，「飛流直下三千尺，疑是銀河落九天」〔註5〕與「平蕪盡處是春山，行人更在春山外」〔註6〕所傳遞的時空無限感是截然不同的，一個在恣意磅礴中探尋宇宙時空的無限，一個在情緒交雜邊緣探測目視所及的意想。從時空無限的「恣意」到「試探」，從無限伸張、多維立體的時空到隨視線所及而伸向遠方的可窮盡時空，在無限性方面唐代無疑最具有審美典型性。這是這個時代所具有的審美取向，擅於在無限廣闊的時空中書寫審美意象與審美感懷，並將審美情感淋漓盡致地發揮。時代審美取向融入到意象時空的審美鍛造中，傳達著盛世審美風韻。即使是盛世將落，時空無限性也依舊是意象審美的主旋律之一。無限性書寫著我國封建大一統王朝的審美主旋律，是前所未有的美學盛況，代表著唐人對於現實人生以至廣闊宇宙的審美思索。這是時代審美思維決定的，也是唐代意象時空無限性的審美殊性所在。

也就是說，意象藝術是主體生命對宇宙無限的發現。唐代審美意象生發出的審美時空可以超越有限束縛，向著無盡開放的趨勢。如柳宗元在《始得西山宴遊記》中所說：「悠悠乎與顥氣俱，而莫得其涯；洋洋乎與造物者遊，而不知其所窮。」〔註7〕所以不管是從時代上看，還是從唐人的審美情懷上看，無限性都有其生發和蘊藉的審美積澱。又如司空圖《二十四詩品》中體現的開闊、無限的意象時空意識，在「天風浪浪，海山蒼蒼」〔註8〕一句中就生動形象地

〔註5〕〔唐〕李白：《望盧川瀑布》，選自《李太白全集》第3冊，〔清〕王琦注，中華書局1977年版，第1154頁。

〔註6〕〔北宋〕歐陽修：《踏莎行・候館梅殘》，選自《歐陽修詞集》，上海古籍出版社2010年版，第15頁。

〔註7〕〔唐〕柳宗元：《始得西山宴遊記》，選自《柳宗元集》第3冊，中華書局出版社1979年版，第763頁。

〔註8〕〔唐〕司空圖：《二十四詩品》，羅仲鼎，蔡乃中注，浙江古籍出版社2013年版，第47頁。

概括出來。這也是時代基本的美學精神體現，「即從具體步入抽象，從有限趨向無限，從人生躍入宇宙，從現實返到歷史，從實有遙接虛空。」〔註9〕面對浩瀚無垠的詩意宇宙，唐人心靈受到極大地震撼，以此追求無限、書寫無限，在無限的審美律動中徜徉。這從根本上體現了時代雄渾、擴大與壯麗的整體美學精神，在審美意象論中就體現為關於本真自由的無限時空超越，在詩性與思性相互結合的審美理想中不斷向無限自由的審美境地開啟。

　　總之，在審美意象創構的內在機制以及時代美學精神的內外因背景等因素影響之下，唐代審美意象時空總體上追求一種無限性美學主題特質。在時空範圍上無限打開，對時空以詩情拓展與延伸。無限是唐代審美意象時空範圍的極大突破，展現在審美意象本體、審美意象創構以及藝術化的意象時空呈現中。唐人將審美意象表達逐步推移至一片廣闊藝術天地和宇宙時空中，在多樣化審美體現中跨越限制、點化有限，使得審美意象擁抱詩情宇宙、營構無限時空。這是時代的歷史必然，也是唐人的精神理想。

二、虛實、超越、詩意：意象時空無限性的審美體現

　　唐代審美意象時空的無限性美學主題有其具體審美體現——諸如以虛實相生來對審美時空視域以無限拓展，對實有時空進行言近意遠的時空延伸；從超越性中將審美時空視野以縱深開拓，實現了由有限到無限的時空審美；在詩意性的時空彰顯中進一步深化審美意象時空的無限性美學主題，以期從廣度和深度對時空進行縱橫超越。簡言之，以虛實鑄造意象時空無限的審美內涵，以超越層深意象時空無限的審美探尋，以詩意完善意象時空無限的審美旨歸。唐代審美意象時空無限性的主題特質是逐層推進、漸次展開的。

　　首先，以虛實相生拓展無限審美視域。唐代審美意象在審美特質上擅於將客觀外部世界心靈化、主觀化，將存在變為富有詩意的虛實結合之場域，以期拓展無限的審美視域。一方面，豐盈原有所在的藝術世界，另一方面打開未知的新領域，將存在空間審美化或意境化，並不斷朝著精緻化的審美思路發展。所以最終呈現為虛虛實實的審美時空主題特質，通過虛實相生實現對無限審美時空的探尋。意象時空無限性成為了美學上的風尚標，這是一個具有浪漫情懷和詩意感性的時代。意象主體所抒之詩、所成之書以及所作之畫等都是虛實結合的時空展現，它呈現出一個可以不斷拓展和深化的美學時空。如皎然《詩

〔註9〕李浩：《大唐風度》，華文出版社1997年版，第24頁。

議》中曾說到:「夫境象不一,虛實難明。凡此等,可以對虛,亦可以對實。」
〔註10〕又如韓愈認為:「文工畫妙各臻極,異境恍惚移於斯。」這裡所說的「異
境」指的是所構之境中的虛幻、想像成分,是來自於人心靈的深層次結構。可
以看出唐人十分注重虛實在意象論中的審美作用和意義,以期通過虛實來傳
遞他們的時空感知和時空想像。值得關注的是這裡的虛實相生不僅僅是時空
意識的一個概念,同時也體現了古代哲學的宇宙觀念。正所謂「寂寂凝神太極
初,無心應物等空虛。」〔註11〕整個客觀物質世界就是一個虛實相生的結合
體,這種情形在審美意象世界中也依然成立。所以意象時空無限性除了體現為
虛實相生層面,同時也表現為超越性審美特質。二者涵義略有不同——「虛實
相生」體現了時空的延展,在無限拓寬的視域中營造無限性;而「超越性」則
體現了時空的縱深,在縱深遨遊的視野中助力無限性。它們都促成了唐代審美
意象時空的無限性審美主題。

其次,以超越性縱深無限審美視野。意象時空超越了現實時空,在審美維
度對時空加以縱深化、審美化,超越了有限,直抵無限的審美視野。唐代是我
國古典美學與意象發展的全盛時期,絢爛開放的中華文明傳統,多民族的融合
和交流,外來文化的引入,文化歷史的背景等都極大地影響了審美意象時空超
越性主題特質的形成。在詩性審美意象塑造中表現了唐人突破個體生命的有
限意識,將自身審美經驗向宇宙時空展開,與山川、河流、日月對話,這正是
審美意象時空超越性的絕佳體現。在巧奪天工的審美意象鋪陳與時空觀念敘
事的背後,是意象主體對於生命意義的本真洞察,於此超越了表層意象,走向
了靈魂的縱深。正如有學者所闡釋那樣:「通過藝術,無盡的不在場者得以顯
現、澄明,時間和空間都得以超越,人進入完全自由的境界。」〔註12〕比如杜
甫詩:「窗含西嶺千秋雪,門泊東吳萬里船。」〔註13〕從一扇小窗中卻可見千
秋之雪,於門泊東吳裏也能看見萬里船隻,詩人用心靈之眼捕捉到了超越於小
小扇窗之外的千秋和萬里。這是一片想像和超越的審美意象時空視界——積

〔註10〕〔唐〕皎然:《詩議》,選自張伯偉《全唐五代詩歌匯考》,鳳凰出版社 2002 年
　　　　版,第 205 頁。

〔註11〕〔唐〕徐靈府:《自詠》,選自《全唐詩》第 12 冊卷八五二,中華書局編輯部
　　　　點校,中華書局 1999 年版,第 9703 頁。

〔註12〕馬奔騰:《禪境與詩境》,中華書局 2010 年版,第 224 頁。

〔註13〕〔唐〕杜甫:《絕句》,選自《全唐詩》第 4 冊卷二二八,中華書局編輯部點
　　　　校,中華書局 1999 年版,第 2487 頁。

雪尚未融化又疊砌，一層壓過一層的審美意象，其中空間延伸和時間回溯的廣度令人讚歎，時空獲得深度超越，並帶來了悠遠的審美境界。唐代的詩人們可以不被現實物象所侷限，而僅僅憑藉想像和思維的跳躍就創構出了富有超越性的無限時空審美境界。詩如此，藝術亦然，時空獲得超越以此打開了無限的審美層深境界。正如朱光潛《詩論》中論述：「本是一剎那，藝術灌注了生命給它，它便成為終古，詩人在一剎那中所心領神會的，便獲得一種超時間性的生命，使天下後世人能不斷地去心領神會。本是一片段，藝術予以完整的形象，它便成為一種獨立自足的小天地，超出空間性而同時在無數心領神會者的心中顯現形象。」〔註14〕這樣的時空超越性體現在唐代意象論中不勝枚舉，不一而足。在唐代審美意象時空中打破了囿於時空的表層現象，而代之以超越性的時空意象顯現，這一切都應和了意象時空的無限性審美主題。

再次，以詩意性再度深化意象時空無限性主題。在虛實相生與超越性的審美意象時空基礎上又顯現了詩意性特徵，將時空無限性審美逐漸上升到一個「只可意會，不可言傳」的美學高度。唐代意象論中意象的起源、意象主體對「象」與「境」的建構、意象的呈現以及特徵等等均統率在詩意性的時空觀念之下。以詩意性將無限審美時空的內涵與外延深度拓展，並彰顯著時代闊大深厚的審美氣象，體現了我國古典美學所追求的審美理想狀態。古人向來追求與時空同一的詩意存在方式和生存哲學，並在審美意象實踐過程中逐漸形成了一種關於時空的形而上思維方法，在時空流動與沉澱中逐步將其深入到詩學、書法、繪畫、園林、樂舞等審美意象中，彰顯著詩性魅力。也就是說，詩意性時空渲染倍增了意象時空的無限審美性特質，在詩意性的時空氛圍中可以感受到一個時代無限而又廣闊的審美意象時空追求。這是蘊含在意象論深層的美學規律，也是唐代時空美學之所以充盈審美內蘊和光輝的原因所在。

總之，通過虛實相生、超越性以及詩意性等藝術化方式，意象時空得到了審美拓展和縱深，唐代意象論中的時空觀呈現出向著無限追求的總體美學主題。穿透宇宙，止於無止，與天地精神相吞吐，時間在這裡延伸，空間在這裡拓展。無限的審美意象時空開拓了廣闊藝術與審美視域，催生浩瀚而遼遠的審美意境，在唐人對於這廣闊時空的審美追尋中感受來自宇宙萬物的終極詩意和生命境界。時代的詩意與無限成就了時空的無限境界，同時也映現出了古典

〔註14〕朱光潛：《詩論》，生活‧讀書‧新知三聯書店 2014 年版，第 60 頁。

美學的審美品格，影響了後世時空美學的發展走向。

三、無限的生命律動：意象時空無限性的審美意義

從前面論述可以得知，唐代意象論中時空觀念以無限性為審美主題特質，追求在有限境域中的無限超越，於有限中體驗無限，亦如杜甫詩句「乾坤萬里眼，時序百年心。」此詩句十分典型地概括了唐代審美意象時空的無限性主題特質，它體現了時空範圍上突破有限，向無限審美視域延伸的美學主題。意象時空無限性不僅是由審美意象論的內質因素決定的，同時也與時代審美取向和審美趣味相得益彰。在對意象時空無限性審美追求中，唐人與客觀外部世界呈現出一種和諧審美關係。無限是審美意象的生命律動，也是時代審美精神的深刻展現，具有深層美學意義。

進一步說來，追求意象時空無限性在更深層次上體現了唐人對藝術人生的審美馳思和深度縱橫，在審美根源上深度體道。追求無限性審美意象時空不僅體現了唐人對無限宇宙把握的雄心，創造與之相符合的詩美；同時還體現了唐人對無限時空的謙卑心態，遨遊時空的遊刃有餘。人只有具備俯仰空間和縱覽時間的審美心態才能在意象時空中與審美相遇。一方面在審美意象中塑造一個客觀立體的藝術形象，自成一片審美的詩意天地；另一方面又涵泳著主體心靈，與天地精神相往來，與物同遊，美美與共。從審美意象時空無限性的獨特美學主題中展現了唐人的審美理想與情懷，將時空予以精神層面的深層意味，契合了唐代這個獨特詩意、追求卓越的時代。根據前面論述我們得知這是由時代新變所產生的審美性本質，是藝術家的獨特感悟和情有獨鍾，因而也是獨具特色的時空彰顯。

與此同時，唐代意象論時空的無限美學主題並非脫離了有限，而是從有限中到達無限，在超越有限基礎上對整個宇宙世界進行深情探索，以達到最終超越有限、神遊時空的審美目的。意象時空無限性的美學主題最終帶來的是主體心靈的大釋放與大超越，是審美意象時空的最高境界，反映了有唐一代文人的審美襟懷。審美意象時空無限性主題在根源上體現了「與道相接」的大美，從外在無限表徵中生成內蘊深厚的意象時空之美，具有鮮明的審美積澱深味和審美價值意義，為後世意象時空審美奠定了基礎、指明了方向、樹立了標杆。

總之，無限是審美意象時空的主旋律，也是極其重要的審美主題特質之一。在豐富自由的心靈審美中時空可以超越有限視野和物理邊界，在對意象時

空無限性探究中逐漸將審美胸次打開，並把這種美學主題融入到審美意象創構思維中，以「意」融「象」，以「情」寫「境」，最終轉化為無限生成的「道」的時空性，以此將時空之美上升到一種形而上審美維度。正如司空圖《二十四詩品》中云：「月出東斗，好風相從。太華夜碧，人聞清鐘。」〔註15〕「高人惠中，令色絪縕。御風蓬葉，泛彼無垠。」〔註16〕即審美期待不再滿足於視野可見的東斗之間，而是「泛彼無垠」，無限廣闊，在文藝審美領域將意象時空作無限延展，在不斷打開的審美視野中感受意象時空之美。

第二節　意象時空一體化的美學主題

在時空範圍上追求無限、彰顯無限，於此相對應在時空關係上則是時間與空間上的巧妙互合，在無限廣闊審美視域中的時空互合與一體化是唐代審美意象論的又一美學主題特質。關於時空一體的美學性，前人如汪裕雄教授就曾經論述過，他認為中國意象論的著眼點是時空統一體，不僅僅是單純的空間或是時間因素，而是一個有機整體，蘊含著節奏和韻律。不僅是汪裕雄教授，宗白華先生也很早就提出了時空一體化說法。的確，這樣的時空關係同樣存在於唐代意象論中，且極具典型性。正如周來祥在《中華審美文化通史》中所說的那樣：「時間與空間的和諧統一也是隋唐五代時期審美文化的一個重要特徵。」〔註17〕唐代審美意象熱衷於對虛空審美境界的探求，這裡包含了時間在空間中的流動變化以及空間在時間中的位置經營，時空統一於審美意象美學主題特質中，以達到審美精神的超越。進一步說來，由時、空單向度到一體化的理論積澱，經過時間空間化、空間時間化以及時空交融的審美路徑，最終實現了時空合一的美學主題意蘊，奠定了唐代審美意象時空的總體基調。

一、時空演變：意象時空一體化的理論積澱

時空關係在朝代演變中也呈現出時代審美特色，印刻著時代所獨有的文化印記和理論積澱。唐人既擅於對時空關係進行理論探索，同時又重視審美意

〔註15〕〔唐〕司空圖：《二十四詩品》，羅仲鼎，蔡乃中注，浙江古籍出版社 2013 年版，第 21 頁。
〔註16〕〔唐〕司空圖：《二十四詩品》，羅仲鼎，蔡乃中注，浙江古籍出版社 2013 年版，第 86 頁。
〔註17〕周來祥、韓德信：《中華審美文化通史·隋唐卷》，安徽教育出版社 2007 年版，第 38 頁。

象活動的呈現特質，敞開了一個由時、空單向度逐漸向時空互滲轉變的審美意象世界。其中時間體現了一種創進的價值向度，空間則彰顯了生命超越的位置關係。審美意象既在時間層面存在著自身，同時也在空間維度並存，無形無跡，卻又能使人體悟與共情，這是唐代美學與意象精緻化深度發展的結果。

首先，時空關係演變的客觀因素。從客觀層面來說，審美文化主旋律的和諧統一決定了時間和空間所具有的審美意象形態，以時空結構一體化來獲得審美感知的靈性超越。因為時代審美文化是包融廣博的，所以也就決定了時空關係處理上的圓融和諧，在時空一體化中將審美意象的美學意蘊無限展開和廣泛傳遞。時空一體化雖在很早就已經提出，如戰國時期尸子首次提到關於時空關係的看法，所謂「天地四方曰宇，往古來今曰宙。」〔註18〕在古人心中時空被認為是不可分割的整體，也是古典美學的獨特魅力所在。而問題的關鍵是這一時空結構關係在審美意象論領域被有意識挖掘與全面呈現是在唐代，在唐代真正實現了意象論中時空一體化的美學主題，它的成熟和發展經歷了一個漫長歷史演變過程。這裡有時代自身原因，也與唐人主體精神層面相關聯，其中客觀審美文化奠定了時空一體化的根基和前提。

在審美文化層面，時空關係經歷了一個由單向度向聚合發展的態勢，這樣的時空關係對審美意象時空觀念的發展也發生了作用。上下左右與天地四方的空間因逐漸演進變化而形成，並在變化中逐漸與時間結合。如劉禹錫《天論》中提出：「濁為清母，重為輕始，兩位既儀，選相為庸。」〔註19〕又如柳宗元《天對》云：「厖昧革化，惟元氣存。」〔註20〕在唐人的審美文化中宇宙天地的形成是陰陽化生、元氣充沛的結果，在陰陽中時空觀念也得到合理地理解與傳達，同陰陽等範疇一樣時間與空間存在著互相生發的演變軌跡。時空是天地元氣的聚生，同時也是萬物生長的場域，二者在本質上便存在相互融合的可能。由此可見，審美文化的和諧與包容精神使得唐人在看待意象時空問題上有了新思路，演化出了時空的新天地，在時空一體化中體驗宇宙萬物。這一觀念既是對之前朝代的繼承，同時也有大發展和新跨越，並全面自覺滲透到審美意

〔註18〕〔戰國〕尸佼著：《尸子》，汪繼培輯、孫星衍輯，中華書局1991年版，第27頁。

〔註19〕〔唐〕劉禹錫：《天論下》，選自《劉禹錫集》第五卷，中華書局1990年版，第72頁。

〔註20〕〔唐〕柳宗元：《天對》，選自《柳宗元集》第2冊，中華書局1979年版，第365頁。

象深層。古典意象時空觀念在唐代及以後發生了審美巨變，出現了新的時空思維和思考方式，並更貼合審美意象的藝術表現和情感傳達。這是時代發展的歷史必然，也是審美意象全面深化的詩意展現。比如唐代書法意象在其發展變化過程中通過由行書向草書的轉變打破了單一空間向度，加之以時間性的流動變化，完善了時空審美性結構，這與審美文化大背景是密切相關的。時空一體化體現了審美文化的歷史積澱，包舉宇宙時空一體化的審美意象兼具文化、時代與審美個性，展現了時空的藝術化審美思維。

其次，時空關係演變的主體維度。從主體層面來看，唐人精神世界的豐富和完善成為了時空一體化的又一重要因素。這也決定了時空一體化美學主題在唐代得以全面呈現的關鍵。唐人在主體精神自由追尋中尤為注重對生命真實的體認，注重豐滿藝術生命力的獲得，在這個過程中逐漸實現了再現與表現的深度結合，極大地擴大了藝術表現力。唐代詩人以及藝術家們既要在外部客觀世界的探尋中再現空間，又要在主體生命與心靈維度捕捉時間，達到對時、空的一種有機融合，展現了一定民族心理性特徵。於此再現與表現的結合使得時空獲得了深度統一併不斷趨於融合，共同書寫著盛世唐代的時空美學精神。正如司空圖在提出「以形傳神」的同時，又注重「俱似大道，妙契同塵」，此時天地萬物冥然為一，空間與時間在主體審美心靈中得到互補和調和，以展現自我內在的生命本體和根深層次的精神世界。也正是在「心」與「物」融合與審美視野打開中才能進一步體悟時空的交融與一體，在精神與心靈之外書寫自身的時空感悟，並與時代審美文化交相輝映。對於唐人來說，空間物色的可視性與時間意象的可感性是互融互生的，會產生縱橫點染的美學效果。這既不同於漢朝的大規模空間摹寫，也不同於魏晉時期對於時間和生命的焦慮，而是將時與空真正地整合，於審美意象中得以全方位展現。

在乾坤萬里與百年時序中捕捉審美意象時空關係的奧秘，使得這種時空關係極具典型性和創造力，成為時代文藝繁榮的重要推動力。審美意象時空融通於天地，化合於人心，是生命的、詩意的、感性的時空彰顯。正如成中英在其著作中所說：「美所呈現的時間性，帶動心靈的一種特殊的注意和知覺。」〔註21〕這種特殊的注意和知覺即是一種空間位置的獲得和表現，時間與空間的相合使得時空具有了審美張力而得以全面拓展開來。英國物理學家彼得·柯

〔註21〕成中英：《美的深處：本體美學》，浙江大學出版社 2011 年版，第 140 頁。

文尼在《時間之箭》中也曾指出:「在相對論裏,我們可以把空間和時間作為一個四維的實體來處理;空間是三維的,時間是一維的。」〔註22〕時、空在審美意象中也正是被主體融合在一起,以此映像的審美意象才兼具形象化與藝術性,得以創造出四維立體化的時空審美效果,生發出燦爛的美學與文藝。

總之,時空一體化是唐代審美文化和唐人審美精神深度融合和理論積澱的結果,是時代氣象的映現,根源於獨特的時代語境和意象發展。意象時空自唐代始,更多地基於審美性角度來營構與呈現時空感,是時代審美發展的鮮明體現。於時空關係層面,表現為在審美意象觀念、感受與體驗的藝術匯通中不斷將時與空深度結合,並形成了富含時代審美內涵和精神訴求的美學主題特質。時空的縱橫交互構成了審美意象的經緯,打通了審美與自由之間的屏障,實現了內外宇宙的天人合一,並全面滲透於審美意象時空美學主題中。

二、時空互滲:意象時空一體化的審美路徑

「時間的延伸和空間的展示是一體的。」〔註23〕意象時空一體化美學主題包含著三個層面的審美路徑轉換——時間中蘊藉空間想像,空間中承載時間內涵以及時空的交融與碰撞,它們共同詮釋了唐代審美意象時空的一體化美學主題。

(一)時間空間化:時間中蘊藉空間想像

審美意象時間中蘊藉著空間性。唐人在審美意象時間表現中往往蘊藉著空間成分,通過時間的追思、悵惘與體悟而達到融匯空間的審美效果,通過「時」而凸顯「空」。即時間的推移或是主體心緒的推移造就了空間的模式與審美,並形成了超越與多變的時空軌跡。其旨在實現時、地心理感知視域的交融,達到關乎生命本真的審美意象時空主題構建。這種全整律動的時空關係於唐代審美意象中得以鮮明呈現。

首先,時間空間化在唐代審美意象世界中體現為一種時、地的感知視域融合。審美意象中時間常常伴隨著一種心理體驗性,也就是由時、地距離引起的意象時空感受,從審美意象時間中呈現空間視覺圖示,這在唐代詩學意象中表現得尤為明顯。這裡以王昌齡《出塞》一詩為例:「秦時明月漢時關,萬里長

〔註22〕〔英〕彼得·柯文尼、羅傑·海非爾德著,江濤、向守平譯:《時間之箭》,藝文印書館 2002 年版,第 75 頁。
〔註23〕成中英:《美的深處:本體美學》,浙江大學出版社 2011 年版,第 60 頁。

征人未還。」〔註24〕其中,「秦時」「明月」等意象蘊藉著審美時間,而「萬里」與「長征」則意味著審美空間,在時間瞬間與片段之中展現著並存性與廣延性的審美空間,時間與空間在審美主題上往往是互為一體的。以時顯空,將時間抒發籠罩於廣闊天地之間,以空間觀照時間,時空渾融極大拓展了審美意象的悠長深味。或者說在某種程度上審美意象時間直接生成著空間,時間與空間性在審美意象中並存。錢鍾書在《管錐編》中就曾論到:「時間體驗,難落言詮,故著語每假空間以示之。若往日、來年、前朝、後夕、遠世、近代之類,莫非以空間概念用於時間關係。」〔註25〕在節奏、韻律與生命相統一的審美意象時間中融入空間性,這賦予了唐代古典意象以生命的空間美感。

其次,時間空間化在審美意象時間流動中呈現審美空間在場,以時間感悟來展現外在空間和心靈空間,在內在精神上追求天人相合的虛空境界。就比如唐代樂象,在傳統美學思維看來,音樂當屬時間性意象,其實不然。唐代樂象傳達著時空合一的美學主題,體現為音樂時間性展示中由於想像情境以及聲波震動等因素引發人無限想像的空間質感。如白居易詩描述琵琶之聲:「嘈嘈切切錯雜彈,大珠小珠落玉盤。」〔註26〕這裡從音樂審美時間中產生了意象空間感,在時間行進中凸顯了審美意象空間形態。這種空間是耐人尋味的抽象空間和藝術想像空間,在時間空間化理解中達成物我之間、天人之間的一種和諧感。進一步說來通過意象時間性的藝術化探索來尋求內心形而上的靈動空間,與此同時在想像的審美意象空間中進一步體味時間序列——古往今來、悲歡離合,亦或是物是人非,時空於此縱橫交錯。時間延續感與空間存在感構成了極富張力的時空畫面,形成了審美意象的背景因素。所謂「心體周遍流行,毫無滯礙。無有一個定在,卻又無處不在。」〔註27〕時間層面的虛靈使得意象空間走向審美性的開放與昇華,從而建立起天人合一的虛空審美境界。

第三,以時築空,時空統一,在內在精神顯現中通達生命本真的審美自如。這是唐代審美意象內在精神的高度體現,使得審美意象世界如此流動不息,氣

〔註24〕〔唐〕王昌齡:《出塞》,選自《全唐詩》第 2 冊卷一四三,中華書局編輯部點校,中華書局 1999 年版,第 1444 頁。

〔註25〕錢鍾書:《管錐編》第一冊,中華書局 1979 年版,第 174 頁。

〔註26〕〔唐〕白居易:《琵琶引》,選自《白居易集箋校》卷第十二,朱金城箋校,上海古籍出版社 2020 年版,第 700 頁。

〔註27〕葉朗主編,湯凌雲著:《中國美學通史‧隋唐五代卷》,江蘇人民出版社 2014 年版,第 339 頁。

象氲氲。如司空圖《二十四詩品》就是一個時間空間化的極好典範，也是唐代古典意象所追求的審美理想境界。從「雄渾」到「流動」展現了一種與宇宙自然更替相一致的時間觀念。這種時間觀念又內化為更深層面的空間邏輯結構，時間中蘊藉著空間想像，在審美意象時空的緊密疊加中超絕言象，展現了唐代獨特審美文化精神。從古典文獻閱讀中品味審美意象時間空間化的美學主題，需審美主體自在心悟，基於時間流動的片段中去把握意象整體空間性，最終體徵宇宙審美精神和生命自由。就如這二十四詩品，「從一品的景象中，我們心領到該品的精粹；從眾品的流動中，我們神悟了宇宙之道的奧妙。」〔註28〕審美意象時空的思致在於導入人的內心中，透過審美意象體會心出方外、神遊千古的藝術境界，並進一步味其神，感其妙，會其真，品其美。這一切都源於審美意象時空的自由轉化，於時間中游目周覽以顯現空間在場和審美境界，獲得靈性感悟，最終通達生命本真的審美自如。由此，時空在審美意象世界裏變幻不居，主體以審美意象時間再次品讀空間的方式實現了內在精神和生命自由的深度轉圜與超越。

（二）空間時間化：空間中承載時間意涵

從空間中凸顯時間性的審美意象主題。人們對於空間性的感受往往隨著時間的推移而發生變化，從審美意象空間中覺悟時間性，並使之逐漸節奏化、音樂化，在時空合一中感受審美意象的深刻魅力。所謂「中國文化中的空間不是幾何學和復現性的科學空間，而是充滿詩情畫意的創造性的藝術空間，趨向著音樂境界，滲透了時間的節奏。」〔註29〕唐代審美意象論中尤其注重空間時間化的美學特質，在審美意象空間中承載時間性，經由時空之間的轉化來彰顯詩意。如唐代詩學或書畫等意象中空間位置往往也蘊含著時間性流動和變化，在時間的周遭裏進一步感悟空間位置的變動不居和審美心境的歷史變遷，使得審美意象空間更加充滿歷史性與時間性的審美意味。這成為了唐代審美意象論時空觀念具有豐富意涵和審美魅力的原因所在。

一方面，以空間時間化的審美方式將審美意象空間以時間性流動、變化，賦予其充盈流動的審美感以及生動鮮活的生命力。審美意象空間中承載著關於時間的隱喻，以空顯時，以時蘊空，相映成趣。正所謂人與天地為一，心靈

〔註28〕張法：《美學的理論結構與文化精神》，天津社會科學 1994 年 1 期，第 85 頁。
〔註29〕李浩：《唐詩美學精讀》，復旦大學出版社 2009 年版，第 45 頁。

空間亦可融匯歷史時間。如在尺幅山水之間彰顯主體心性，從中體會自由的審美意象時間意味，這是唐人審美性靈的書寫。又如在園林意象之中，通過「天光雲影、飛潛動植」的審美意象空間使得唐人心靈得以自由舒卷，在有限空間內實現對四時季節限制的突破，真正地做到與造物者遊。徜徉其中，步移景換，縱覽山河，四時之景盡收眼底，成為了時間的主人。再如詩詞意象中常用空間物體移動來表達時間長短，比如在送別詩中經常通過長亭、古道、孤帆、遠影等意象表現時間感，送別的場景也暗喻著時間流逝，空間之中的時間縱深躍然紙上。從這些審美意象品讀中體現出了空間時間化美學主題，在審美意象空間中充分感受自由審美時間流動，以空間帶動時間，以時空凝聚審美。

另一方面，通過空間時間化美學主題進一步拓展了意象時空審美表現力，從而實現審美意象論中關於詩性本源的探知。唐代文藝最富詩美，最具詩性，也與意象時空觀有很大程度關聯。唐人借助於審美意象實現自我與客觀世界、與他者、與生命本身的精神溝通，在審美意象空間場域中思忖人生、探究歷史與宇宙等形上問題。在審美意象空間中體味生生不息的時間性流轉，體悟循環往復的生命體驗，憑藉空間時間化的審美路徑來尋求心靈的安放、靈魂的自適。比如唐代崇尚書法、建築等藝術意象，也正是在這靜態藝術意象空間中充盈著一種時間感，體現了唐人的生命節奏和力量、宇宙意識的抒發。由悟心到情性，在審美意象空間凝聚中顯示出時間流動，在萬象廣闊的審美視域中凝結了意象時間的審美感應，時空於此流轉變化。時空深度和廣度也隨之拓展，審美意象就在這時空轉換之中獲得心靈超越。所以，唐代審美意象時空注重審美自由境界的詩意呈現，於空間中詩化時間、重塑時間、超越時間，並最終借著審美意象時空互合展示唐人對於現實存在的審美意趣和生命感懷，與永恆的詩意宇宙相照面。以審美意象空間帶動時間上的綿延和生生不息流動，通過空間時間化的美學主題實現了唐代意象論中時空一體化的審美層面彰顯。

（三）時空一體化：時空的交融與碰撞

唐代審美意象時空在時空一體化美學主題中不斷承繼前代，並形成自身獨特美學特性。體現為在審美意象中時空的交融與碰撞，極大將時空審美推進到「言有盡而意無窮」的審美境域，並全面深入到審美意象創構深層。在審美意象中時空是一體化的，審美意象在佔有一定空間領域之時，必定同時展現了時間性積澱。時空交融、互合，共同成就審美意象時空之美。韓林德

在《境生象外》中曾提出：「或者說，在時間領域表現出的周匝循環，也表現為一定的物質承擔者在空間範圍內的盤桓往復；而在空間範圍表現出的盤桓往復，同時也表現為一定的特質承擔者在時間領域內表現出周匝循環。這一陰陽五行時空觀念，直接地或間接地促成了華夏諸門類藝術中盤桓往復時空意識的出現。」〔註30〕時空之間的循環往復、互相交融同時也成就了文藝的時空之美境。每每品味，都能使人獲得審美共鳴。走進唐代審美意象世界，就如同走進了時空交疊的意象之美境。唐代審美意象從總體上展現時空一體化這一美學主題，對於詩來說是詩情畫意，對於書法而言是動靜之間，對於畫來說則是看山步步移，形成了一個詩意、流動之境。所以說，在詩意的大唐盛世審美意象的時空一體化主題具有鮮明民族性特徵，展現有唐一代別具一格的藝術魅力。

具體言之，唐代審美意象論中的時空一體化美學主題，是意象時空審美化又一主題特質，側重於從時空關係維度來進行探究。唐代審美意象多彩紛呈，無一不蘊藉著時空一體化美學思維。「它反映了中國人以生命為中心的獨特意識，時空在心理統合為一生命體，這是具有美學韻味的統一體。」〔註31〕這裡以詩學意象為例進一步說明。在唐詩意象中時、空往往相伴相生存在於審美意象中，詩人在俯仰流觀之中獲得了關於時間與空間深度結合的審美感知。時間流動中蘊藉著強烈的空間效果，空間變化中又振盪著時間節奏與韻律，時空並行置入，共同實現時空互合的美學主題書寫。如「一去紫臺連朔漠，獨留青冢向黃昏」〔註32〕「故國三千里，深宮二十年」〔註33〕「永憶江湖歸白髮，欲回天地入扁舟」〔註34〕等詩句，時、地的滲透與交融讓審美意象倍增時空的蘊藉與美感，就在這時空相伴相生的鮮明對比中感受物是人非、桑田滄海、時空運轉。審美意象時空給予人的美感是時間與空間相融合、互滲的整一美感，一個韻味生動的藝術世界。

〔註30〕韓林德：《境生象外》，生活・讀書・新知三聯書店 1995 年版，第 220 頁。

〔註31〕朱良志：《中國藝術的生命精神》，安徽教育出版社 1995 年版，第 69 頁。

〔註32〕〔唐〕杜甫：《詠懷古蹟其三》，選自《全唐詩》第 4 冊卷二三〇，中華書局編輯部點校，中華書局 1999 年版，第 2511 頁。

〔註33〕〔唐〕張祜：《宮詞二首》，選自《全唐詩》第 8 冊卷五一一，中華書局編輯部點校，中華書局 1999 年版，第 5872 頁。

〔註34〕〔唐〕李商隱：《安東城樓》，選自《全唐詩》第 8 冊卷五四〇，中華書局編輯部點校，中華書局 1999 年版，第 6243 頁。

三、時空合一：意象時空一體化的主題意蘊

　　通過意象時空一體化的理論積澱以及審美路徑推進，時空合一的審美意象時空主題在唐代正式形成，並得到了全面展開和深度發展。它展現了唐代美學思想中的圓融和共濟精神，同時也開啟了時空審美的新理路。唐代意象論的時空合一美學主題已經成為其文藝精神的重要特質，具有深遠的影響意義。唐代意象論中時空合一的美學主題在豐富既有時空傳統之時，又影響到了宋元及以後的審美意象時空觀發展走向。

　　第一，在意象時空中感悟超時空的美學意蘊和超越性的意象存在，這是唐代審美意象時空一體化主題的深度體現，同時也為時空美學研究奠定了一個總體基調。在唐代審美意象中時間不止一個向度，空間也並非三維，而是時空交雜，在精神世界中惝恍與漫遊，感受來自於審美心靈的時空共振。即，審美意象時空中時間的縱深也是空間的邏輯展開，從動態、圓融、迴旋往返的時間流動中把握生氣氤氳的審美意象空間，時空一體化為立體的藝術審美思維，對後世時空美學產生了深遠影響。自唐代以後，時空合一逐漸成為文人所追求的審美思維方式和理想時空狀態，這一切都源於唐代意象論中時空關係的深度發現與審美探測。

　　第二，時空合一的美學主題執詩意筆觸於審美意象時空摹寫中，極具詩情畫意和審美內蘊，展現了詩性時空審美精神。如此將時空審美推移到廣闊天地之間，在詩意宇宙間玩味意象時空的自如轉化，體悟東方式的、空靈的審美意象時空主題。同時也把握了唐代意象論中主客合一的審美心路歷程以及其展開的邏輯層次，這一過程是包孕著空間廣延感與時間節奏感的和諧統一，從總體上彰顯了時代獨特性和時空美學進化史。唐代這種時空合一的美學主題深刻影響了後代對於時空之美的歷史建構和審美體驗，並成為了當下時空美學建設的寶貴資源，具有深遠美學意義。

　　誠如前述，在唐代審美意象中不僅關注的是空間意象，同時也關注時間意象，它們共同融合於審美意象的美學主題中。時空相互滲透、迴環往復與審美共生，並逐漸形成了審美意象本體中的時空之道、審美意象創構中的獨特時空建構途徑以及審美意象呈現中的時空期待視野。這一切都源於時與空的互為一體，相融共生，並最終展現在審美意象創構的時空思索中。如果說唐前的意象時空出現了時間與空間層面的片面化和單一化，那麼自唐始時空逐漸走向深度契合，在審美意象的創構與體驗中融而為一。唐代意象論中時空

一體化圖示打破了自秦漢以來對空間的過於注重以及魏晉以來對於時間問題的過於焦慮，以時間和空間的結合來成就審美意象的創構與生成，並彰顯了時空一體化、邏輯化的審美思維。每一個審美意象形式背後都潛藏著一個具有獨特藝術立場的審美時空，從時空視角深入其中便會發現其意象美的本質。同時時空相合也將審美之「意」與「象」統一起來，影響了後來審美意象時空的建構過程。

第三節　意象時空境域化的美學主題

　　唐代美學的核心範疇與審美精神是「境」，唐代意象論中時空觀念在承襲前代的同時又表現為富有時代特色的美學主題，即意象時空的境域化主題。所謂「境域化」指的是時空審美在唐代諸意象中體現為一種強烈的情境化色彩，即時空經常被情感化、心靈化以及意象化，形成唐人心目中的時空想像和時空審美，體現了唐代獨特的時代美學精神。在此層面上時空蘊藉了唐人對於宇宙生命維度的感知和思考，其中時空是載體，情感是內核。審美意象時空境域化一方面來自於唐人情感與心靈層面的深情探問，另一方面又從形而上視角對社會人生、宇宙存在以深度考量，時空於此蘊涵著情思體悟與精神超越的審美意味。它體現了審美意象時空在內容層面的超越形態，尤其表現為宇宙意識以及生命情懷的摹寫和抒發，並與時代背景緊密結合，彰顯了時空的詩化之美。也就是說時空內隱著時代的風雲變化和唐人的心境意緒，意象時空境域化主題展現了具有鮮明特色的時代審美特徵。可以從以下幾個維度來理解：從情感境域中體悟情感和意緒在時空中的深度沉潛，在心靈境域上展現了唐代意象時空主體化的靈性之美，時空境域化由此開啟了唐人對於社會人生乃至宇宙存在的詩性時空探尋之路。

一、情感境域：意象時空的情感化層次

　　意象時空觀念在具體內容上包括了對日常生活、自然事物或是社會人生中時間變更與空間位移的細膩感知與思考，往往與當時當地的情境、意象創構主體的遭際相關，具有一定情感性特徵。如有學者曾指出：「藝術作品既然表現人類情感，必然是對人類情感空間的開拓與建構。」〔註35〕早在南北朝時期

〔註35〕吳曉：《宇宙形式與生命形式——詩學新解》，浙江大學出版社 2019 年版，第67 頁。

劉勰就曾說過「登山則情滿於山，觀海則意溢於海。」〔註36〕所以說對意象時空的關注不僅要從外部時空環境中把握審美意象，同時更要注重內部情感時空的邏輯推動，體悟那些審美意象背後的「意識流」和「心理場」，使得審美意象不斷生發出可開拓的象外情意時空。情感沉澱於審美意象時空的內裏，借著審美意象形式得以傳達。如元稹《行宮》一詩「寥落古行宮，宮花寂寞紅。白頭宮女在，閒坐說玄宗。」〔註37〕說盡了世事遷變、人生無常的無限感慨，通過審美意象的更迭與轉換建立了一個廣闊深邃的情感時空。其中蘊藉著的時空富有深刻美學意義，透過時空可感悟唐人的審美情思與心境。又如岑參詩句「枕上片時春夢中，行盡江南數千里」〔註38〕，在時間的瞬息與空間的廣闊中表現的是欲說還休的審美情感時空。再比如李商隱之《夜雨寄北》，該詩典型體現了時空境域化審美主題。具體說來——「君問歸期未有期」，相隔兩地之人一個想著回去，一個卻遠遊無法歸去；「巴山夜雨漲秋池」，雨夜阻擋了行路，不僅是事實上的時空，同時也是心情、心境上的意象時空；「何當共剪西窗燭」，場景的轉換使得意象時空更加撲朔迷離，情境的疊加同樣使得時空呈現出境域化傾向；「卻話巴山夜雨時」，詩人不受時空侷限展開其想像之翼，讓時空通過位移、轉換等方式得以表達主體的心境，留給人無限的審美期待視野。唐代審美意象時空的境域化主題鮮明契合了時代，展現了唐人的生命感悟和審美情懷。

　　李澤厚先生在論述華夏文藝時曾指出：「時間確乎是人的『內感覺』，這內感覺是一種本體性的情感的歷史感受，時間在這裡通過人的歷史而具有積澱了的情感感受意義。」〔註39〕唐代意象論中這種時空境域化美學主題與意象主體個人遭遇和經歷有關，體現出了鮮明情感性特徵，是歷史積澱的結果。陳伯海在《意象藝術與唐詩》中也曾論述到：「詩人在特定的社會形勢與個人遭際中所引發並積澱下來的人生體驗，此乃其意象思維所展開的出發點，亦即『運意成象』時可用為依據的『本意』之所在。這個『本意』不僅為詩人抉擇人生道路規劃了大致的路線，還制約著他的審美視野和藝術趣味，從而給其整個意

〔註36〕〔南朝梁〕劉勰著，范文瀾注：《文心雕龍注》，人民文學出版社1958年版，第493～494頁。

〔註37〕〔唐〕元稹：《行宮》，選自《全唐詩》第 6 冊卷四一○，中華書局編輯部點校，中華書局1999年版，第4562頁。

〔註38〕〔唐〕岑參：《春夢》，選自《全唐詩》第 3 冊卷二○一，中華書局編輯部點校，中華書局1999年版，第2110頁。

〔註39〕李澤厚：《華夏美學》，廣西師範大學出版社2001年版，第75頁。

象藝術的經營設置了基本的空間。」〔註40〕也就是說,從審美意象時間體驗中喚起人的生命意識,從審美意象空間共情中進行審美價值建構。如王維詩歌中常常出現的「落暉」與「柴扉」、「斜陽」與「窮巷」、「荒城」與「秋山」中意象時空的情感化十分鮮明立體,時間與空間都融入到一個獨特美學情境中,那些落日餘暉、古渡斜陽等意象中的時空表達都充滿了美學性,在意象主體心中不斷境域化,展現深度的意,表達綿長的情。這積澱著的審美情感都在意象時空中融匯了,意象時空傳達的情感在這審美境域中漸化成為時代經典。人們從唐代審美意象時空中不斷獲得關於情感價值維度的審美體驗,這是時代留給唐人的生命價值體悟,同時也是時空賦予古典審美意象的深層哲理韻味。

究其實質,意象時空情感化層次使得審美意象映現了時空深遠的立體性思維,是情感和意緒的深度沉潛和全面滲透。唐人在審美意象時空中吸引吐納,涵虛天地,體現出強烈生命意識。在特定現實時空環境下,以身心與宇宙本體相交融的情性感受,以深層把握和情感共鳴的方式體悟,從而獲得超越於現實時空之上的境域化情感時空在現。有了思想和情感意味的審美意象時空是一種質的充盈,從審美意象表層向無限縱深處蔓延,呈示出「景外之景」和「韻外之致」,與意象時空無限性的審美主題交相呼應。

二、心靈境域:意象時空的心靈化加深

如果說意象時空的情感化層次是對唐人生命感懷與審美共情的體現,是從現實時空中情感的凝聚,以體會象外空白的情感時空主題;那麼意象時空的心靈化加深則從更為超驗維度對這種審美意象時空以超越理解和深度共鳴,將存在情感時空心靈化和抽象化,深度展現唐人對於審美意象時空的宇宙之思和心靈之問。正如有學者曾論述到:「中國文化的時空意識是內外相通,以心靈感受為主要特徵的內傾形式;而西方則是一種客觀外化的態度。」〔註41〕

唐代意象論中的時空情感化進一步凸顯了強烈心靈化主題,在訴說著心靈感悟的同時將意象時空境域化程度逐步加深。這是一個心物、情景與靈感互相疊加滲透的時空感悟和超越的審美過程,展示了時空的靈性之美。唐代意象論中時空觀念是由審美主體內在心理邏輯建構起來的時空心理圖式。這種時空心理圖式在審美意象創構和鑒賞過程中起著指導性主題作用,它體現出唐

〔註40〕陳伯海:《意象藝術與唐詩》,上海古籍出版社2015年版,第33頁。
〔註41〕程明震:《心靈之維——中國藝術時空意識論》,東南大學出版社2011年版,第22頁。

人在宇宙世界中的超拔情懷和深情卷寫。審美意象時空是聯結人與宇宙之間的橋樑，一切存在都在時空中展現自身、完善自身。在審美意象時空中飽含著唐人深刻敏銳、豐富細膩的心靈活動，有著強烈的民族性思維特徵。正如宗白華所說：「既使心靈和宇宙淨化，又使心靈和宇宙深化，使人在超脫的胸襟裏體味到宇宙的深境。」〔註42〕如張若虛一首《春江花月夜》實現了人對宇宙世界的千古叩問，在浩瀚審美時空中表達了唐人對宇宙世界的心靈化感悟和理解。又如陳子昂之「獨愴然而涕下」，僅僅「獨」字就能體現人對時空的終極追問，展示了唐人審察人生、體悟心靈的眷眷情思。再如唐代書法意象雖跡在塵壤，而志出雲霄，在審美意象時空中自由自如地表現心靈的玄微變化，所謂「道心唯微，探索幽遠。」〔註43〕在互古互今的審美意象時空中不斷超越於世俗的審美桎梏，領略心境絕對的審美自由，體證生命創進的審美精神。

　　由此可見，意象時空展現了唐人心靈中的藝術世界，時空在不斷被心靈化的過程中成為了唐人審美心境的表達。中國古典意象論中時空觀發展到唐代呈示出主體的心靈境象，體現為時空在審美心靈自由的境域中優游，一切藝術都在時空中自如生發與創造。唐代文人和藝術家以超然的審美心境在時空中品味藝術與生命的審美精神，獲得對於存在境域的心靈化理解。與此同時將這種時空心理融入到審美意象創構與呈現層面，意象時空觀的美學主題意蘊也因此得到了進一步推進。唐代審美意象時空就是在心靈化加深的同時逐漸走向了時空的境深層面，在不斷將審美意象時空心靈化、抽象化的同時賦予其充滿靈性的時代美學精神。這是意象時空境域化主題的審美旨歸所在。

三、審美旨歸：意象時空境域化的時代美學精神

　　誠如上文，唐代審美意象時空境域化主題凸顯了時空中的情感體驗和心靈律動，是唐人審美心靈和宇宙情懷的真實書寫。意象時空觀念的境域化主題在彰顯了唐人宇宙情懷的同時，也體現了時代獨特美學精神。以情感與心靈的體悟注入到宇宙萬物與客觀現實中，人與宇宙合一，在廣闊宇宙中尋求審美歸宿，這些都是時代美學風骨的獨特彰顯。「意象是歷史的，意象的歷史是詩人情感流動的歷史，也是審美的意識空間展現的歷史。」〔註44〕唐代審美意象中

〔註42〕宗白華：《美學散步》，上海人民出版社1981年版，第72頁。
〔註43〕〔唐〕張懷瓘：《書斷》，石連坤評注，浙江人民美術出版社2012年版，第164頁。
〔註44〕傅道彬：《晚唐鐘聲：中國文學的原型批評》，北京大學出版社2007年版，第139頁。

的時空觀念在展現民族文化心理結構層面堪稱典範，從意象時空之美的品讀中體現了時代獨特美學精神——以情為尚，在不斷精深化、審美化的意象時空中縱情抒懷，表達唐人對生命存在境域的美學化理解和感悟。外在審美時空之所以具有美感，原因在於它注入了審美主體內在的情意、與宇宙相吞吐的豪邁以及審美境界的空靈超逸，超以象外，得其環中。時空在審美境域化中自行呈現出詩情和美感，融入了深刻的意中之「境」。

時空境域化是唐代審美意象時空對美學性的終極探求。它是審美意象時空所追求的根本和重心所在，也是審美意象時空得以超越於哲學、文化之上並極具審美性意義的根柢。意象時空具有境域化審美特質，表現為時間與空間的運轉與變化以及被理想化地表現與傳達。中國古典意象時空並不似西方時空的理論思辨性，想要在源流上去探索時空本體，而是注重時空的呈現方式和美學特色。在詩意的唐代審美意象時空中的這種美學性表現得十分突出，並獨具時代審美個性。就比如說唐代繪畫意象在時空審美上的重大突破就是重置自然的序次性，以審美境域化為旨歸。我們從唐代詩書等審美意象論中也可以看出時空境域化審美傾向，在此意義上時空超越了日常生活中鐘錶以及尺寸的度量，遠非物理維度可以概括，而是不斷朝著超越性的審美境域自如伸展。唐代審美意象與前代相比不斷走向精深與純美，時空是真正維度上的美學時空，其美學特質突出的表現即是時空境域化美學主題。

唐代審美意象時空包容萬象，意境開闊，是時空在審美層面的深度體驗與建構。意象時空觀念是一個時代美學環境的真情書寫，它具有承前啟後的美學意義。一方面，繼往——將時空的心境意緒更好地與審美意象創構相融入，將意象時空思維、營構與呈現別具一格得展現；另一方面，開來——把審美意象時空營構在此基礎上推陳出新，在新環境、新思想與新文化之中生發、再造，不斷產生出全新意象時空體驗。因而唐代意象論時空觀在意象時空審美上可以融通古今，這是唐代審美意象時空能夠打動不同時代、不同經歷的人的緣由所在，審美意象時空具有超越時代的美學意義。

總而言之，從審美意象內容上將意象時空境域化，在時空無限與時空一體的美學語境中將審美意象時空進行深入推進，形成了主體精神與外部世界相融合的心理時空彰顯，體現了時代獨特美學精神。審美意象時空境域化展現了唐代審美意象的獨特個性色彩，這是一個具有極大再生能力且超逸靈動的情感時空境域。在這個時空境域中可以容納天地萬物，也可以進行審美的

意向填充。意象時空境域化從根柢上來說是唐人的審美精神與內在情志在外部時空中的從容迴蕩、舒展自如與旋流不息，這是一個開闊躍動的審美意象時空視界。

第二章　唐代意象本體論時空觀

　　唐代意象論基於時空美學主題形成了一套獨特時空審美體系，在這個意象時空審美過程中也逐漸凝結了對於本體論時空觀念的深度思考。在唐代意象論語境中意象本體論屬於哲學審美範疇，是審美意象得以存在的根由。所謂本體在意象論語境中展現為萬事萬物中的「道」，它體現了審美意象發生與發展的本源性。唐代意象本體論中時空觀則是「道」的形而上顯現，是審美意象的構成機制，它存在於審美意象「骨骼」中，並借著審美意象藝術化形式得以傳達出來。所謂「本體不只是在思辨中，而且還在審美中。」〔註1〕又如成中英所說「這個本體帶有一種時間、空間的結構，也帶有一種宇宙發生的存在方式。」〔註2〕所以，時、空的本體與本源就是存在方式，也就是它所展現的審美本真形態，體現於「道」中。作為中國傳統哲學的最高本體「道」所蘊含的意象時空觀念體現了人們對於宇宙世界的形而上思考，天地六合、古往今來都是時空之「道」的大化流行，是本體存在的思維方式。因而本章承繼上章唐代意象時空觀的總體美學特質，繼續分析唐代意象本體論中的時空觀念，意從審美思想與審美根源上對意象時空予以真正理解和全面把握。

　　在儒道禪文化相互融合的唐代，意象本體論中的時空觀從本質和根源上來自於三種文化意識形態相互交織所產生的深層次影響和滲透。時間與空間的本真形態在意象論中根植於這個時代獨特的哲學與文化思想，它們對時間與空間的影響是本質的，多元思想文化共同造就了這個時代審美意象本體論

〔註1〕李澤厚：《華夏美學》，廣西師範大學出版社2001年版，第173頁。
〔註2〕成中英：《美的深處：本體美學》，浙江大學出版社2011年版，第149頁。

中所展現的時空思維形態。「在中國藝術之中，哲學的宇宙時空與藝術之間有著徹底的貫通。」〔註3〕宗白華在談到「道」與「藝」的關係時也曾指出：「中國哲學是就生命本身體悟『道』的節奏。『道』具象於生活、禮樂、制度，『道』尤具象於『藝』，燦爛的『藝』賦予『道』以形象和生命，『道』給予『藝』以深度和靈感。」〔註4〕也就是說在文化盛宴全面開放的唐代，不同哲學文化意識形態的差異性與互通性深刻影響著意象本體論中的時空思維。唐代儒道禪思想文化從本質和本體上決定了意象時空的存在方式以及基本思維樣態，它構成了審美意象時空得以呈現的關鍵，它們之間展現了傳統「道」與「藝」的關聯。因此從思想文化視角來進一步切入唐代意象本體論中的時空觀念，探究隱藏在文化深層的時空思維和時空臆想。由凸顯時間之「本」到「空間」之體，展示了時空的結構化方式，從審美文化根源上對唐代意象本體論時空觀予以深度追問。從時間層面展現了意象的發生、發展和流變過程，從一維而走向綜合的多維度。從空間來看則在揭示著意象的內涵、範圍和環境，從簡單的三維到全方位的綜合立體。從意象時間之維本體的演變中，可以看出意象本體的一個流變方向，意象時間從執著於「有」逐漸發展到體「無」，最終又呈現為「空觀」的審美思維本體形態，意象就在這時間觀念演變中呈現為不同本體特質。從意象空間之維本體的拓進中，可以看出意象與空間之間的緊密關係，空間觀念在意象中佔據了重要位置，在這個特殊朝代呈現為由社會人生到詩意禪心的變化歷程，因而造就了多樣化的審美意象本體空間思維形態。時間與空間分別以不同本體思維形態呈現在意象本體論思維中，從形而上維度展現著存在本身，而這些種種都離不開這個時代思想文化因素。

　　具體說來，從意象本體論思維可以對唐代審美意象時空觀念予以更深一步地理解。就時間來說，在唐代思想文化語境中審美意象時間主要展現了三種本體思維形態——儒家思想文化所影響的綿延意象本體時間思維形態，道家思想文化所影響的道體意象本體時間思維形態，以及佛禪影響的空觀意象本體時間思維形態，從本質上展現了以「物」「道」與「心」觀時空的本體論內涵。在這其中，主要包含了時間的無限性、循環往復以及時間情感化等多重問題，但都離不開「意象時間綿延與空觀之間轉化」這一貫穿了唐代意象本體論時間的核心問題。時間是意象存在與生發的一個關鍵要素，也是意象創構獲得

〔註3〕章啟群：《作為悖論的「莊子」美學》，文藝爭鳴2018年第2期，第68～84頁。
〔註4〕宗白華：《美學散步》，上海人民出版社1981年版，第80頁。

靈感與生命力的源泉，一切美的意象都是在時間流程中展開和獲得。從空間維度來看，儒、道與佛禪思想文化根深地滲透於唐代審美意象空間中。儒家文化影響的審美意象本體空間呈現為規則與秩序的中和，由此在一定程度上制約著審美意象空間存在的方式、形態，合乎規則與秩序的倫理化空間成為了本體的訴求。從道學視角看來，「逍遙遊」的美學思維成為了唐代意象論中空間的觸媒和引渡，莊子乘物以遊心的精神追求蘊藉了一個超然物外、無限廣闊的意象本體空間思維形態。最為值得注意的還是唐代獨特文化形態也就是禪宗的興盛，它從更加空靈視角為唐代審美意象空間建構增添了無限的禪意和詩情，空間在形而上本體中極大地書寫內心審美理想和審美期待視野。佛禪思想的注入為唐代審美意象本體與存在作了新架構，以此主觀化心識審美意象時空開始佔據了文藝與美學中心，這是對儒家以「物」為本體的時空觀與道家以「道」為本體的時空觀的補充、超越和發展。多元思想文化心理結構造就了意象本體論中時空形態的豐富和多元。為此，筆者將分別從儒、道與佛禪思想文化層面對深入於審美意象本體形而上的時空之道予以深度闡釋。

第一節　唐代儒家文化視域中的「物」本體時空觀

從文化溯源上來說，儒家思想文化對唐代意象時空的影響是極為重要的。以「物」本體視域打開時空思維之鏈，通過主體生命的安放來對審美意象時空世界以真實感知與情境傳達，展現了唐人的生命情懷和宇宙觀念。在此影響下的意象時間關注的是時間的生命歷程以及生命發展的內在動因，蘊含一定人文時間色彩。在審美意象體系的時間場域中，意象主體與客體之間都處於互動消長的格局之中，意象時間的本質在於變易，即在綿延之流的時間體驗中把握意象存在的根基。而「綿延」的時間之流本質則是一種「物」本體的彰顯，通過物化思維對萬事萬物的意象時空本質予以真正理解。在唐代意象本體論中，時間經常見之於我們所說的詩歌、音樂以及小說等意象之中，這些審美意象時間具有鮮明典型性，代表著主體對於本體時間的一種反思與理解。從意象空間方面來看，唐代所開啟的學術思潮中儒家文化依舊佔據一定影響力，也合乎正統。在整體學術思維、社會形態以及意象空間中，建構了一種天地尊卑關係、社會制度與思想藝術並按著一定倫理秩序進行，理想的意象本體空間必然是合乎禮樂文明的秩序空間、變動不居的生生不息空間以及渾然一體的天人合一空間，亦即一種「物」本體空間形態。儒家思想文化影響著唐人對時空與存

在的審美思考，也一併影響著意象本體論中的時空形態，時間或是空間所追求的本體符合既定規則，展現了古人思考世界、思考意象的方式。這種思考方式潛移默化地影響著主體對於世界的看法，在主體思維與外在物象之間的張力與關鍵，是主體心靈的安放問題。以何種視角看待時空，在審美意象中便產生了何種本體思維形態。審美意象本體論時空觀在儒家思想影響之下從以「物」本體為中心的時間綿延到空間規範的建立、時空情感的凸顯，經歷了一個由朦朧感性經驗到抽象理解最終又回到審美具象的一個過程，具體可以從如下三個層次來進行深入理解。

一、「逝者如斯夫，不捨晝夜」：儒家文化影響的意象本體時間

儒家思想文化賦予唐代意象本體論時空以價值維度層面的深層意味，包蘊著唐人對於生命和存在的追問和體悟，展現在時空的層深韻味裏。具體說來，於時間層面唐人對意象本體時間從主觀感知進入到審美主體心理世界，經由審美意象美學主題中的時空特質在本源上展現了宇宙之道。在儒家文化視域中它體現為本體界中的綿延時間形態，從那些對於意象時間的反思中把握存在的意義，也正是這種意象本體時間給予我們深刻啟示，在對宇宙之道的關注中把握自身存在性。譬如說時間是唐代詩學意象所經常吟詠的對象，它也是傳統詩學歎逝或悲憫的來源所在，由此產生的時間成為了一種對於有情有限生命的衡量標準。唐代詩文和之前的魏晉南北朝時期相比，在意象本體中更傾向於對時間進行平靜的回味與理性的思考，在審美意象中擺脫了魏晉時期時間帶給人們的恐懼感，而換之以更加成熟的時間觀念。即，在審美意象中將時間看作是價值和生命，在有限生命裏創造無限價值。儒家思想中審美意象本體時間與人的價值實現密切相關，主體心靈的流程也在本體時間中得以展現。大體來說可以體現為如下層面：第一，因時間流逝而誘發生命感歎，在感歎中對客觀外物進行審美觀照，從綿延的時間之流中獲得永恆與不朽。時間雖無以常守，卻也能沉默靜觀。將時間看作是綿延之流，以直達永恆之域。第二，在唐代這個詩情年代意象主體將時間作為抒情感發的一種隱喻，運用「比興」「感物」等思維方式從時間感悟中把握生命運行規律，映現了深刻的民族文化心理；第三，側重本體時間的一種追思，尤其重視時間所能夠產生的審美價值，從時間價值形態來對審美意象本體論時間予以深度感知理解。具體可從以下三個方面進一步探本求源，在對「物」本體時間的探尋與把握中感受審美與存在。

　　首先，生生不息，綿延之流。時間在意象本體之道中表現為生生不息的變化與流動，本質上是一種綿延之流，一種物化觀的美學展現。孔子曰：「逝者如斯夫，不舍晝夜」〔註5〕，此至理名言成為了古典美學史上關於審美時間表達的經典，傳遞著儒家思想文化的精華與內質，以一種辯證與感悟的哲理方式。時間在這裡隱喻為東流之水，不斷流淌、流逝，生生不息，其最終寓意無不指向生命的流逝。進一步來說，其中傳達了一些文化與審美積澱，受之影響的時間對於美學與意象來說就是無限綿延之流，它不知盡頭，也沒有邊際，因此影響著後世意象論中對於時間的最初理解。在遷逝時間之流中如何才能切實地把握當下，只有綿延才能給予意象主體以心理寄託，這種心裏寄託激發起的時代藝術精神也達到了空前高度。古人通過對時間感知來叩問生的意義，通過有限人生的沉思與感悟生發出對此在的關懷，並將這種時間感滲入到文藝意象之中，將其生成筆下的世間萬象。由此，意象與時間之間產生強大張力，審美意象本體之中存在著對於時間的關注和探測。受此影響的唐代美學與意象中時間被看作是不斷輪迴的圓，這種潛隱精神結構影響著唐人對審美意象的體悟與品鑒。就比如說在唐代詩學意象中給讀者所呈現的「日往月來」「春秋代序」等時間模式以及唐傳奇小說意象中所表現的「圓轉」與「循環」敘事結構等等都在揭示一個深刻時間性問題，那就是意象本體時間所追求的綿延之流。從綿延中獲得對於存在的主體認知，這成為了唐人擺脫現實時間而追尋內在生命意義的源動力。

　　進一步說來，通過綿延時間本質界定以達成一定社會價值的實現，體現了對永恆和不朽的社會性時間的本質探索。傳統儒家文化向來主張通過「三不朽」以實現社會價值，使得審美主體精神通過文字訴諸意象以達成不朽，這在唐代也不例外，且出現了深化趨勢。與前代不同，唐代是意象理論與實踐全面綻放的時代，人們在生發意象同時必然關注到它的時間性問題，如何在意象本體論中探尋一種永恆性成為了唐人思考的重要問題。這種永恆性在審美意象中就展現為綿延之流的比擬，通過無限與綿延以達到永恆和不朽的審美意象本體時間。譬如唐代詩文意象中的不朽觀念，對永恆價值的追求，都是源於對時間綿延之流的一種執念，而這些從根本上說來是唐人宇宙意識和生命意識的體現。在審美意象中塑造永恆和不朽的時間以此來實現人生意義和價值，這

〔註 5〕《論語譯注》，楊伯峻譯注，中華書局 1958 年版，第 91 頁。

些情形歸根結蒂還在於儒家文化深層次的影響和滲透。如孔穎達在《周易正義‧序》中所說：「聖人有以仰觀俯察，象天地而育羣品，雲行雨施，效四時以生萬物。故能彌綸宇宙，酬酢神明，宗社所以無窮，風聲所以不朽。」〔註6〕從這個文化基礎考察來看，唐人以自然之道為萬物之源，宇宙之本。在此境域中意象本體時間根植於道，也就是生生不息的儒家傳統美學精神體系。這是理解審美意象本體論時間的一個關鍵之處，也是唐人關注生命、關注人生的哲理表現。

其次，無盡無涯，周而復始。推原這一意象本體時間思維形態的形成，與時代背景、美學思潮以及審美心理等因素息息相關。這些因素歸根結蒂還在於思想文化的終極滲透，對本體時間形而上的深入探求。時間一般理解來說是線性的、一維的，它是建立在對過去、當下與未來體驗之上，具有客觀性，不以人的意志為轉移。但當時間這一本體思維形態被意象主體心靈所感知、所觸動之時，它就變得不再僅僅具有純粹客觀性，而是附著著審美意識形態的意象主體時間了。所謂審美意象也首先建立在對主體時間的理解之上，並反應在思想文化精髓之中。儒家思想文化深入到唐代美學深處，無論從外部形態還是內部文化心理層面都對意象本體時間以審美化感應，逐漸形成了一種以「物」觀時的審美意象時空文化——心理積澱。在儒家思想文化影響的唐代美學中審美意象時間是循環的，它無盡無涯，周而復始，在綿延之流基礎上作周而復始的往復運動。可以從兩個層面予以進一步深化理解：

一方面，它要通過「比興」「感物」包蘊著宇宙社會，從外向維度展現唐代獨特社會風貌。由前面唐代審美意象發展概述我們瞭解到由初唐到晚唐，審美意象在文化思維基礎上更深入地彰顯了時間意識，具有鮮明時代特徵，並凝結在審美意象本體論之中。從宇宙自然時間汲取意象本體的道性時間，在意象生成中基於「道」，基於「有」，而這從本質上與儒家文化的感物傷時審美文化傳統密不可分。「時間產生於天地、陰陽的媾和摩蕩、往復推移。」〔註7〕此時審美意象時間是物化了的產物，與存在同一。時間被物化為一種生存方式或是行為習慣，亦或是一種思想傳達，訴諸於審美意象本體之中，成為反映這個時代的印象和標記。因而時間也就不斷與人的生命、人的生活緊密聯繫在一起，

〔註6〕〔唐〕孔穎達：《周易正義》卷首《周易正義序》，北京大學出版社 2000 年版，第 2 頁。

〔註7〕詹冬華：《虛無與救贖：儒家詩學的時間省思》，江淮論壇 2008 年第 2 期，第149 頁。

被賦予情感化的意象時空主題。由感物而產生了濃烈情感體驗，體現了古典美學與文化中以情為本的思維方式。時間被情感化了，由此產生憂患意識，在對時間的歎逝與感傷中更好地把握現實存在的意義。唐人對外在客觀對象感傷的同時也在感悟著意象本體時間性，在感物的同時所表達的是對意象本體時間的深沉思索。基於此，經過物感而生情，通過興發而尋理，這其實是一種基於審美意象時間的文化本根現象。就比如審美意象是一個時代文化精神的書寫，不管是唐代詩文、書畫還是園林、樂舞在時間的思索與沉吟中必然可以顯現出融進了民族血液中的審美思想文化，二者互相印證。

另一方面又要通過「以物觀時」來探尋文化心理，從內向層面激發出文化本體所帶來的文本時間想像和時間思慮。任何民族的藝術或意象都是由它的文化—心理所決定的，在對意象本體時間追思中展現了唐人的心靈、情感和情緒。意象本體時間展現了唐代獨特民族心理積澱。所謂以「物」觀時，即從合乎物美的審美意象思維中把握時間性，在審美根源上深度體道。譬如以劉禹錫和柳宗元為代表的意象論家認為晝夜的往來與更替，是由自然變化的元氣所形成的，而世界的本質也在於「物」。很顯然，受傳統儒家文化影響的唐代思想和文論家們將時間看作是元氣所形成的「物」。哲學思想在一定程度上直接影響了審美上的表現，因此這種傳統元氣說也影響了對於審美意象本體時間思維形態的認知。在儒家思想文化中時間本體在於「物」，而「物」又是藝術的本源，這也是審美意象建構中「象」的源頭，這種時間觀念同時也影響著審美意象創構與生成。更進一步說來，「物」體現了人們對時間的一種比擬，通過一種詩思結合方式將時間形態化為日常生活中的事物、物態或形象，並從詩意本體層面對時間進行形而上的追問和思辨。或者說將審美意象時間看作是自然事物或是暗示著人生起伏流轉的種種事件，於此同時產生各種審美心理上的反映，於文本中展現與表達，是對民族文化心理的深刻映現。譬如唐詩中曾多次出現的「明月」「流水」「落花」等意象，是對時間最好的隱喻。每當人們面對東流之水，經常會感歎時光飛逝，感慨生命與存在，通過這些審美意象深思存在於背後的審美意象時間本質。以此通過這樣方式對本體時間以文本審美意象化傳達。

第三，在綿延中超越，在物化中通達，在體道中傳神。審美意象時間之流在唐代的演變也表現在一定審美文化精神狀態上，從根柢來說是時代審美思維影響了時間之為時間的本質。審美意象展現了一定時間性，而時間自身也在

重塑著意象審美，並在審美根源上體道悟神。也就是說，受孔門時間影響的唐代審美意象世界中，時間代表著一種恒定存在，成為了宇宙、人生真正的主載，是物化時間與審美時間的交織，反映了唐人的審美理想。意象本體時間在一定程度上彰顯著這個時代所特有的審美理想，諸如通過塑造一定審美意象時間而達到主體與外物之間的審美共情，通過審美共情而通達詩意的意象本體時間，通過詩意的意象本體時間呈現而實現主體與宇宙世界的相互體認。可以說，在傳統文化影響下的唐代審美意象時間往往追求一種理想化境域，並與現實生活中的審美理想境域相互交織、糾纏，共同形成了一種以「物」為中心的審美意象本體時間形態。這種審美理想從六朝以降，直到唐代以來發展到極致。

這種對於意象本體時間思考方式更深層次上反映了唐人對生命意識的真切表達，傳遞出極深刻的宇宙意識。時間在唐代審美意象中經驗化為人們對於生命、對於自身存在的理解，是本體之源的展現。與此同時時間也代表著生命價值和精神永存。意象本體作為道的彰顯，同時又要求在無限的審美意象時間裏建立永恆價值，把宇宙看作是一個生化流行的時間性整體。我們從詩經中關於時間的慨歎傳統，到漢魏對於時間物化的憂思，再到唐代對審美意象時間更深層次地精描，時間已然成為了審美意象中最鮮活的本體元素，它展現了一定審美價值和時代意義。唐代文藝類型豐富多元，遠勝前代形成了一個審美高峰，對於時間的思考廣泛滲透到了文藝深層，無論是詩、書，還是畫、樂都在以一種直觀深入地方式探溯著存在與時間。通過對審美意象時間詠歎而達到不朽境地，通過對於意象本體時間探索而通達生命本真的自由形態。

總之，在這個充滿詩思精神的唐代美學與意象中，時間似乎更加充滿無窮和無限的審美意味。與物為春，在擬物中暗喻時間，或在時間感傷中進而更加珍惜當下生命，或在對時間所思中更好地實現價值，這些都成為了意象本體時間的無形彰顯。在傳統儒文化影響之下，唐人對審美意象本體時間認知基於「物」，同時又超越於此，期望從意象時間歌詠中尋求到精神層次的寄託，也就是對於意象本體時間認識的綿延。因此，表現永恆、追求永恆的審美意象作品在這個時代數不勝數，它們共同表達了對於審美意象時間之「綿延」與「永恆」的訴求。以執有的時間觀念來對審美意象本體以深度析解，關注的是宇宙自然與自我人生價值實現之間的關聯，並將審美意象時間導向關涉宇宙存在與人生價值實現的形而上維度。

二、「天尊地卑，則乾坤定矣」：禮樂文化影響的意象本體空間

儒家文化影響的意象本體空間始終保持著一種中和美學意味，空間是規則和秩序，是符合主體心目中審美理想的合理存在，一切衝突的、激蕩的甚至是變異的審美意象空間似乎成為了意象所要排斥的。由朦朧感性經驗的時間啟蒙直到合理規則與秩序的空間建立，唐代儒家文化視域的「物」本體意象時空觀得到了進一步推進。所謂「天尊地卑，則乾坤定矣」〔註8〕，「分割空間，規定秩序，同時就是分割存在於那裡的事物，對規定的秩序和萬物加以分類。」〔註9〕在儒家文化視域中「和」的生存目標是對於現實空間和生存空間的塑造；而以「天」為尊的價值取向決定了其理想化的審美意象本體空間生成。

首先，儒家思想文化主張審美主體以一種平和心境對外部客觀世界以審美觀照，形成理想化物我合一的審美意象空間形態。因而在審美意象中意象主體在心靜平和狀態下對客觀外物進行意象創構與審美加工，使得主客之間形成融合狀態，以此生發出適宜心境，營造出符合審美理想的意象空間形態。這種審美意象空間形態從本質上來說是思想文化心理的直接呈現，物我合一的理想化使得亙古以來的情理矛盾得以調和，空間於此得到了超脫和深化。這是對「物」本體時空的一種追尋與體證，人與環境之間的和諧從形而上的空間維度得到展現。譬如王勃詩歌中送別意象空間，在唐代蓬勃風氣影響下，淡去了離別的傷感，而體現為「海內存知己，天涯若比鄰」〔註10〕的豪邁氣魄，這裡的空間從本質上看是受到傳統儒家文化深刻影響的。禮樂影響的意象本體空間必然符合一定規則與秩序，空間於審美意象中具有倫理化約束，這一本體思維形態影響著空間意象性。

其次，儒家思想文化在理想化空間規劃與審美追求中意在實現主體與世界精神共鳴。這既是主體尋求的理想狀態，也是對客體位置經營的圓融體驗。在審美意象空間中獲得主體心靈的安放，通過審美空間的適中與合理與傳統儒家文化思維模式相互體認，這是一種本體化思維呈現。在儒家思想視域中審美意象本體空間是追求圓融、重視體驗的，在體驗同時形成了規範性空間思維，亦即一種倫理化意象空間，也就是「家國同構」模式和「天下」模式。當

〔註 8〕周振甫：《周易譯注》，中華書局 1991 年版，第 229 頁。

〔註 9〕辛冠潔等編，《日本學者論中國哲學史》，中華書局 1986 年版，第 78 頁。

〔註10〕〔唐〕王勃：《送杜少府之任蜀州》，引自王勃著，〔清〕蔣靖翊注《王子安集注》，上海古籍出版社 1995 年版，第 84 頁。

以這種倫理化體驗視角去審視意象空間觀念時，不難發現意象空間思維的此種文化性彰顯。譬如說唐代長安城這一審美意象空間布局，在符合既定規則、秩序的同時，也具有極特別倫理意義，從根柢上來講這是一種重體驗、重規則與秩序的審美意象本體空間展現。與此同時審美意象主體思維文化性也會影響其對空間處理方式和布局。深受傳統農耕文明影響的文論家們一直對外部世界中無限廣闊與幽深的審美空間有憧憬和探究的興趣，試圖以有限存在體察無限時空。與西方本體論哲學不同，我國古典儒家哲學對空間無限追求是以藝術撫慰個體生命方式，對無限審美想像空間的開啟，以期實現永恆本體的審美超越。從本質上體現了人對物的審美期待，意象主體對理想空間的嚮往和追求。

第三，注重審美意象空間的規則與秩序，將唐人審美理想展示在本體空間的審美探尋中，並深入到意象美學根深之處。禮樂文化影響的深度性轉化為對於意象本體空間的理解，逐漸形成了一種與宇宙同氤氳、與存在共詩化的審美空間形態。這是時代美學精神的深切體現，在無往不復的審美意象本體時空探尋與展示中把握現實存在的真正意義。究其實質，唐人對於空間的關注和劃分通過儒家思想文化體系建構滲透到審美意象之中，形成一種本體思維方式。它一度影響著唐人對審美意象時空的批評與鑒賞，同時也啟示後代意象時空的美學方向。此時的空間塑造關涉社會與人生，是對人生與存在的深度體認，是對社會位置的獲得與安放，這裡進一步滲透著歷史與現實的深層意味。

進一步說來，儒家文化更加關注的是過去、當下與未來之間的關聯。在反思歷史、悵惘未來的當下情境中將現實存在空間予以深刻感知。通過審美意象本體空間的認知融通了歷史與現實，這裡暗含了審美時間性因素。具體說來，在歷史與現實審美並置中，審美意象主體將思維視野轉向了懷古追思或是古今轉換，所以在此意義上的審美意象空間具有了溝通古今的情感意義。此時審美意象空間不再是簡單三維性，而具有了現實意義，增加了厚重的歷史內涵。它反映了唐人審美文化心理，承載著意象本體思維性。譬如唐代懷古詩中審美意象空間營構，從時間對比中生思出意象空間的深沉和廖遠。如初唐陳子昂《登幽州臺歌》中就體現了這種意象本體空間思維形態，審美意象空間由當下拓展到無窮歷史、古今之變，這種審美意象空間展現必然是具有美學特色與歷史底蘊的。通過念過往而感當下，在現實情境中做出對於存在本身的深沉幽思，以更好地把握存在空間。又如《韓熙載夜宴圖》中所呈現的審美意象空間，

通過長卷形式將不同空間場景都融合在一起，使得人們在觀摩之時似乎忘記了當下空間，而是隨著畫卷游移到一種審美視野、歷史維度。這些審美意象對於空間的營構從本質上反映出了意象本體空間形態，從對現實與歷史深思中將空間進行意象審美的本體探源和塑造，展現唐人詩意的生存方式和審美創造。

總之，天地尊卑乾坤定，唐代儒家文化視域中的審美意象本體空間呈現為以「物」為中心的審美態勢。在平和心境中感知物我相合，在規則秩序中展現倫理規範，從存在空間裏味出歷史時間。一切都在合規律、合目的地展現著審美理想化的本體空間。文化性與民族性特質融入時代意象美學之中，通過時空傳達、共情。意象空間雖變動不居，卻生生化育。從審美意象空間視野中去體味時間變化，從意象本體空間思維中去感知時間、重塑時間，實現了對於歷史與現實、古與今的深情交匯和審美意象探源。由此，儒家文化影響下的審美意象空間則在規則與秩序、歷史與現實彰顯中逐步走向了符合節奏或韻律的情感空間形態，時空之維已然從禮樂文化、規則秩序而走向情感化的維度。

三、節奏與韻律：意象時空的情感本體彰顯

思想文化為審美意象本體時空的形成奠定了形而上根基，是意象本體論中時空觀念的根源，是對民族審美心靈更為深入地體察。受儒家思想文化影響的唐人在意象本體論中思索的主要還是主體與社會位置的關係處理，在宇宙生命之間的情感安放等問題，這也是審美意象時空的本體動力。所謂藝通於道，在宇宙天道中把握藝術意象之道，在宇宙時空中尋求理想秩序的獲得，展現了儒家思想文化對唐代意象本體論時空的深度影響。一方面，通過以「物」觀時空來實現規範的審美意象本體時空建立；另一方面，從「物」本體時空內核與節律中尋求審美情感與生命價值的體證和實現。

首先，儒家思想文化賦予唐代審美意象時空以情感內核，通過物化思維傳達與展現。這種文化對於意象時空的感悟和把握，最為重要的還在於形成了一套獨特時空思維體系，表現為符合節奏秩序與韻律規範的文本意象時空、氣韻生生不已的流動時空以及天人一體的物化情感時空。我們從儒家宇宙論典範著作《周易》中就可以看出，表現溫柔敦厚的審美意象情感時空已經逐漸成為了意象本體論時空的重要內核。即基於感物而融情與物，基於物象時空而將意象時空作更深更遠的審美探索。

　　有學者曾經指出儒家思想文化大多是以時間觀念為主，其實不然，空間亦是它所關注的一個重要問題。尤其是在審美意象表現中，空間秩序與情感因素也影響著意象本體論時空的內涵和表現。時空在本體中是尋求審美合一的，在相互合一過程中共生著審美情感，以實現天人一體的宇宙觀。李澤厚在其著作中就曾指出儒家思想文化宇宙觀的根本特徵即是情感性的滲入。在重視規則與秩序、歷史與現實的意象時空思維形態中，不難看出蘊含著節奏與韻律的情感化表現。時空觀念相互融合併統一蘊藉於意象本體時空思維中，通過情感化意象語言或介質得以傳達。譬如唐代韓滉《五牛圖》〔註11〕的欣賞過程，當卷軸從右向左逐漸展開，五頭牛在空間上依次得到呈現與關注，所看到畫面不僅僅是五頭牛，還是牛的生命韻律圖景，從時間流動中品味空間位置的變化，從審美意象中領悟時空的本體與本源，這是一個充滿節奏化和音樂化的審美意象時空。我們在欣賞這意象時空過程中，對宇宙情懷產生了強烈審美體認，這是審美意象本體時空形態所帶來的審美視覺感受，從中表現了氣韻生動、天人一體的古典美學精神。這體現了儒家思想文化對唐代審美意象本體時空的深刻影響，時空於此不僅承載禮樂、展現規則，同時還表達情感，在審美意象本體中尋求時空的安頓和自適。這種時空感是一種審美境界，從根本上反映了中國儒家傳統思想文化以「物」為本體的特點，是文化心理鎔鑄在審美意象中所形成的精神時空。

　　其次，這種精神時空的形成與存在影響著有唐一代文人，他們在審美意象本體時空探求中找尋對於生命、對於宇宙的真正理解和認知，以此通過審美意象時空形態的構建與表達來實現對本體之道的體悟。從審美意象時空思維方式中感觸來自生命自身的終極關懷。或者說「以日常生活經驗為基礎，以形而上的學術方法為途徑，中國古代的時空觀點在動態、圓融、迴旋往返的時間流動中造化空間。」〔註12〕通過時空互合的時空美學主題來實現對於審美意象本體內核的探測，從本源上對審美意象予以真正理解。

　　究其實質，儒家思想文化影響的意象本體時空展現出一定節奏和韻律，在生生之易的節奏韻律中把握審美意象本體時空。它是宇宙形式的規則，彰顯了中和意味，同時也傳遞了有意味的形式。一方面從審美終極關懷中展開對於綿

〔註11〕《五牛圖》：唐朝韓滉所作的黃麻紙本設色畫，又名《唐韓滉五牛圖》，該作品現藏於北京故宮博物院。

〔註12〕劉新敖：《傳統詩論時空觀的哲學背景》，社會科學家2014年第7期，第126頁。

延的意象本體時間的探尋，時間指向了人文發生的原初，使得審美意象時間在形而上的理性思維中走向審美感性；另一方面著重對符合規則與秩序也就是中和的意象本體空間予以深度追本溯源，將空間逐步轉向規則審美的層面，意在從空間規範思維去理解審美意象空間本質。當審美意象本體之道與儒家思想碰撞之時，關注生命意識與本真情感的意象本體時空便由此產生，從根柢上展現了中國傳統儒家思想對唐代審美意象本體時空形態的滲入過程。

最後，特別值得注意的是當規則開始被打破，當審美意象體驗開始多元，人們對意象時空期翼不再集中於反映現實生活和社會人生的「物」層面，不再集中於禮樂與規範的中和情感維度，而是逐漸走向自然審美的本體探知。隨著道禪思想日漸成為這個時代的主要審美思潮，唐人將體驗意象本體論時空的視角轉向無限的自然宇宙、自性的內在心識等審美視域。與儒家關注意象時空秩序不同，道家思想文化影響的唐代意象本體論時空更加關注的是意象時空的性質，另一種意象本體時空思維形態便走進了唐人精神文化的視野層面。審美意象時空逐步由社會人生層走向了充滿無限可能的道體宇宙自然層，意象時空不斷於現實生活中抽離出來，走向更遠闊的高邁與自由，進一步實現主體與審美意象本體之間的通達自如。

第二節　唐代道家逍遙視野中的「道」本體時空觀

意象本體時空思維往往表現為主體的審美心理，它經歷了一個文化心理積澱的形成過程。道家逍遙遊思維對唐代意象本體論時空觀形成也產生了深遠影響，逍遙遊思維不僅指空間層面的無所待，同時也暗含了時間上的無際涯，其本質上是以「道」觀時空。從時間層面體現為對綿延時間的不斷打破，對既有時間的超越和突破，對時間詩化本體的追尋與嚮往。「道」的乘物以遊心審美思維深刻地締造了唐人對於時間本體的看法，在時間上打破了生與死、有與無的界限，在體道中感悟大化自然的審美意象時間。從空間維度上來看，逍遙遊美學思維成為了唐代意象本體論空間的觸媒和引渡，道家越形色而入情懷的精神追求蘊藉了一個超然物外、無限廣闊的意象本體空間思維形態。也就是說，從道家視野來看時空更親近於無限廣闊的自然，譬如莊子式想像，與天地齊一，任意逍遙，以此造就了唐代審美意象本體時空境界。莊子之遊不僅超越了現實功利，也超越了道德倫理，獲得了更為純粹的審美意味，是無所待與無際涯的人生與審美的自由化境。

　　道家思想文化總是觸及中國古典審美境界最深處，將它那天人一體的自然觀和意象觀推移到自然界萬千物象，將古典意象帶進一個更高遠、更超邁的審美意象時空，給古典美學增添無限的「境」與「味」。「莊子的遊，是一種心『遊』，一種在無限的想像空間中的『遊』。」〔註13〕這種思維模式極大影響了唐代意象本體論中的時空思維形態，體現在意象時空上便是無始無終的時間形態和超越形色的空間想像。以「道」的逍遙遊思維去將意象時空無限擴大，逍遙遊的實質是遊心、遊神，是自然山川進入彼岸性神的觸媒和引渡，它所追求一種天地境界——莊子以整個宇宙為對象，是一種整體與宏觀的天地境界。一言以蔽之，由乘物以遊心和越形色而入情懷共同形成的逍遙遊意象時空圖示在唐代意象本體論語境中追求一種超越自然的審美意象時空思維。

一、「乘物以遊心」：「逍遙遊」的意象本體時間

　　道家思想文化推崇一種自然時間，體現為無所際涯的時間感知和時間審美。正如有學者所提出的「中國的有機自然觀是一種建立在時間意識之上的嚴謹縝密的宇宙生成思想。把自然有機化只是這一思想一種表層現象。它完全就是為其中蘊含的內核服務的，這個內核就是『時』。」〔註14〕思想文化中的時空觀念和審美意象本體中的時空形態具有相關性，時間是其中一個重要層面。在道家思想文化視域下的唐代審美意象在時間維度上展現為一種無始無終的時間形態，在審美胸次的打開中將時間自然化、無限化，追求精神層面的神遊其中。以「道」觀時，因而獲得了無窮無盡的時間想像和思慮，對唐代審美意象本體時間以深度構建。

　　首先，以「道」觀時，打破有限。老子在《道德經》中將「道」看作是天地萬物的源頭，以「道」視角觀世間一切事物，同時又提出了「道」在時間上的無限性。如他所說「天長地久，天地所以能長且久者，以其不自生，故能長生。」〔註15〕「道」在道家思想來說是永恆的，是不斷生發和創造的，同時也可轉化為氣韻生動的藝術精神。審美意象時間於道家思想看來根源於亙古長存的大道，於無所際涯的逍遙之中游心遊神，不斷接近審美真諦。莊子承繼老子觀點並在其基礎上有所突破。如《莊子‧大宗師》中對「道」的時間性進行

〔註13〕金丹元：《禪意與化境》，上海文藝出版社 1993 年，第 211 頁。

〔註14〕趙軍：《文化與時空》，中國人民大學出版社 1989 年版，第 82 頁。

〔註15〕老子：《道德經》第七章，選自陳鼓應《老子注譯及評介》，中華書局 2015 年
　　　　年版，第 80 頁。

了深度解說：「夫道，有情有信，無為無形，可傳而不可受，可得而不可見。先天地生而為久，長於上古而不為老。莫知其始，莫知其終。」〔註16〕又如「人生天地之間，如白駒之過隙，忽然而已。」〔註17〕從以上文獻中可以看出「道」的時間性問題，時間在本質上就是不死不生、終極無限的「道」，是與宇宙自然相調和的自由本體思維狀態。或者如他所提出的「翛然而往，翛然而來」，這是道家對於時間的箴言。由此「道」的時間性認知給予逍遙遊以審美實現的價值和意義，在意象審美中將主體對存在與自由的感悟轉化到審美精神層面的逍遙之中，無所際涯亦無限敞開。

這裡值得深思的是「道」的時間是久長的，而現實時間則是「如白駒之過隙，忽然而已」，無限量「道」的時間與現實生活中生命有限、時間有限存在著對立與悖論，面對這種矛盾性如何尋求解決的辦法？在唐代，與莊子有著穿越時空共鳴的李白以詩情化的意象表達回應了這一矛盾性，將「道」的這種時間性移入到審美意象表現中去，將存在時空無限化、詩意化。所謂「草不謝榮於春風，木不怨落於秋天。誰揮鞭策驅四運？萬物興歇皆自然。」〔註18〕即，把自我融入到道家宇宙自然的審美律動之中，因此也就擺脫了對於時間和死亡的恐懼。這種對於時間本體的理解運用到審美意象中去，就可以將存在時間極大地打開閾限，將詩意筆觸融匯到審美意象中。道家以「道」觀時本質上即是一個新的時空宇宙的營造，一個逍遙與美學的時空打開，完全超越了現實時空境域，突破了有限時空的桎梏。這體現為審美胸次的極大打開，打通了審美意象時空的新思維。它反映了一種審美現象學的思維方式，即將時間與存在同一，用主體精神的超越打開對於存在的認知，此時意象時間傳達便不斷接近於審美層面。以主體精神超越性的時間認識維度打開了審美意象視野，在精神現象學領域追求時間的無窮無際，對後世意象論創構的影響極其深遠。譬如《列子·湯問》中就表達了對於時間無限的看法，是對莊子思想的繼承和延續。哲學思想同樣影響了文學藝術，影響了審美意象時間的呈現，基於「道」的時間審美邏輯也由此打開。

〔註16〕《莊子·大宗師》，選自陳鼓應《莊子今注今譯》，中華書局 2016 年版，第 189 頁。

〔註17〕《莊子·知北遊》，選自陳鼓應《莊子今注今譯》，中華書局 2016 年版，第 575 頁。

〔註18〕〔唐〕李白：《日出入行》，選自《李太白全集》第 1 冊，〔清〕王琦注，中華書局 2015 年版，第 253 頁。

其次，以「道」觀時到無始無終審美意象本體時間形成。莊子萬物齊一的哲學思想表現在時間上就是無始無終的時間形態。與此同時逍遙遊式的哲學理念，象徵了與時間的唱和與轉化，一種逍遙的能力，即面對萬物而處於運化之中的流通狀態。在道家審美思維模式裏，對於時間感知超越了個體生命有限性和外在知識侷限性，它呈現為萬千生命形態超越了生與死的界限之後永不停息的運動變化，屬於生命本真綻放的時間形態。那麼無始無終「道」的時間性於唐代意象本體論中是如何展現的？「道」的無始無終形態奠定了唐代意象本體論中時間的另一文化基因，它給予了意象本體論時間以文化深度的存在意義，即以「道」觀時，無盡逍遙。同時也決定了唐代文學藝術表現時空的一種思維方式和情感邏輯——基於「道」的無限而反觀人生的有限，基於無始無終時間形態而進行文本意象時間無限的審美本體建構。以此從「道」的觀時視角打開了意象時間的審美追求，使得審美意象時空不斷獲得審美自由超越和視野閾限突破，從精神維度打開對於社會歷史以及宇宙人生的深度意象思考。

這裡以司空圖《二十四詩品》末章「流動」為例說明。司空圖是受道家思想文化深度影響的文人，他的《二十四詩品》等意象論作品中充斥著道家逍遙遊的審美思維，於「道」中展現無始無終的審美意象本體時間，將存在不斷詩意化、主觀化。如《流動》一章蘊含深刻的本體時間觀念，在文化淵源上深受道家「道」的時間性影響。具體來說，「荒荒坤軸，悠悠天樞。載要其端，載同其符。超超神明，返返冥無。往來千載，是之謂乎。」〔註19〕渾茫無端的地軸，運轉不息的天樞，只有領悟其本質才能真正與自然為一。循環不息的宇宙與超絕人間的神靈，千百年間周而復始，這才是真正的流動。所謂流動蘊藉著深味，它周流不息、往來千載，時間上無始亦無終的本真形態轉化為審美意象上則是富有深意的時間無限本質探索。司空圖運用道家宇宙觀，給予意象本體時間以發生學意義，極大地影響著意象時空的建構流程和藝術呈現。如唐代園林意象創構中的逍遙遊表現，柳宗元提出「遊之適，曠如奧如」審美理想，反映出唐人在園林時空裏的適獲自心，在山水之間品味心靈閒適，這是一種審美意象時間之遊。又如唐代樂舞意象講求形神兼備，講求在時空無限境域中任遊適意，虛涵渾成，意象獨出，這也體現了逍遙遊思維的滲透與影響。

〔註19〕〔唐〕司空圖：《二十四詩品》，羅仲鼎，蔡乃中注，浙江古籍出版社2013年版，第93頁。

　　第三，通過逍遙遊的審美心胸打開了意象時空新世界，在根源上體道悟神。基於「道」的審美意象時間是對傳統儒家文化時間的突破，在審美自由維度直接通達天人、暢遊古今。乘物以遊心的逍遙之遊使得時間超出了現實秩序，以達到審美意象深層維度，打開了主體審美心胸。隨著主體審美心胸打開，獲得了存在論審美的自行敞開，是對「道」之意象本體時空的參透和超悟。道家思想文化這種展現時間的方式從根源上來自於古人對於世界的原初理解，也就相當於西方文化中所說的世界本體與本源。以「道」的視角觀天、觀地、觀世界，從中感知時間的邏輯，不會過多地從物理學意義對時間進行冷靜客觀地剖析，而是從審美意象視角將時間看成是「道」的彰顯。它給予唐代審美意象以超越的時間性、極度自由的審美意象本體時間展現，這是一種精神的遊歷，將詩意化思維逐步深入到文學藝術意象創構中去。從文學藝術中感悟時間、理解時間，將其以形象化方式展現出來，這也是古典美學的一貫邏輯，同時彰顯了鮮明思想和時代特色。

　　總之，在老莊思想影響下的唐代意象本體論時間呈現為一種無始無終的審美思維形態，它在審美意象視域打開了主體的胸次，在物我合一審美趣味中將存在時空不斷詩意化、審美化。「道」的時間性極大成就了唐代意象本體論時空之美，形成了與儒家思想文化相媲美的審美時空新視野。在唐人對「道」本源的追尋中探究時空給予古典美學的意義，在歷史審美流變中逐步打破傳統思維模式，在審美意象本體時空明晰中把握意象之美、體悟時空之道。

二、「越形色而入情懷」：「逍遙遊」的意象本體空間

　　道家思想文化總是觸及中國古典美學與審美意象的深處，將它天人一體的自然觀推移到自然界萬千物象，超越形色和視野侷限，將古典意象帶到一個更高遠、更廣闊的審美空間。這種思維模式極大影響了唐代意象本體空間思維形態，體現在意象空間上便是那四海八荒之象的摹寫、闊大洪荒之境的營造以及言盡意遠的情意傳達，以逍遙遊心境去將意象空間無限擴大。越形色而入情懷的逍遙遊時空圖示所形成的審美意象空間在唐代意象本體論語境中包含了如下幾個層面：以虛無為特徵的道家文化影響的意象本體空間思維、與宇宙空間相統一的無限空間彰顯以及充滿道教色彩的想像空間。

　　首先，虛與無──道家文化影響的意象本體空間思維。在老子哲學思維模式中，虛無暗含了空間性，如老子第四章曰：「道沖而用之或不盈。淵兮，似

萬物之宗；湛兮，似或存。」〔註20〕在道家看來，整個宇宙世界就是一個渾然
一體的太虛，包蘊著廣闊的虛無空間。由現象界的虛無上升到宇宙空間的虛
空，無形之中包含了對於道體意象空間的理解。又如《莊子‧齊物論》曰：「乘
雲氣，騎日月，而遊乎四海之外。」〔註21〕莊子承繼老子觀點，將虛無從哲學
領域潛移默化滲透到美學與意象世界中。他發現了自然萬象縱向區別，各類生
靈生存空間、視野的大小之別，並加以美學性解讀。在莊子眼中自然萬物所佔
據的是宏觀與立體的空間，這是最初審美境界的傳達。虛無從本質上為空間增
添了無盡的審美可能，為唐代意境論產生奠定了思想基礎，也為意象本體空間
思維形成提供了哲理依據。

　　這裡令人深思的是道家文化所提倡的虛無空間並非空洞無物，而是充盈
著氣，是陰陽互生促成現實的客觀世界。因而在道家虛無視野影響下的唐代意
象本體論空間講求一種虛實結合的思維本體形態。虛實掩映增加了空間的美
學內涵，從美學性上注入意象空間本質以審美力度。可以從以下兩方面予以理
解：一方面，以體虛無的審美心態去感受意象本體空間性，如司空圖以其詩化
語言描述了這種空間感。其《二十四詩品‧雄渾》云：「具備萬物，橫絕太空。
荒蕪油雲，寥寥長風」〔註22〕，非常形象地描繪出了詩詞意象中的這種空間感
知。在古代哲人看來，人生最高境界就是歸於太虛，達到一無掛礙的天地之境。
以虛靜之心去體味存在、品讀意象就會從中感受到一種廣袤空間性，在這其中
主體與自然界合二為一，空間也由此具有了形上意義。另一方面，又是虛而妙
有，從虛無中提煉出意象空間內容上的豐富性、審美上的廣延性。如杜甫詩云：
「水流心不競，雲在意俱遲。」〔註23〕主體內在空間超越了外在空間侷限，水
與雲的運動變化與主體心意相互統一，雲水之間的交互與融匯形成了虛靜審
美意象空間。徐復觀在《中國藝術精神》中指出：「虛靜的自身，是超時空而
無以限隔的存在，故當其與物相接，也是超時空而一無限隔的相接。」〔註24〕

〔註20〕 老子：《道德經》第四章，選自陳鼓應：《老子注譯及評介》，中華書局 2015 年
　　　　年版，第 68 頁。
〔註21〕 《莊子‧齊物論》，選自陳鼓應《莊子今注今譯》，中華書局 2016 年版，第 87
　　　　頁。
〔註22〕 〔唐〕司空圖：《二十四詩品》，羅仲鼎，蔡乃中注，浙江古籍出版社 2013 年
　　　　版，第 1 頁。
〔註23〕 〔唐〕杜甫：《江亭》，引自杜甫著，〔清〕仇兆鰲注，秦亮點校《杜甫全集》
　　　　（第二冊），珠海出版社 1996 年版，第 658 頁。
〔註24〕 徐復觀：《中國藝術精神》，廣西師範大學出版社 2007 年版，第 61 頁。

又如唐代水墨山水畫意象中的留白布置，雖然是一片虛空，卻又是一片萬有，以「虛」來營造「有」的思維模式反映了意象空間的廣延性。在意象本體論思維中空間完全是意象化了的存在，它不斷打破一種固有思維方式，而去表現無限、彰顯無限、最後獲得超越的本體思維形態。

其次，虛無的審美意蘊背後是無所待的逍遙狀態，以虛無打開逍遙遊審美空間視域。逍遙遊本質在於對空間隔閡、空間屏障的跨越。如何才能達到這樣的審美空間境界，在道家思想視野中莊子將虛幻縹緲的「道」具象化為主體體驗生命與存在本質的心齋，通過這樣的思維方式去實現對審美意象空間的表現。心齋是指莊子將老子萬物一體的宇宙空間觀念內化為個體大宇宙空間的共通感。這種共通感以意象主體想像力為引入，最終展現出宇宙無限、萬物一體的意象空間整體感。道家思想文化認識到人與自然外物在同一個存在視域裏對宇宙無限的「道」的空間有極深體認，它影響了唐代意象本體論中主體對客觀外物空間的觀照方式。如莊子常用「六合以外」來形容他的空間觀念，而中唐柳宗元「無中無旁」的空間無限性見解與莊子超驗空間觀不謀而合，是其思想的深入發展。中唐張志和所作《玄真子外篇・碧虛》也承接莊子，論述了如何超越空間有限而直達審美境地，實現意象主體之心與宇宙之間的深刻交流。當意識到空間無限性，也就從現象界轉向到了本體界，又由本體界轉向到意象層，於是自覺審美便由此發生。道家思想從天人合一審美理念出發，將詩意筆觸與藝術化空間思維潛移默化到唐代審美意象本體空間形態中，體現了作為萬物之本源的「道」對宇宙存在的詩意化思考，進而也成為了意象本體論中空間思維形態展開與建構的內在邏輯。

也就是說，莊子試圖以美學思維理路打破傳統空間哲學認識侷限，賦予逍遙遊以審美意象空間維度的意義。逍遙遊的空間視野提供了一個無際廣闊的精神空間，一個審美自由的心靈世界。審美主體可以憑藉逍遙遊打通現實的重重隔閡與阻礙，超越現實與存在，展現了精神的極大解放和自由。在老莊影響的唐代美學中，人與整個宇宙世界是合二為一的，因此意象主體可以進入到無限宇宙空間裏澄懷味象、縱情寫意並營造審美境界。在唐代意象論體系中，司空圖《二十四詩品》中意象空間就深受老莊空間思維影響。其首章「大用外腓，真體內充。返虛入渾，積健為雄。具備萬物，橫絕太空。」〔註25〕以「雄渾」

〔註25〕〔唐〕司空圖：《二十四詩品》，羅仲鼎，蔡乃中注，浙江古籍出版社2013年版，第1頁。

為題，蘊含深意。此品被譽為「《詩品》第一品」，並不是空穴來風的。其中除了對虛的意象空間表現，還有對無限意象空間維度的思考。該品將詩、人與宇宙所佔據的意象空間緊密地結合在一起，展現了意象主體融於自然宇宙的空間意向性。從中可以看出唐人對空間廣闊和無窮具有崇尚審美傾向，時而想要融入其中，時而超脫獨立，在無限審美視域中獲得心靈遨遊。空間在此超越了一切形式和侷限，極大可能地超越現世與既有而遙接無限與虛空，彰顯自由與情感。要想將意象空間無限追求化為現實，從審美意象內容來說就要包含無限宏大的宇宙物象，橫絕空間，體現了意象本體空間對無限性的主題追求。從審美途徑來看則是通過意象創構而模仿宇宙存在方式，以此才能在宇宙無限中去體驗廣袤無邊大空間。以宇宙本體之心結合意象主體的情感與言辭，在渾虛與有無之間往復無窮，展現了宇宙生生不息的變化歷程。所以逍遙遊意象本體空間的獲得歸根結底還在於以「道」去感知意象空間，將其看作是「道」的演化，於審美意象中體味空間的逍遙與無待。

第三，以自由與想像繼續拓展逍遙遊審美空間視域。唐代是道教繁榮發展的歷史時期，文學藝術創作當然也受到了深刻影響。審美意象空間來源於藝術創造，理想的藝術空間營造聚合古今，情思遍及萬象。道教迷戀「長生術」，所以對空間理解就會產生神奇天國、東海仙山等神仙生活空間，展現在詩文等審美意象中，這是逍遙遊的另一種審美表現形態。如果說虛無側重從審美心態上去包涵無限廣闊的大空間，那麼自由與想像則從審美內容上去拓寬瑰奇壯麗的意象性，二者從本質上體現了道家思想文化以「道」為中心的逍遙遊審美時空視域。它為唐代意象本體論空間形態注入了令人心馳神往的審美期待，如此上天入地、縱橫馳騁的三維立體空間便得以充分展現，展露出盛世唐代的獨特審美魅力。唐代文人在審美意象空間中可以恣意放飛自我，意象的跳躍、變幻與漫遊已經成為了唐人對無限空間探索的基本方式。中國詩學意象這種對遠方想像以達到解脫心靈的方式，在唐代表現得尤為明顯。譬如唐詩中白居易《長恨歌》，李白《夢遊天姥吟留別》中忽而人間，忽而仙境，忽而吳越，上天入地，神遊九州，皆因夢也。作品中意象飛動，字裏行間流露的是上天入地的超邁空間，廖遠浩淼的宇宙觀感和想像豐富的空間營構。又如李白《下途歸石門舊居》云：「何當脫屣謝時去，壺中別有日月天。」〔註26〕所以唐代意象

〔註26〕〔唐〕李白：《下途歸石門舊居》，選自《李太白全集》第 4 冊，〔清〕王琦注，中華書局 2015 年版，第 1179 頁。

本體空間思維形態遠超前代，因由在於主體精神維度打破了「物我一現世」的藩籬，而直指純粹而又崇高的審美道體時空。

　　以「道」觀時空代表了意象主體對客體世界的本質論思考。老莊空間思維全方面地影響了唐代文學藝術中的意象本體空間思維形態，它把意象空間詮釋為主體對現實空間的超越和跳脫，從現實空間逐步拓展到充滿詩情宇宙的自然空間，在哲理層次上深入體道。廣袤無邊的道體空間意識決定了唐代詩文、書畫等藝術意象整體風貌。諸如唐傳奇中的仙境描寫，唐人始有意為小說，唐傳奇中極其富有傳奇色彩的瑰麗想像空間也十分吸引人注意。又如唐代文人置身於園林之中也會有仙境的聯想，將物理化的存在世界轉化成為審美意象的詩意空間呈現，在合目的、合規律的自由想像中再造情感上的理想之域。再比如唐代山水畫意象，莊子逍遙遊式空間思維反映在山水畫中則表現為山水空濛、氣象萬千、精妙無窮的大空間、大格局。唐代山水畫家李思訓擅作「青綠山水」，其畫作追求一種雲煙縹緲、氣勢恢宏格局，景象開闊，理思深遠，所呈現意象空間有咫尺萬里之勢。受道家文化影響頗深的唐代大畫家吳道子，其畫作筆法飄逸流動，空間不被現實所侷限，所作之畫心融物外，道契玄微。王維《山水論》中亦有精到闡釋：「咫尺之圖，寫百里之景。東西南北，宛爾目前。」〔註27〕山水畫就是要超越空間，於方寸間書寫超越的自然時空境界。唐人想像能力極其豐富，這些豐富的意象實踐受到了道的本體空間思維形態影響，瑰麗奇異，令人神往。從這些審美意象中不難看出唐人對意象本體空間無限與想像的執著。有限的現實空間無法從心理上給唐人以安慰，那麼意象空間無限追求自然也就成就了唐人心理期冀的滿足。道家思想文化將無限與超越的審美心理移步到審美意象本體空間思維形態上去，展現了超越於社會人生的自然審美境界。從有限中去開拓無限，不僅僅是意象主體的一種思維模式，更是充滿奇幻色彩與想像思維的審美意象空間的打開，意象空間由此進入到更加瑰麗奇幻的宇宙自然視域。

三、「逍遙遊」的意象本體時空境界

　　「逍遙遊，作為莊子追求的精神自由的最高境界，實質上就是一種能夠體驗生命自由的生存狀態。」〔註28〕莊子在《齊物論》中曾說：「乘雲氣，騎日

〔註27〕〔唐〕王維：《山水訣山水論》，人民美術出版社1959年版，第1頁。
〔註28〕席格：《與天地精神往來——論莊子美學時空觀及其視域中的逍遙遊》，商丘師範學院學報2010年第11期，第23頁。

月，而遊乎四海之外。」〔註29〕又如《應帝王》中曰：「乘夫莽眇之鳥，以出六極之外，而遊無何有之鄉，以處壙垠之野。」〔註30〕逍遙遊的哲學思維與唐代意象美學深度融合，全面影響了唐代美學中的審美意象本體時空形態，創建了一種全新時空感知方式和體驗方式。將時空拓展到無窮之野，無際涯亦無所待，將時空審美提升到一個新高度。

首先，逍遙遊時空境界的審美意涵。莊子乘物以遊心的精神追求蘊藉了一個超然物外、無限廣闊的意象本體時空思維形態。在逍遙遊之間，遊於心物之初，獲得一種至美至樂的審美與生命體驗。與康德所說的審美自由本質在某種意義上相通。可以理解為一種心靈的解放，視野的打開，並在這個過程中深入體道。在唐代深受道家思想文化影響的意象本體時空中，逍遙遊的時空境界體現了對於時空詩性精神的領悟和生發。

唐代意象時空美學追求在道家思想文化影響下形成了豐富、多層次且充滿浪漫想像和思辨的道體審美意象本體時空思維形態，折射出一個時代對審美意象時空感受、想像和超越的深刻圖景。不管是詩之意象、文之意象還是書畫等意象中對仙境時空的描繪反映了唐代意象本體論時空觀念深受道家文化所影響，形成了以審美意象時空為中心的想像視域。即，在個體生命先驗探尋基礎之上，超越有限物象範圍而作無限意義空間的開展。「這種心靈、心態、心境與自然之時空同其廣闊無邊，深邃無垠，虛靜而躍動，燦爛又輝煌，一塵不染，確是一種『遊』之心境，『逍遙』之境，『自然』心靈之境。」〔註31〕由此看來，道家思想文化已然對唐代意象本體時空思維形成產生了全方位影響，意象本體時空思維形態與一個民族思維模式有相關性，同時也與時代整體美學精神相互吻合。審美意象是一個時代的藝術書寫，在如此情懷飽滿、熱情洋溢的朝代對於意象空間自是不僅僅侷限於眼界所見，而是無限伸展以致於到達渺遠無際的神仙國度、四海之外。

其次，乘物以遊心與越形色而入情懷的意象本體時空形態，最終實現的是天人相合的審美理想，是人與自然深度合一的思慮彰顯。一方面體現為在時間建構中進行物我之間的同情以及詩意存在的同感同受；另一方面則體現為在空間維度主客之間、心物之間對存在境域的一種共享。所謂「俱到適往，著手

〔註29〕 《莊子·齊物論》，選自陳鼓應《莊子今注今譯》，中華書局 2016 年版，第 87 頁。

〔註30〕 《莊子·應帝王》，選自陳鼓應《莊子今注今譯》，中華書局 2016 年版，第 223 頁。

〔註31〕 胡道靜：《十家論莊》，上海人民出版社 2004 年版，第 386 頁。

成春。」〔註32〕俯仰之間皆是審美意象本體時空形態的展現，留給人不斷深思的空間，這既是是物我共情的詩意存在，也是與道俱往的自然流轉。乘物以遊心與越形色而入情懷的道家思想文化造就了唐人馳騁時空、神邁千里以及萬象在旁的審美心胸，諸如「黃河落天走東海，萬里寫入胸懷間」〔註33〕「有時白雲起，天際自舒卷」〔註34〕等等。與此同時也創生了意象本體時空的又一種思維形態——與道俱往的時空觀念，將本體時空觀念推移到宇宙自然的無限深層。在對本體時空思索中重新領會物與我、意與象以及天與人的關係，不斷接近古典哲學美學所推崇的大美精神。

　　總而言之，以「道」為中心的逍遙遊思維影響的唐代意象本體論時空從社會人生走向宇宙自然層面，從物我間隔走向心物之間。道家逍遙遊的文化思維所影響的唐代意象時空注重超越道體的自然層面，在心物之間的打開中通達審美本體之道。審美意象時空是超越性的意象本體時空，它歸於「道」，同時又體現為對「道」的超越，以「道」觀時空，以「逍遙」縱橫時空審美。道家思想文化尤其是莊子的逍遙遊式意象時空思維範式已經深入到唐代美學精髓之中，從忘到遊，再到遊無聯，意象的時空便由此無限地打開，進行深度審美縱橫與審美沉思。具體說來，從時間維度形成了以「道」為中心的審美意象時間建構途徑；從空間維度打開了逍遙遊空間視野，將存在空間詩意化、審美化。主體遊於心物之間，在無限自然界有著唐人獨特而又恣意的意象時空想像和意象時空審美。值得關注的是當意象本體空間思維在關注自然的同時，也逐步走向了心理層面，追求一種現象學式的審美性思維形態。將意象與時空從自然轉向了人的內心，意象時空於此更加關注一種心識和超越性。意象時空就在這深層次的「主體—物象」的審美共識中生成，蘊藉著詩意與禪心，這成為了唐代意象本體論時空的又一思維形態。

第三節　唐代佛禪自性境域中的「心」本體時空觀

　　在唐代美學思潮中，同樣具有代表性的哲學思潮無疑就是禪宗一派。佛教

〔註32〕〔唐〕司空圖：《二十四詩品》，羅仲鼎，蔡乃中注，浙江古籍出版社2013年版，第39頁。

〔註33〕〔唐〕李白：《贈裴十四》，選自《李太白全集》第2冊，〔清〕王琦注，中華書局2015年版，第577頁。

〔註34〕〔唐〕李白：《望終南山寄紫閣隱者》，選自《李太白全集》第2冊，〔清〕王琦注，中華書局2015年版，第765頁。

所倡導的極樂世界給現世的人們提供了無盡想像的同時也給文學意象創構提供了完美素材，尤為令人深思的還是隱匿在這種思想文化深層的更為深刻的時空觀。佛教禪宗在唐代尤其是中晚唐以後具有十分重要的影響意義，它深刻地影響了唐代意象本體論中的時空形態。它那一片禪機滲透著深刻的時空意識，在意象中就轉化為風格上的空靈虛幻、視覺體悟上的不動而動和生命精神上的生生不已。佛禪塑造了唐人對於意象本體論時空的新認知，以「心」認知時空、感受時空。在無住無念與自性虛空的「心」本體認知中打破傳統意識侷限，以無住無念消解籠罩在美學與意象中的時間迷霧，從自性虛空中打開廣闊內視的空間視野，成就了自在心悟的審美意象本體時空形態。無論是無住無念還是自性虛空其旨在審美心境的敞開，審美心境一旦敞開，創構出的審美意象必然超越時空藩籬，別有一番韻味。佛禪以「心」論意象本體時空，是對儒道思想文化的補充，同時也是超越，由審美直覺體悟引發的對宇宙人生的超越。它從形而上的心識視角打開了唐代意象本體論時空的全新局面，為意象時空注入了空靈與詩境。

一、「無住無念」：佛禪影響的意象本體時間

　　佛禪是唐代審美意象時間研究不能脫離的一個重要思想源頭。佛禪重新塑造了古人的審美經驗和時間感知，使之極度心靈化、意象化。這裡尤為注意的是佛禪思想對唐代審美意象本體時間的影響並非直接，而是隱匿於審美意象潛移默化的表現之中。同樣是對於時間的看法，佛禪時間在審美思維上增加了時間的美學趣味和意義，使得唐代審美意象時間獲得了超越時間表象的時間本體的回歸，也就是海德格爾所說的詩意時間本源性。佛禪思維重視瞬間頓悟與直覺判斷，以直覺體驗時間，從瞬間頓悟永恆。基於這種無住無念的審美思維心理，最終進行玄妙的審美意象傳達，這構成了佛禪獨特完整的思維方式。在此意義上佛禪參破了時間與因果、現象與本質，從諸般審美現象中直指隱藏在思想文化深層的美學本質。佛禪這種思維方式為美學上的意象時空帶來了一種深刻的思維視野，時間在此情境中徹底打破了綿延的悖論，變成了瞬刻永恆的直覺性體悟。從綿延到瞬間永恆的時間本體思維的發展，是審美意象時間主觀化和心靈化加深的審美過程。

　　首先，打破時間「三際」，回歸意象時間即心即悟的本體思維形態。唐代審美意象本體時間在佛禪無住無念心理結構影響下側重於主體心理時間的審

美表現，在主體心理時間的審美塑造中意象具有了表現力和超越性，打破了傳統時間觀對意象影響桎梏。所謂「無住無念」語出自《壇經》，「無念者，於念而不念；無住者，為人本性，念念不住，前念、今念、後念，念念相續，無有斷絕。」〔註35〕它意在消解人們經驗化中對過去、現在與未來的感知，徹底顛覆人們對時間的認知和理解。又如禪宗公案：問：「和尚在此多少時？」師曰：「只見四山青又黃。」在佛禪世界中時間似乎是雲淡風輕的，山青了又黃，任憑時間多少輪迴，禪者既不對過往存在眷戀，同時也不對未來抱有期望，而是在自然變化中任意流去。所有遷流不息、生滅無常的流動亦或變化在禪者看來都不足為道，這即是時間意義的消解，同時也是意象審美的真諦，直接指向「真如」佛性。也就是說，佛禪從來都不對時間三際有明確界限和限定，這些綿延的時間序列其實質都是存在於人心中的幻相。所謂「時亦無體，延促由心。以始從一念，終成於劫。念若不起，時劫本空。」〔註36〕。對時間看空是從時間外在規定上打破了傳統模式，在傳統意義上人們從物理層面對時間以三際的規定，這只是一種時間表現方式，而時間表現方式並非時間的本質，時間本質應來自於脫離物質運動之外對它自身存在形態的靜默觀照。所以不論是已經轉瞬的過去還是即將到來的將來以及暫時停留的當下，這一過程本身就是虛幻的，所以也無需對時間存有執念。看破時間之象，才能深刻認識時間之本；體悟審美之意，以此才能全面品鑒意象之美。正是這樣的時間感知方式全面滲透到唐代意象本體論時間的認知中，佛禪與唐代審美意象的完美結合在歷史長河中獲得了審美價值和意義。

　　如司空圖《二十四詩品》中有這樣描述：「娟娟群松，下有漪流，晴雪滿竹，隔溪漁舟。可知如玉，步屧尋幽，載瞻載止，空碧悠悠。神出古異，淡不可收。如月之曙，如氣之秋。」〔註37〕自然界的群松、漪流與滿竹等看似是再普通不過的物象，卻在本質上表現著時間，這時間是淡然而靜默的，與佛禪的本體時間不謀而合。司空圖的意象論中已含有對於時間本質看空的思想觀念，這受到了佛意禪心的深刻影響，他的思想裏亦莊亦禪，因而也曾以「禪客」自

〔註35〕〔唐〕慧能：《壇經校釋》，郭朋釋，中華書局1983年版，第32頁。
〔註36〕《大正新修大藏經》（第四十八冊），臺灣佛陀教育基金會1989年版，第800頁。
〔註37〕〔唐〕司空圖：《二十四詩品》，羅仲鼎、蔡乃中注，浙江古籍出版社2013年版，第61頁。

詔。亦如他詩句中所描述那樣：「幽鳥穿林去，鄰翁採藥回。雲從潭底出，花向佛前開」﹝註38﹞「三十年來往，中間京洛塵。倦行今白首，歸臥已清神。」﹝註39﹞從人的生命歷程變化中看破萬事皆空的本質，時間自然是其中必不可少的一環，一切過往都是主體所歷經的幻相而已。如此唐人將時間看作是自然大化，用情意包容宇宙，體現了時代佛禪文化心理所賦予的獨特宇宙情懷。這是從一種形而上本體論層面出發，對萬事萬物根本規律的重新體察，展現了佛禪對唐代意象本體論中時間層面的深入滲透。

其次，佛禪將時間三際打通，將無限時間流程凝聚於當下剎那觀照，這給予唐代意象本體論時空以性靈的新質素，即在對時間瞬間頓悟中主體忘卻所關注的意與象，而直入到無限直觀的空靈上去。因為無住無念，所以無所住心。佛禪強調瞬間覺悟，這其中暗含玄機。「禪宗所說的『一念』、『瞬間』，實質上正是主觀時間的絕對反映。在這『一念』、『瞬間』中，時間感突然消失，感覺也彷彿消失，這是瞬間，又是永恆，非瞬間，又非永恆，宇宙之心，個人之心，物我萬象，融融一體，晃晃然如空如虛，於是整個人生的意義，本體的窮究，便浮現出來。」﹝註40﹞所謂瞬間覺悟意味著時間的超體驗性，是審美主體心靈的頓悟與開顯，此時的時間超越了一切因果循環，過去、未來與當下相融於一起。唐代禪學經典《壇經》卷二十云：「如是一切法盡在自性。自性常清淨，日月常明，祇為雲覆蓋，上明下暗，不能了見日月星辰，忽遇惠風吹散卷盡雲霧，萬象森羅，一時皆現。」﹝註41﹞在這種意義上時間與存在同一，自然界的日月星辰、惠風雲霧盡在頓悟直觀中綻放時間的真理性。在審美意象中體驗心不被外物所繫的審美自覺享受，就在此刻對瞬刻永恆時間的探究中體悟與宇宙同吐納的自在情懷。

如此看來，佛禪認為只有持有空寂的心靈狀態，才可以將遮蔽解除，剝落時間萬象之皮從瞬間中悟透永恆。有唐一代意象論諸家如王昌齡、皎然、司空圖等所提出的意象理論中就包含了對意象時間的此種禪意化理解，如文論中經常提出的「率然」「頃刻」「宛若神助」等字義都是意象時間瞬刻即現的反映。

﹝註38﹞ 〔唐〕司空圖：《即事詩九首之九》，選自《全唐詩》第 10 冊卷六三二，中華書局編輯部點校，中華書局 1999 年版，第 7302 頁。

﹝註39﹞ 〔唐〕司空圖：《下方》，選自《全唐詩》第 10 冊卷六三二，中華書局編輯部點校，中華書局 1999 年版，第 7292 頁。

﹝註40﹞ 黃河濤：《禪與中國藝術精神的嬗變》，商務印書館 1994 年版，第 114 頁。

﹝註41﹞ 〔唐〕慧能：《壇經校釋》，郭朋釋，中華書局 1983 年版，第 39 頁。

從佛意禪心中把握審美意象時空的存在方式，透過現象直擊本質。即在對世界靜態觀照中把握時間，在瞬間時間節點上創構出意象空間視境。瞬刻永恆時間觀念具體說來又呈現為以下三種方式：其一是忘記時間；其二是時間的圓融互攝；其三則是時間與存在同一。忘記時間，以此才能體驗到宇宙深層奧妙，以達到超時間的審美效果；通過時間的圓融互攝才能將有限的象轉化到無限的象外之境，從視域拓展來將時空審美發揮到極致；時間與存在同一才能在佛禪思想的影響下超越表象的重重遮蔽，走向本體論上的時間認知。一言以蔽之，通過這些禪意思維方式來打破對於時間執念，實現對意象本體論時空的瞬刻永恆認知，在哲學美學層面將時空觀進行重塑和全新理解。這種時空觀進入到唐代美學與意象領域，便形成了空靈淡遠的藝術境界。這是唐代意象本體論時空的佛禪路徑，也是古典美學超邁妙絕、含蓄意遠的審美品格。此時，超越了時間與因果，從而體悟人生、世界以致宇宙永恆，將當下有限時間擴展到無限寬廣的時間視域上。

再次，佛禪這種以「心」觀時的思維方式超越言、象，超越時間和表現，在根源上深度體道，是對儒、道思想文化時間的補充和發展，傳達著古典美學的詩意情懷和形上精神。一方面，超越了儒家文化視域中的綿延時間本質，將時間轉向空觀；另一方面，也不同於道家逍遙視野中的以「道」觀時，而是轉向了自性心悟。在佛禪思想文化裏客觀世界的任何事物都會呈現於人的心念之中，時間的先後與久暫都會在心念中產生審美感應，所以說無論是瞬間即永恆還是審美直覺從根源上來說都是以「心」觀時的本質展現。這種超越性的文化心理結構對審美意象本身產生了深刻影響。從意象主體層面說來，只有保持心中無住無念，才能達到澄明的審美境地；於意象客體而言，萬象為空，自在彰顯，以此才能「空而萬有」。佛禪以心靈開悟作為處理萬事萬物關係的準則，心靈是一切思維活動發生與承載的場所。在禪宗審美直覺中，文人可以通過心靈直觀體悟去把握存在、把握本真自由狀態。正如慧能《壇經》中關於風幡心動的著名典故：「不是風動，不是幡動，仁者心動。」〔註42〕時間於此情境中傳遞著一種心境，或者說時間的本質就在於主體之心，也就是主體的主觀覺悟，遠非物理意義所能涵蓋。以「心」觀時，超言絕象，打破了時間表象的神話，回歸到一心之體驗上，展現了佛禪思想文化心理對唐代美學意象思想的深度滲入。

〔註42〕丁福保箋注：《六祖壇經箋注》，一葦整理，齊魯書社 2012 年版，第 75 頁。

　　對於審美意象本體時間認知繼而影響了具體審美意象類型中的時間建構
和傳達。在唐代意象本體論中許多意象理論家的學說都含有對於時間本質的
思慮和感知，而受到佛禪影響這些時間現象的展現變得饒有興味。王昌齡在
《詩格》云：「久用精思，未契意象，力疲智竭，放安神思，心偶照境，率然
而生。」〔註43〕這裡提到了審美意象的生成過程，一旦詩人的靈感來臨之時就
會瞬間了然頓悟，以此觸發心中的詩思與想像，審美意象就在這頃刻的直覺頓
悟中完成。唐代著名畫家張璪提出的「外師造化，中得心源」〔註44〕一語道破
了審美意象在時間層面上的玄機，即心源的直覺頓悟，這在唐代意象論甚至是
整個中國古典意象論中都具有舉足輕重的地位。優秀的藝術家們總能細緻地
體察自己內心的意念騰挪、情思跌宕以及心靈顫動，因而在意象創構中能夠準
確把握時間本質，超越既有時間限制而進入無礙的審美時間境界。這為真正地
意象創構過程提供了思想前提和準備，具體表現為在一定美學契機觸發下，在
剎那的瞬間進入到一種時空隧道或是富有哲理意義的藝術世界。文藝作品中
的意象時空是主體心靈的外化，從本體論視角來看它承載著唐人對於時間的
審美期翼。葉朗先生曾說過：「審美活動就是要在物理世界之外建構一個意象
世界。」〔註45〕在這意象世界之中時間超越了物理內涵，可以滿足人們的無盡
想像與追求，不關涉社會倫理，也不彰顯自然道性，而旨在體悟審美心靈。唐
代審美意象豐富多元，其中不乏抒情達意、表現心靈、超越時間的審美意象傳
達。既有瞬間永恆的詩學展現，頃刻出世的書法呈現，也有剎那即視的繪畫表
現，同時還有蘊藉深意、無限氤氳的樂象時間，這是一個詩意審美時間境界。
它們的共同點在於書寫心靈時間，滲透著極深禪意，表現著唐人對於宇宙世界
的靈性體悟。從本質上看是佛禪以「心」觀時的審美展現，於意象中蘊藉性靈，
打破傳統，以瞬間直達永恆。

　　這裡以詩學意象為例說明。在唐代詩人中受佛禪影響最深的莫過於王維，
他被後人稱為「詩佛」是不無道理的。他將無住無念的心理時間模式滲透到審
美意象的理解之中，用詩性直覺體悟的方式傳達出來，這種詩性直覺成為了心

〔註43〕〔唐〕王昌齡：《詩格》，選自張伯偉《全唐五代詩格匯考》，鳳凰出版社2002
　　　　年版，第173頁。

〔註44〕〔唐〕張璪：《文通論畫》，選自俞劍華《中國畫論類編》，人民美術出版社1957
　　　　年版，第19頁。

〔註45〕葉朗：《中國傳統美學的現代意味》，袁行霈主編《國學研究》第二卷，北京大
　　　　學出版社1994年版，第16頁。

理時間展現的藝術載體與媒介。在王維詩學意象中充滿了對時間的看破和空觀的意象時間觀念，它們都在一定程度上展現著意象本體時間。如《辛夷塢》：「木末芙蓉花，山中發紅萼。澗戶寂無人，紛紛開且落」〔註46〕中的審美意象時間意識，芙蓉在曠古無人的地方盛開，不知何時開始，也不知何時凋落，這個漫長的過程在瞬間開始又結束，如此輪迴往復。王維輞川詩學意象中蘊含了深刻的佛禪本體時間的文化與心理積澱，禪的瞬刻即悟思維方式廣泛影響了唐人對於意象時間本質的認知。佛禪為唐代意象本體論中的時間呈現注入了詩意色彩，時間於此不再只是鐘錶上的刻量，而是在美學視界中時間表象的打破，具備了心理長度和廣延的意象時間之美。究其實質，佛禪將瞬間永恆的審美理念移入詩學意象中去，使得審美主體獲得一種精神解放，從瞬間萬象中頓悟時間本體。此時主體擺脫對於時間焦慮的痛苦，在物我同一的審美體驗中將心靈化入宇宙，實現了與世界的深度溝通，回歸到最本源真實的生存境遇。我們從唐人詠史之作也可以瞭解到這些詩文中的審美意象在時間上是極具深意的，時間被看作是宇宙自然消長、萬物自變的規律。與其思考時間何來，不如徹底將它消解，以換求審美心理上的自在心安、了然純淨，從本體上將時間解空。再如白居易《感芍藥花寄正一上人》云：「今日階前紅芍藥，幾花欲老幾花新。開時不解比色相，落後始知如幻身。空門此去幾多地，欲把殘花問上人」〔註47〕。花開花落本是自然的時間，而當我們去重新思考這些意象之時，卻發現這些看似平常的日常意象中就已經蘊含了時間哲理意味。時間在審美意象中被有形得抽離，變成了既有既無讓人捉摸不定的東西。但當以幻滅之意去揣度，它又具有了自身的獨立性——與時皆空。與魏晉時期詩學意象相比，唐代這種詩學意象中的時間意識似乎沒有那麼強烈地對於時間的「遷逝感」，而是轉向對時間本體的空觀。

　　總之，佛禪影響了唐代意象本體論中的時間，打破了傳統時間觀對意象影響的桎梏。受佛禪影響的唐代審美意象時間是主體心理時間，時間內外相通，以心靈感應為其主要特徵。如《壇經》云：「夫百千法門，同歸方寸；河沙妙德，總在心源。」〔註48〕佛禪參破了時間、忘卻了時間，在無時間中把握永恆，

〔註46〕〔唐〕王維：《辛夷塢》，選自〔清〕趙殿成《王右丞集箋注》，上海古籍出版社1998年版，第249頁。

〔註47〕〔唐〕白居易：《感芍藥花寄正一上人》，選自《白居易全集》，珠海出版社1996年版，第206頁。

〔註48〕〔宋〕普濟：《五燈會元》卷七，中華書局1984年版，第60頁。

領略時間奧秘，同時這也是對時間最強烈追求探索而復歸於無的境界。這種對時間綿延的消解可以說是唐代意象時間意識的終極歸宿。在佛禪審美直覺中，文人可以通過直觀體悟去把握存在於此時此刻超越言、象的道，從而超越時間，超越表象。以此剎那永恆，以空觀時，在心意直覺中透視並超越時間，獲得直擊心靈的深邃體驗。我們從唐代豐富的意象論中獲得了對於時間的徹悟感知，時間中蘊含的綿延之意或者境象都被純粹地審美化了。在唐代意象時間審美中，無論是唐代詩之意象、書之意象還是畫之意象等都是書寫心靈時間的藝術。在詩意的唐代，這些審美意象中時間本體形態滲透著禪意，表現著主體對世界的靈性感悟。

二、「自性虛空」：詩情拓展的意象本體空間

　　隨著佛禪思想文化滲入，對唐代意象本體論空間思維形態產生一定影響，靈心頓悟的清談方式開始盛行，社會如此，意象亦如此。佛教傳入中國後，建構了一套立體宇宙結構圖式，在空間上是無限的，由無量數世界所構成。佛教所講三千世界是由一個個小千、中千、大千世界所構成，在宇宙上涵蓋無際。佛禪認為萬事萬物包括空間看法都來自於自性與虛空。所謂「自性」指自我心靈的解脫和超越，對主體心靈的自我皈依，側重向內的生命自省；而「虛空」則意為在寂照中展現的心冥空無狀態，空並非空洞、虛無，而是打破名相執著後所呈現的真實狀態。佛禪所說虛空能含萬法之鏡，萬物盡在空中，所以佛禪所謂空並非真空，而是萬有。佛禪自性與虛空文化心理結構在唐代審美意象時空中得到了全面推進，形成了萬物一體、自在心悟的審美意象空間觀念，並且對整個古典美學也產生了重要影響。所以此時期美學中意象本體空間思維開始向「心」而生，為文學藝術意象中純美境界空間埋下了深刻因子。佛禪對唐代意象本體論中空間的詩意塑造內隱著深刻文化意識心理結構。禪意空間是唐代意象空間在審美上的超越，在某種程度上超越了儒、道二家對意象空間的思維限定。就比如莊、禪影響的意象本體空間思維同樣都是追求貼近自由與心靈，但與莊不同的是禪完全泯滅了現實空間，也擺脫了抽象邏輯思辨，而是直觀直覺審美思維。可以說，唐代美學與意象中關於審美主體的心靈空間審美品位的探索，主要源自於佛禪。

　　首先，受佛禪影響的唐代意象空間越過有限藩籬，通向無邊廣闊的內視空間，將視域廣闊拓展到極致，蘊含著畫意與詩情。蘊藉著禪意色彩的意象本體空間展現了一定主體心性特質。正如《六祖壇經》記載：心量廣大，猶如虛空，

若空心坐，即落無記空。虛空能含日月星辰、大地山河，一切草木、善人惡人、惡法善法、天堂地獄，盡在空中。」〔註49〕又如五燈會元中記載：「理因事有，心遂情生。事境俱忘，千山萬水。見山不是山，見水何曾別？山河與大地，都是一輪月。」〔註50〕在佛禪看來，空間具有多維性，是廣大無邊的。唐人藝術、意象等觀念與前朝有很大差異，明顯表現就是以勢壯美，追求博大與超越的空間觀念，這與佛禪所倡導的虛空思維模式有著一定關聯。這種對空間思考方式影響了意象本體空間的探測，極大地激發了意象主體思維和創造力。

在唐代文人眼中意象空間雖然廣大，但卻可以囊括在心，一切事象、物象以及藝象都可以盡在心中。所以說在唐人眼裏的意象空間是廣大心性，是意象主體心中臆想。唐代詩人王維曾有詩云：「欲問義心義，遙知空病空。山河天眼裏，世界法身中。」〔註51〕又如李白《同族姪評事黯遊昌禪師山池》云：「遠公愛康樂，為我開禪關。蕭然松石下，何憶清涼山。花將色不染，水與心俱閒。一坐度小劫，觀空天地間。」〔註52〕唐人對宇宙世界本體的理解和感知帶有一定主觀性色彩，這來自於經驗，也就是直觀形式。在這種情況下，心靈本身創造著空間性，空間既是實在的，又是觀念的。在審美意象中主體試圖克服我與世界的分立，而達到物我相融的一體化狀態。主客相合以此開拓了情意空間，超越了現實空間侷限。譬如中唐古典園林意象有「壺中」說法，這來自於人們心靈中的審美想像，從園林小空間進入到大空間，以致陶醉於這無窮盡空間裏，所謂「納千頃於汪洋，收四時之燦漫。」〔註53〕。所以說受佛禪影響的唐代意象本體論空間是一種心性空間，空間並不受到物質的邊界、範圍、大小的限制，也不受主體視野的侷限，而是萬物在心、自在圓滿，空間就是無限的量。唐代審美意象的空間經過禪意的浸染，使得意象空間變得豐富、得到了詩意拓展，蘊藉著深刻禪味。所以說，佛禪影響的意象空間是一種帶有超驗性的體悟空間。

其次，受佛禪心理結構影響的唐代意象本體空間是心境的展現，體現了唐人追尋本源的思維方式。在佛禪文化心理影響下，關注心靈與表現自由的時空

〔註49〕〔唐〕慧能著，郭朋校釋：《壇經校釋》，中華書局 1983 年版，第 49 頁。
〔註50〕〔宋〕普濟：《五燈會元》，中華書局 1984 年版，第 563 頁。
〔註51〕〔唐〕王維撰，〔清〕趙殿成箋注：《王右丞集箋注》，中華書局 1961 年版，第 129 頁。
〔註52〕〔唐〕李白：《李白集校注》，上海古籍出版社 1980 年版，第 1180 頁。
〔註53〕〔明〕記成：《園冶‧園說》，中華書局 2011 年版，第 27 頁。

意識極大地影響了作為意識形態之一的文藝。文學藝術在空間中詩意展開、排列，以產生審美效果，這審美意象空間是主體介入的空間，體現了主體間性。張璪提出「外師造化，中得心源」可以說是整個意象論的精髓所在，這其中心源就是心性，在空間上就體現為感知覺中的位置與邏輯序列。自然界物象、事象以及背景被巧妙地自由組合，形成主體心目中最佳空間配置，以展現詩意與靈動的審美意象空間。如唐代書法意象從實用功能走向了獨立的藝術審美，獲得了藝術靈性，通三才之品匯，備萬物之情狀，在虛實相生中將意象空間拓展開來，給人以耐人尋味審美感受。換言之，立象以盡意的意象空間因注入了禪意、詩情因而由方寸空間而擴展到整個大千世界。

值得注意的是，受佛禪影響的審美意象在空間上追求一種不可思議的、洋溢著無限期冀的審美境域。意象空間在主體心性感知與審美體悟中具備了豐富美學意涵，彰顯了詩意性本質。空間不是限定地圍繞在事物外圍，而是自主核心地隱藏在事物精神層面。由萬物一體的哲學觀、圓融互攝的藝術觀，最後呈現為空而不空的審美意象空間觀念。譬如在王維的意象創構中，景與情已經具有了文化的意義，意象創構將平常的物象、事象都置入到一種有禪意的境界空間裏。如他《闕題二首·山中》詩中描述：「荊溪白石出，天寒紅葉稀。山路元無雨，空翠濕人衣」，運用強烈的色彩對比如畫意般地將天寒溫潤的空間感呈現出來。意象主體對自然空間體會，通過心性空間、文化空間傳達，並與「一即一切、一切即一」的文化理念相互契合，最終呈現為心識的意象本體空間思維。詩人的心性是空的，所以自然中的一切事象、物象都能走進詩人心中，經過審美意象重構最終得以表現為深層次且具有美學性與詩意性的意象本體空間思維。王維此種意象化宗教空間打破了現實因素對空間侷限，以展示虛幻中的永恆，實現了意象主體精神自由。又有中唐詩人柳宗元著有《江雪》一詩：「千山鳥飛絕，萬徑人蹤滅。孤舟蓑笠翁，獨釣寒江雪」〔註54〕，從中可以深刻地感受到中唐時期禪宗對唐代詩文等意象的滲透與影響，雖寥寥數筆，卻極具禪意空間韻味。這是一幅詩意圖畫，千山萬徑間掠過飛鳥的痕跡，而蒼茫天地間的孤舟獨釣則又精微摹寫了意象空間畫面，整個天地似乎都融進了獨釣這一動作中，清曠、孤寒的空間感暗含了主體高潔傲然的心境和精神。宋代馬遠有山水畫《寒江獨釣圖》，與這首詩遙相呼應，表現了空寂、渺遠而又充滿

〔註54〕〔唐〕柳宗元：《江雪》，選自《柳宗元集》第 4 冊，中華書局 1979 年版，第 1221 頁。

詩意的意象空間。這種意象空間是心境展現，在對意象空間審美探究中體現了唐人追尋本源的思維方式。

　　進一步說來，禪意空間是唐代美學中意象空間在審美上的超越，在某種程度上超越了儒、道對意象空間思維的限定，通過意象空間的塑造得以襯托主體的心境意緒，展現了對唐代意象本體論空間的追本溯源。譬如王昌齡的「攬天海於方寸」、皎然的「遠意」、司空圖的「窅然空蹤」等都是對意象空間禪意色彩的解讀。在他們所追求的意象審美空間裏，存在本身也極具禪理機趣，空間不僅是一個三維立體圖式，更是充滿了禪意與韻味的情意場，其中蘊藉了文人審美心胸。一旦審美心胸向萬物敞開懷抱，空間本身便不再受意象創構滯礙，而是廣闊而又深遠地融入到禪意空間中，反映了盛世時代精神和包容情懷。佛禪將詩意情懷融入到意象本體空間思維中，將空間理解為可以無限生成的審美場所，蘊含著豐富審美可能。受佛禪影響的唐代意象思維中，空間具備了外表空幻卻又融合萬有的無限生成可能性，這種可能性在某種程度上將意象空間推至一個神秘境地，讓我們去想像、去生發、去再造這個詩意意象世界。如唐代寫意山水畫意象空間，以王維為代表的破墨山水畫意象營構了一個兼具禪意與詩心的山水空間。禪的直觀方式將山水空間導向了精神深度，使之心靈化、境界化。再如古典園林意象塑造了充滿禪意的超絕空間，柳宗元「遊之適，曠如奧如」、劉禹錫「適乎目而方寸為清」等都是意象空間禪意展現。

　　第三，佛禪此種心境空間在美學風格上尤其展現為對空靈的嚮往。文化決定主體思維，主體思維決定藝術表現。主體心境虛空澄明，因而可以入萬景，在意象創構中書寫心靈與詩意，拓展詩意空間並將其審美化。審美化空間集詩意與空靈為一體。與儒家所說「中和」、道家的「虛靜」所塑造的意象空間不同的是，佛禪影響的唐代文學藝術意象空間展現在美學風格上尤其表現為「空靈」。宇宙可謂虛上加一空，空中添個無，有著無限的禪學意蘊。佛禪空間思維方式影響了唐代意象本體論空間整體樣態，受佛禪心性本體論的影響，使得真正精神空間、心靈空間進入了唐代意象本體論視野，使得中國審美意識在內轉向中更偏向於主體心靈的「象外之境」。

　　「空靈」首先體現了意象主體對審美對象空間的關注。佛禪以「空」探索世界之「無」，以「空」超越實體思維模式深刻影響了唐代美學的意象本體空間形態。司空圖《二十四詩品》中有這樣描述：「風雲變態，花草精神。海之

波瀾，山之嶙峋。俱似大道，妙契同塵。離形得似，庶幾斯人。」〔註55〕外在
對象空間是豐富絢爛的，多元共存的實體對象形成了原初審美視域，吸引著審
美意象主體內在心靈空間與之呼應，展開豐富寫意式地審美創構活動。具體說
來，這種空靈的風格表現為詩學意象上的浪漫，突破思想的平庸和狹隘，追求
大氣磅礡的精神；繪畫意象上的象外之意，空間的延宕和詩性的寫意表達；書
法意象上的筆墨縱橫，不拘一格，行雲流水；園林意象上的詩意空間營造等等。

　　「空靈」不僅體現了意象主體對審美對象的關注，還反映了時代的審美價
值取向。不得不說唐代是我國古代歷史上極富詩意時代，詩意的詩、書、畫等
意象營構的是超邁空靈的審美意象空間。後人多以「空靈」評價唐代藝術與意
象，原因在於這個民族本身就崇尚詩意與空靈，在意象空間表現上經常突破限
定思維模式，加之佛禪深入洗禮所以這空間自然生機盎然、充滿禪意、空靈而
又有蘊味。如唐代山水屏風盛極一時，營造了一副意趣空靈意象空間。朱景玄
曾經評價王維在長安千福寺西塔院內屏風上所繪製的《輞川圖》「雲水飛動，
意出塵外」〔註56〕，足以見得時代審美和宗教文化在詩人、文人塑造意象空間
方面的深入影響。對於唐人來說意象空間本體思維不是固化的限定，而是蘊藉
著空靈意蘊的審美場域，凸顯了時代的風骨和精神。就以唐詩來說，嚴羽曾評
價唐詩曰：「故其妙處，透徹玲瓏，不可湊泊，如空中之音，相中之色，水中
之月，鏡中之象，言有盡而意無窮。」〔註57〕唐詩是言說空靈之美的藝術，唐
詩中審美意象空間可以突破歷史與現實的侷限，書寫性靈與人生。我們從唐詩
意象表達中可以深切體會心與象合的詩意本體空間展現。

　　總之，受佛禪影響的意象空間是藝術化了的呈現，空間既不是儒家視野中
的符合規則與秩序，也不似道家影響的崇尚自然、無限視域，而是蘊意著心靈
感悟的意象本體空間思維形態。佛禪自性虛空的審美心性感知方式為意象空
間呈現洞開方便之門，使唐代詩書畫藝等意象空間呈現出詩情畫意的創造性
和超象虛靈的禪意玄機。在佛禪此種感知方式影響之下唐代美學中的禪意空
間在範圍上追求無邊廣大，在意象空間特質上走向了彰顯自由與心靈的詩意
與空靈。空間不再是現實主義地簡單摹寫，也不再是充滿政治隱喻地秩序傳
達，而是真正復歸心性的詩意性空間。從空間上超越了具體語言與形式，遊心

〔註55〕〔唐〕司空圖：《二十四詩品》，羅仲鼎、蔡乃中注，浙江古籍出版社 2013 年
　　　　版，第 76 頁。
〔註56〕〔唐〕朱景玄：《唐朝名畫錄》，四川美術出版社 1985 年版，第 16 頁。
〔註57〕嚴羽：滄浪詩話，北京：中華書局，1985 年，第 6～7 頁。

—88—

太玄，俯仰自得，打通了有限與無限、實境與虛無、具體與抽象之間的藩籬，空間從本質上蘊藉著「禪意」，書寫著自由與性靈。

三、「萬有一體」：時空審美之境的超越與回味

　　佛禪文化心理結構在唐代審美意象本體論時空中最突出的展現就是時空之境的超越與回味。佛禪通過一種宗教現象學或空觀現象學，在空間表達上開啟了虛實並生的審美體驗，開創出了充滿禪意的心境時空。禪宗的「境」具有超越時空意味，實則是超越於自然空間和社會空間之上，回歸本真心識的審美意象本體時空。佛禪為唐代意象理論注入了深邃的哲理意蘊，它將存在空間境域轉化為詩意的棲居之所，它與唐人意象思維是深度契合的，時空在此走向了純美化意象世界。換言之，佛禪將心性融匯到唐代審美意象中，它神秘地將宇宙萬物意象化地表現出來，把宇宙、藝術、胸次的種種空間都含攝到意象主體一心之體驗中，以此將意象時空純美化。

　　一方面，在佛禪影響下富有禪意與禪趣的境界深刻展現了時空一如的意象時空觀念。中國古典美學中境界論大抵成熟於唐代，這與佛禪哲學有密切關聯。王昌齡、皎然、寒山、劉禹錫、司空圖、張璪等都是其中代表，他們將禪意哲學移入美學與意象中，將境中時空看作是禪的剎那。也就是說，佛禪所影響的審美意象本體時空具有超越時空自身的意味，這種超越意識將內我與外境渾然合一，展現了唐人獨特的宇宙觀和意象觀。從中唐以後佛禪逐漸深入到文人士大夫心中，唐人宇宙觀發生了根本性變化。佛禪的「直指人心，見性成佛」破除了一切形式、文字，將這種涅槃妙心轉化為唐代美學上的鮮明表現就是超越時空的審美意象彰顯。司空圖《二十四詩品》營構的就是一個幻美靈透之境，在這審美境界中四時與六合巧妙互合，時空超越了言象之表，而直擊心靈之境，這在某種程度上回應了唐代美學一直追求的境生象外美學觀。如果說，意象時空在唐前總體上處於一種哲學化狀態，那麼自唐代始意象時空便具有了深刻美學意義。在時空之審美境界中重拾審美意趣，是唐代美學的一大特色，也是中國古典美學一直嚮往的理想境域。時空一如是境之所以為美的根本所在，以此在審美境界中深沉靜觀，感受時空融合給人帶來的審美意象本體時空感知和體驗。

　　另一方面，佛禪將審美之境由地理時空逐漸導向了心靈時空，非連續當下的片刻時間和虛曠空靈而不黏滯的空間相互交融，這種時空是主體心靈與世間萬象相融共生所構成的精神境界。佛禪為審美意象時空注入了深邃哲理意

蘊，它將綿延時間之流消解為瞬刻的斷點，將存在的現實空間轉化為詩意棲居之所。如司空圖的《二十四詩品》，古往今來對它的研究不絕如縷，然得其精髓者卻並不多，該作尤為令人深思的還是在審美境界中內隱著的豐富而深刻的意象時空觀念。禪以空靈取象性玄覽萬物營造空間視象，又以瞬刻永恆性打通時間脈絡，這都在《二十四詩品》中得到了確證。超以象外的詩論觀打開了意象時空新局面，意味著超越現實與心理的審美時空由此進入到意象本體生成視野。正如張節末所說：「禪宗自然觀的第二種美學品格，體現在其將自然現象作任意的組合，自然現象被空觀孤離以後，它在時空中的具體規定性已經被打破，因此，主觀的心可以依其需要將它們自由組合，形成境界。」〔註58〕

　　基於此，在審美意象中取景的空間和時間相合的背後是佛禪所說「悟即須臾，迷則累劫」，在須臾之間把握了時、空奧秘，洞照了主體心境的虛靜與澄明。在生命心源中感受審美境界時空的無限與寬廣，大自然一片化機。隨著佛禪進一步深入，獨特心理結構和感知方式基礎上的時空合一性也由表及裏地影響了唐代美學整體性思維，並形成了心境化的意象本體時空思維形態。使得文學藝術真正地書寫心靈時空，營造審美境界，彰顯宇宙情懷。唐代審美意象本體論時空在佛意禪心影響下，為中國古典美學傳統開闢了新經驗世界、新時空意識和審美範式。

　　總而言之，佛禪為唐代意象本體論時空注入了空靈的意象性特徵，在表現自由與心靈的審美追求中逐漸走向了心識審美的意象本體時空思維形態。佛禪思想文化將時空逐步轉向了意象審美的維度，以「心」觀時空，鋪設了一條實現精神自由的道路。從無住無念的本體時間到自性虛空的本體空間，唐代審美意象本體論時空在佛禪影響下走向了深邃的審美靈境。審美意象時空在極大程度上走向了藝術理想階段，這種本體思維也直接影響了審美意象在多樣化形式中的審美呈現和傳達。佛禪無住無念與自性虛空的心理感知方式為唐代美學中意象時空呈現洞開方便之門，使得唐代詩書畫藝等審美意象時空呈現出別具一格的創造性以及超象虛靈的禪意玄機。唐代意象時空觀念映像著時代特徵，它充滿了神秘主義的宇宙探索，用一種詩性地表達方式凝結於傳統意象本體論形態中。所以說，唐代文藝絢爛紛呈，而時空已然成為文藝意象審美必不可少因素，在本體論的時空探源中把握唐代獨特的時代精神和美學盛景。

〔註58〕張節末：《禪宗美學》，浙江人民出版社1991年版，第20頁。

第三章　唐代意象創構論時空觀

時空在傳統思想文化影響下逐漸沉澱為一種美學基本結構，閃爍著理性光輝，這使得作為理性思考和表述的意象時空建構呈現出一種邏輯化、體系化發展之鏈，展現了唐人的天地、宇宙之思。唐代意象論中時空觀在具體審美意象創構中呈現為分層次、多重累的時空審美建構之路，具體展現在意象創構論的時空藝術化處理中，其中包含了時空範圍、時空關係、時空詩性等意象創構中的時空觀念，它們分別於意象創構的生思、立象與造境中展現。審美意象創構論中的時空思考蘊藉著主體對「意」「象」以及「境」中時空的深刻思慮，一方面體現在超越時空、往古來今、無始無終的「意」中，另一方面展現在無限變動、無所不包、生生不已的「象」上，同時「意」與「象」在意象創構中深度融合為審美之「境」。意象創構中文氣貫穿的時間架構與隱藏在意象後面可望而不可即的空間視境之相合構成了唐代意象論中時空審美建構的精神內核。唐代意象論中意象生成、意境創生、完善結構、表現情感等都離不開對時間和空間的描寫和建構。時空觀念正是在意象創構過程中得以表現，是訴諸於意象的，並以一種詩性話語和意象化方式展現出來，影響著意象創構和生成，影響著唐代美學與意象整體面貌。

在這其中，唐代這一特殊歷史時代中也有著獨特意象創構論時空展現。時間與空間作為審美意象中不可或缺的兩個因素，在現實意象建構中往往縱橫交織在一起，成為一個立體化結構圖式。在空間裏流動著時間，在時間中建構空間才是審美意象創構的根基所在。時間與空間作為一種共在審美結構，在意象創構過程中深度結合，並呈現出自身審美特性，凝結於時代發展和演變之

中。具體表現為用意高古的「意」在言外時空拓展模式，唐代「象」思維美學思想中的時空交互觀念以及中唐以後「境」的時空審美構造與超越。「意在言外」時空拓展模式意在闡釋時空範圍上的由有限到無限，「象」中時空合一意從時空關係來闡明審美意象中時空相互融合，而「境」則是從時空特性來對時空審美建構予以說明，三者互相統一於唐代審美意象時空美學建構中。從「意」「象」以及「境」中時空內在結構和思維理路的梳理中可以看出唐人在探討審美意象時蘊含了豐富時空觀念和時空想像，它們共同促生了時空審美建構。誠然，中國古典美學的時空觀向來都是追求心靈體認而悟出的審美意象時空，而並非單純地表達外在的、作用於感官的物理時空。在對這樣心靈時空的開拓中，謀求心與物之間的和諧統一，開闢了一條興象、意象以及意境的審美道路，這一嬗變開始於唐代。審美建構中不僅是空間視覺展現，而更加注重主體凝神觀照之下的回味和體悟，也就是時間因素。所謂物在靈府，不在耳目，追求超越的象外之象、弦外之音與味外之味才是審美意象時空建構的意旨所在。

總體而言，唐代意象論中時空最終呈現為意境化、節奏化的時空審美建構途徑。與前代大有不同，唐代以後意象時空大多都是從意境化維度來闡釋，這一審美意象時空變化經過了漫長發展過程。唐代是一個特殊的典型時期，它豐富多姿的文學藝術意象中蘊含著深刻時空意識，從意中時空、象外空間到撕扯出「境」中時空交雜，展現了完整豐富的時空建構途徑。唐代意象論中時空觀念可以說是整個中國古典美學中意象時空的一個縮影，從這個特殊性可以窺見一般。在意象審美中，時間與空間是相融一體的，因而在這一部分中將時空結合來論證。杳渺遼闊、通達無礙的空間與流變不滯、與物為春的時間共同深入互滲到唐代意象創構的審美時空中，共同建構唐代意象創構論時空美學。

第一節　唐代意象創構論中主體「意」的時空無限觀念

「意」是意象創構的起點，也是意象時空審美建構的邏輯起點。多元文化共同深入主體之「意」中，為意象時空審美建構提供了思想基礎和文化積澱，同時也影響了主體「意」中時空無限觀念的探索與建構。唐人徐安貞題畫：「圖書空咫尺，千里意悠悠。」〔註1〕又有劉禹錫詩曰「片言可以明百意，坐馳可

〔註1〕〔唐〕徐安貞：《題襄陽圖》，選自《全唐詩》第2冊卷一二四，中華書局編輯部點校，中華書局1999年版，第1228頁。

以役萬景」。〔註2〕在唐人思想中，主體之「意」具有超越性，超越時空侷限，蘊含了時空無限的詩意之思。在多層次文化影響下主體之「意」突破了思維定式，與此同時就帶來了意象創構中時空之拓展的審美效果，這是意象創構中時空觀的一大展現。主體遊心於萬事萬物中，萬物皆備於我。隨著對時空的理解和感受，主體將萬物網羅入胸懷，動情於時空之外，靈氣往來，縱意呈象。因而本章所思索的問題是在唐代意象創構中主體「意」中時空無限觀念如何具體、鮮明呈現在意象創構的內在邏輯中，它將一度影響著意象創構中時間與空間的審美建構和存在方式，這裡凸顯了唐代意象創構主體的審美心理和審美層次。在主體思維中「意」是根本，同時也是引導，它成為了時空形式感和審美蘊藉的邏輯線索。時間蘊藉和空間想像是意象主體十分關注的方面，主體「意」中的時空混沌和神遊已成為了時空無限拓展的主要內容，而獨特的文化和美學環境也為時空的廣闊遨遊提供了必要的文化積澱和理論支撐。

一、「攬天海於方寸」：時空無限的理論探索

　　「意」在這裡指的是在意象創構過程中主體的思維方式，其在唐前就已經被頻繁使用。先秦時期就有著名的言、意之辯，言與意之間關係成為了古代文人一直所要探究的深刻問題。而這裡需要注意的是它的時空性問題，如何通過有限的言語而表現無限審美意味，由此打開審美時空的想像和探索，這一切的根本和起點在於主體的「意」。早在魏晉南北朝時期，陸機、鍾嶸以及劉勰等人已經逐漸發現主體「意」的時空問題，並通過隱喻方式表達在文論中。它一度影響了唐人在意象創構活動中的主體思維方式，使得唐代意象創構論時空在前代審美性積澱上走得更遠。意象創構在具有心理學意義的同時也蘊藉了創構主體的文化意識以及時空思維。正如劉禹錫在他的詩論中所說，「片言百意」從審美意象內容上來說是指主體之「意」的多樣性、豐富性和無限性，而這同時也說明了另一個問題，就是主體「意」的時空問題。唐人在遊心創構，精練意魂中已然暗含著深刻時空觀念。進一步說來，通過主體「意」的多元而引入時空無限延展之鏈條，在不斷拓展的意象時空中探求一切關於審美意象的多元理解，將意象看作是超越於時空之外生成和能動創構的過程。在唐代，這一時空觀念也有其發生學理論基礎，主要由王昌齡、皎然以及司空圖等人所

〔註2〕〔唐〕劉禹錫：《董氏武陵集記》，選自《劉禹錫集》，吳在慶編選，鳳凰出版社2007年版，第260頁。

代表的意象論家關於「意」的理論為根基，它們共同推動了言、意之間的轉化，時、空的無限延展等理論思辨上的難題。

（一）時間流程的意象主體審美心理打開

意象創構過程首先是一種時間蘊藉，在意象創構中的時間是自由的，它體現了主體深度思考。即在時間中感知自我，從意識中發現時間、理解時間，將意象時間看作是心靈的特性，時間在作者心中有著獨特審美感覺。在唐代意象創構論中作為能表現主體思想和情感的「意」，其中必然包含了對於時間的感知覺，這是意象思維主體結合自身身心體驗對客觀存在進行感應互通由此上升到生命意識的審美體悟。正如王昌齡所說「昏旦景色，四時氣象，皆以意排之，令有次序，令兼意說之為妙。」〔註3〕意象時間體現了作者主觀性，在這獨特審美意象世界中，時間也具有了全新價值和意義，它是文人心理意識的彰顯。又如「意須出萬人之境，望古人於格下，攢天海於方寸。詩人用心，當於此也。」〔註4〕其中，「望古人於格下」意在說明意象創構的一種時間性，意象創構要思古才能通今，以此才能更好地進行創構。文中提到詩人之「意」可以攢天海於方寸，體現在意象創構過程中詩人的用心可以超越時間侷限，在時間暢遊中生發對意象審美的思考，由此時間被意象化和詩化，審美意象時間超越了歷史間距。王昌齡對於主體「意」的思考蘊藉深刻時間意識，它隱匿於創構過程之中，展現了唐人對於時間的深度哲思。如此看來意象創構過程其實質就是創構主體特有思維方式對時空的超越，主體思維可以超越於古今、現在與當下，在意象創構中超越現實環境的束縛，這就凸顯了時間的無限超越特徵。在現實時空無法觸及的意象時空無限性在唐人的審美心靈中可以完美到達，它是時代美學性的映像，也是唐人主體心靈的開闊、豁達的詩意表現。

中唐皎然意象創構論中也包含了主體時間思慮和想像。作者將主體之「意」置於天地、時空的廣袤之中，尋找天、地、人之間的妙合，彰顯了無限的開放性和審美創構張力。如他《詩式》曰：「彼清景當中，天地秋色，詩之量也；慶雲從風，舒卷萬狀，詩之變也。」〔註5〕又如「作者措意，雖有聲律

〔註3〕〔唐〕王昌齡：《詩格》，選自張伯偉著《全唐五代詩格匯考》，鳳凰出版社2002
　　　年版，第169頁。

〔註4〕〔唐〕王昌齡：《詩格》，選自張伯偉著《全唐五代詩格匯考》，鳳凰出版社2002
　　　年版，第162頁。

〔註5〕〔唐〕皎然：《詩式》，選自張伯偉著《全唐五代詩格匯考》，鳳凰出版社2002
　　　年版，第229頁。

不妨作用，如壺公瓢中，自有天地日月。」〔註6〕從這一段文獻可以看出，從時間維度來看，自然的季節與時間性是意象創構主要內容，時間在作者心中具有一定審美維度的考量，於此超越了自然意義。又如「詩人意立變化，無有倚傍，得之者懸解其間。」〔註7〕也就是說重視立意達意，在多重意的審美推敲中重新把握了意象時間之維。因主體生思、意想過程中時間也必然發生審美轉換與變化，以此引發心中關於天地日月、往古來今等思維的多重臆想，這就突破了人們心中所謂的客觀物理時間性。在主體多重意之下的意象時間因經過了主體心靈浸染和提純，於是得以進入到詩化的藝術審美之維，並展開自由想像過程。因而這種時間便不再是物理性單線時間，而是外界自然與人的心靈相吻合併展現了生命律動的審美意象時間。

　　從上文論述來看，時空就是一種思維方式，這在唐代意象理論中一以貫之，尤其對時空感受、體驗、審美表達和理論概括等層面。譬如唐代書法意象之集大成者張懷瓘曾說：「及乎意與靈通，筆與冥運，神將化合，變出無方，幽思入於毫間，逸氣彌於宇內」〔註8〕，主體心理有著如遇神助的思維狀態，體現為時間序列和層次的逐漸打開，在無限打開的時間鏈條中馳騁古今。又如其《書議》曰：「夫翰墨及文章至妙者，皆有深意以見其志，覽之即令了然。若與面會，則有智昏菽麥，混白黑於胸襟；若心悟精微，圖古今於掌握，玄妙之意出於物類之表，則幽深之理埋伏杳冥之間。」〔註9〕其中，「圖古今於掌握」意在說明文人之用心應該縱橫古今、超越時間界限，通過時間之維將玄妙之意表現出來，這是意象創構的必然階段也是極其重要的階段。由初唐到中唐，唐人對於主體「意」中時間認識逐漸深化，並在無限性時間的審美追尋中日益增進。中唐張璪的「外師造化、中得心源」一語在前面論述中也提到過，這裡尤為注意的是它展現了一種心源性，也就是在意象創構中主體審美心理對於意象時間層面的超越。在唐代意象論中那些反應文化本根意義的時空觀念以獨特形式存在於審美範疇中，作用於審美意象創構，甚至說統攝著主體的

〔註6〕〔唐〕皎然：《詩式》，選自張伯偉著《全唐五代詩格匯考》，鳳凰出版社2002年版，第223頁。

〔註7〕〔唐〕皎然：《詩式》，選自張伯偉著《全唐五代詩格匯考》，鳳凰出版社2002年版，第346頁。

〔註8〕〔唐〕張懷瓘：《書斷》，選自《歷代書法論文選》，上海書畫出版社1979年版，第155頁。

〔註9〕〔唐〕張懷瓘：《書議》，見潘運告編著《張懷瓘書論》，湖南美術出版社1997年版，第17頁。

審美思維與意象創構全過程。

時至晚唐，從時間層面看來，由於受到道禪等思想深入影響，司空圖意象理論中體現了深刻宇宙意識。這裡的宇宙意識也就是時空意識，表現在時間上就呈現為一種「心性」特質。在他關於意象主體心理的論述中已經暗含了時間性因素，影響了在意象創構中的時間建構。也就是說，在時間維度上，唐人有著自身獨特的理解，並將其意象化為詩句、書法、音樂、舞蹈等外在藝術形式，在審美心理上則是飽含時間感的意象創構。意象時間因審美主體內在抽象的心意變化給人留有一種想像餘地，在時間暢遊中感受意象審美，從而達到超越時間的審美目的。如司空圖《二十四詩品》在整體上就體現了這種主體心理時間性，在審美意象中滲透著佛意禪心，將主體心理時間一覽無餘地展現，這成為了後世寶貴的時空審美資源和財富。如他所提到「高古」一則中，「月出東斗」一句象徵了時間上久遠和永恆，而「高古」中的「古」本身也是一種時間性存在。通過無限時間的審美建構，古典美學意象獲得了超越有限時間束縛向無限審美時空敞開的美學奧秘。正如朱良志所說：「高則俯視一切，古則抗懷千載。高古，就是抗心乎千秋之間，高蹈乎八荒之表。」〔註10〕既超越時間尋求無限的審美意象探索，又在同時開啟著審美意象空間構建，它們都在無限延展的美學視域中為唐代審美意象時空建構與呈現提供可能。

（二）空間視域中意象主體審美心理無限延展

意象空間是一種視覺審美體驗，通過審美空間建構由此進入自由審美境地，體驗深邃無比的宇宙精神。由於「在一定程度上，每個人所理解的空間都是其心理建構與主觀反應。」〔註11〕所以，空間在此彰顯了主觀性特點，尤其是在意象空間裏主體審美心理因素佔有更大的比重，它的無限延展可以拓寬審美空間視域。唐代審美意象空間是詩性生命之流的注入，宇宙情意空間的展開，它可以突破直覺所見侷限，而包舉宇內、囊括四海，體現了詩人之心。一個極具詩思的時代展現在意象空間上必然是具有超越性的。因為在唐人精神世界中審美心理是寬廣的，所以能夠心通其物、江山滿懷，在無限的審美視域中打開了一個超越性空間思維，在心、物之際感動中縱情寫意、澄懷味象，開啟空間感知新維度。

〔註10〕朱良志：《中國美學十五講》，北京大學出版社 2006 年版，第 209～211 頁。
〔註11〕方英：《理解空間：文學空間敘事研究的前提》，湘潭大學學報 2013 年第 2 期，第 103 頁。

　　「意」中蘊含了深刻空間觀念。唐人在「意」的無限空間視域探尋中打開了一個時空審美自由的道路。如王昌齡所論述意象創構論中，其《詩格》云：「用意於古人之上，則天地之境，洞焉可觀」〔註12〕王昌齡以無限廣闊的天地之境來比喻審美主體之「意」，體現了審美主體對情感價值和審美自由的追求。這是一種時空自如心態，是對劉勰《文心雕龍》中「神思」審美範疇的延伸和發展。又如他所說：「凡屬文之人，常須作意。凝心天海之外，用思元氣之前，巧運言詞，精練意魂。」〔註13〕以「天海之外」和「元氣之前」等顯示空間範圍和空間位置的詞彙來描述審美意象創構過程，體現了意象創構論中空間的超越觀念。從文獻理解中還可以得知「意」中蘊含了隱藏的空間思維和空間想像，這些都成為意象創構的必要因素，也是空間展開的理論邏輯。意象中空間感知為意象主體在創構意象中的時空構思和想像奠定了理論基礎，同時這種對時空感的置入也深刻影響了後世對於意象時空觀念的發展。

　　唐人在審美思想層面本身就追求開闊、遼遠和深邃，所以在意象創構中就會獲得超越性的空間感觸和體驗。如皎然也以空間感來建構自己的意象理論，其《詩式》曰：「氣象氤氳，由深於體勢；意度盤礴，由深於作用。」〔註14〕又說：「至險而不僻；至奇而不差；至麗而自然；至苦而無跡；至近而意遠；至放而不迂。」〔註15〕其中「四深」與「六至」的審美理念與空間性因素息息相關，而詩中六至也是空間結構的一種組合方式。皎然意象論的論述中著重強調和增加了空間場景的複雜性，並在創構過程中不斷得到生發和拓展。這是意象時空建構的一個必要環節，意象主體「意」中包含了無窮盡的空間內容，體現了主體在意象創構中精練意魂的結果。在皎然看來，所謂意象是以多重意來表現情感者為最佳，從語言折疊背後體味多重意味並感受無限拓寬的空間視域。足以見得意象創構是一個精神層面極度自由的審美活動，在這其中審美主體心理可以超越現實時空，自由的審美意象空間得以入場。審美意象主體心靈在意象時空之流中靈氣盤桓，賦予審美意象創構以生機活力以及審美價值。所以說，在唐人對於意象空間探測和理解的過程中展現了中國古人的審美心理

〔註12〕〔唐〕王昌齡：《詩格》，選自張伯偉著《全唐五代詩格匯考》，鳳凰出版社2002年版，第160～161頁。

〔註13〕〔唐〕王昌齡：《詩格》，選自張伯偉著《全唐五代詩格匯考》，鳳凰出版社2002年版，第163頁。

〔註14〕〔唐〕皎然：《詩式校注》，李壯鷹校注，人民文學出版社2003年版，第18頁。

〔註15〕〔唐〕皎然：《詩式校注》，李壯鷹校注，人民文學出版社2003年版，第26頁。

狀態，他們更多關注的是有限與無限、內在生命的超越與永恆等問題。

　　古代空間無限觀念在唐代得到了極大發展，在哲學領域柳宗元率先提出了空間無邊際、無中心的空間無限觀念，這是中國古代關於空間認知史上一大進步。哲學上的空間認知於美學和意象也有著重要意義，它影響著在意象創構中主體的思維方式。有唐一代，文人追求無限的空間審美觀念，在意象理論中也有對於時空建構的深入探討。司空圖《二十四詩品》中所說「不著一字，盡得風流」就是對一種靈性空間的倡導，這種空間觀念在其整體美學風格上也得到了展現。孫聯奎在《詩品臆說》中曾評價他的意象創構時說到：「讀詩小技，然司空氏往往論及天地。」〔註16〕以天地廣闊來暗指意象，蘊含深意，這足以見得唐人在思想領域對無限廣闊空間的熱情探索。如前面論述古典美學推崇虛靈的審美意象空間，象在意中，意在言外，言意之間的虛靈場域即是審美本真再現。虛靈意象空間嚮往集「虛」與「靈」為一體的空間境界。又如其「高古」一篇，其中「高」則指的是對宇宙世界、人之精神的空間高度的追求和嚮往。唐代意象論家常以超時空的意識來構建詩論、書論、畫論等，從根源上是哲學與文化傳統內化於文人身心的一種文化心理結構。

　　誠如前述，在唐代意象創構論中關於主體「意」的時空理論得到了逐步深化和推進。王昌齡以天地廣闊空間來隱喻詩文之「意」，這是一種時空思維模式。皎然《詩式》中多次採用表示時空的詩意語言來對詩文進行批評，在評詩、品詩過程中並不僅僅著眼於詩之本身，而是在天地、風雲與時令的廣袤中尋求天、人與詩之間的妙合，建構著審美時空性。司空圖更是以「海風、碧雲、夜渚、月明」等暗示時間與空間的自然現象來比喻意象思緒的廣遠，同時又以「杳然」「悠悠」等時空術語來抒發詩學意象創構中的時空美學風格。這樣的理論建構方式在唐代不勝枚舉，由初唐到晚唐時空觀念在審美意象創構理念中得到了傳承與發展。從這些唐代文論家論詩學意象觀念足以見得時空觀念在唐代文人內心世界中佔據很重要地位。審美意象中蘊藉著時間感和空間感，時間和空間處理上進行意象化地建構，在唐代意象創構論中展現了藝術化的意象時空布局。時空觀念已經滲入到意象發生與創構的全過程，並且以審美的、感悟的亦或是詩性思維方式傳達和展現出來，成為了唐人心中的理想化境域。

〔註16〕〔清〕孫聯奎、楊廷芝著：《司空圖〈詩品〉解說二種》，齊魯書社1980年版，第62頁。

二、「意冥玄化，遊心泰素」：時空無限的意象構思

　　承如上文，唐人意象理論中包蘊著深刻時空觀念，這為意象創構過程中意象主體思維的時空無限建構提供了理論基礎和邏輯起點。其中「意」不僅僅是類似於「空間性的混沌」〔註17〕，同時還包含了時間性的思慮，唐人在「意」的時空無限構思中進一步將時空觀念帶到審美意象視野。時空與意象主體心理結構是相互對應的，主體的「遊心」「想像」等審美心理結構都蘊藉著深刻的時空觀念，這是意象創構主體思維中時空觀念的深層機制。也就是說，在中國古典美學中的意象時空是與主體心靈相互關聯的，它的存在需要主體心靈參與，以達到超時空的渾涵境界。審美觀照正是在主體心靈無限的時間與空間之中發生，以有限體悟無限、傳遞無限。正如王昌齡所說：「春夏秋冬氣色，隨時生意。」〔註18〕在意象創構過程中，主體馳騁想像、運構精思，不為時空所侷限，表現出一定的自由性，為意象創構提供了廣闊詩意天地。早在六朝時期劉勰在《文心雕龍》中說到：「寂然凝慮，思接千載；悄焉動容，視通萬里。」〔註19〕主體思想意緒不僅可以超越現實，還可以情係八荒之表，既能在時間流程上跨越古今，又能在空間視域裏上天入地，這種意象主體時空化的構思方式在唐代意象創構論中得到了傳承。唐代古典意象往往以言有盡而意無窮為最佳典範，以空靈之美作為藝術靈魂核心，以深遠無窮為美學至高嚮往，體現在意象時空上必然會是無限與超越的。在時間維度打通歷史現實，在空間意義上容納天地萬物，超越時空藩籬、打破時空限制是主體在意象創構中的必然精神狀態。當跨越了時間與空間之後，古今須臾，四海一瞬，於是審美想像便由此展開，多元豐富的審美意象便正式開啟，時空審美也由此拉開序幕。

（一）「遊心」——對時間和空間的內在超越

　　唐代《藝文類聚》引西晉牽秀《彭祖頌》：「含真蕩穢，離俗遺務，託神玄妙，遊心泰素。」〔註20〕「遊心」是「意」中時空無限審美構思的開始，也是

〔註17〕鄧偉龍：《論「意」及作為哲學之「意」的空間性——從言、象、意論中國古代詩學的空間性》，唐山師範學院學報 2012 年第 4 期，第 16 頁。

〔註18〕〔唐〕王昌齡：《詩格》，選自張伯偉著《全唐五代詩格匯考》，鳳凰出版社 2002 年版，第 170 頁。

〔註19〕〔南朝梁〕劉勰著，范文瀾注：《文心雕龍注》，人民文學出版社 1962 年版，第 493 頁。

〔註20〕〔唐〕歐陽詢撰，汪紹楹校：《藝文類聚》下卷七十八，上海古籍出版社 2007 年版，第 1340 頁。

一個前提,從主體內在心理意義維度將審美時空視域全面打開。如張懷瓘認為書法家的時空意識對書法意象創構十分重要,主體須有一個開闊且包容萬象的胸懷,在宇宙情懷上既能融匯古今又可俯仰天地,才可以在頃刻間靈感神來並創構出令人神往的書論意象。這體現了書法家的審美覺悟,遊心太玄以此最終通向的是妙和天機的藝術審美之境。所謂「遊心」意在超脫世俗功利並在此基礎上突破時空侷限。在「遊心」中主體以心暢遊萬境,以審美心態審視萬事萬物,因而時空才可以超越現實維度。又如唐朝時期日本僧人空海所著《文鏡秘府論》中有言:「用意於古人之上,則天地之境,洞焉可觀。」〔註21〕意象創構主體要有思古通今的能力,要超越古人用意才可創構出絕妙審美意象,同時也要有包羅萬象的審美襟懷,以此才能真正在時空中「遊心泰素」。人的思想與心靈可以穿梭時空到達無限和永恆,在唐代審美意象創構中主體獲得了這種審美契機,當充分發揮其審美作用,就是多元審美意象時空無限的豐富展現之時。主體在「遊心」之中使得美學意義的時空真正顯現,內在超越的審美意象由此進入唐人的審美期待視野。

由此可見,主體「意」中時空,不僅要受到先在時空圖式的影響,也和主體心靈的豐富性與獨特性密切相關。意象主體「遊心」於廣闊的藝術視界中,開創出了心境時空,宛若一副氣韻生動的審美圖案,從時空的內在超越中通達意象主體的審美文化心理。譬如唐傳奇始有意為小說,其中的時空意識表現也明顯帶上了個體情感色彩,作者在小說中表達了某種人生態度、觀念和理想。如小說中大量神仙世界的出現、充滿神秘與奇異的時間變幻與空間位移都是主體「遊心」的結果。意象創構主體在書寫人生的同時,時空也必然帶著情感化色彩。如沈既濟《枕中記》中記載,主人公在夢中體驗了幾十年的人生百態,時地變遷,醒來卻發現原來是「黃粱一夢」,由此頓悟。這些種種文化心理以及情感情緒的體驗都體現了主體的「遊心」,在「遊心」之中不僅可以將時空無限伸展,同時也可將情感真誠體悟,這是審美意象創構中意象時空構思的結果。由於主體心靈內蘊豐富以此才能達到超越空間幅度和時間距離的詩意盎然描繪,產生強烈審美效果。在文藝作品的意象創構中,時空就展現於主體「遊心」之中。意象創構中主體心意可以超越物質存在和時空侷限,吐納山川,涵括宇宙,從而達到對時空本身的內在超越。

〔註21〕〔日〕遍照金剛著,王利器校注:《文鏡秘府論校注》,中國社會科學出版社1983年版,第278頁。

在唐代意象創構論中主體的「遊心」在體現心靈豐富性的同時還表現為主體在意象創構中的瞬間性。一方面是從時空內容層面把握主體的心之所遊，一方面側重於時空建構維度進一步深入主體「遊心」的審美當下，作瞬間直覺的審美判斷。如《文鏡秘府論》中記載：「夫置意作詩，即須凝心，目擊其物，便以心擊之，深穿其境。如登高山絕頂，下臨萬象，如在掌中。以此見象，心中了見，當此即用。」〔註22〕又如「心偶照境，率然而生。搜求於象，心入於境，神會於物，因心而得。」〔註23〕主體心靈的生思直接反應在「意」中，而同時又表現為時空的思維與形式。如上述文獻中的「當此即用」與「率然而生」等語彙即體現了意象創構中主體對於瞬間時間的審美把握，在這一瞬間節點上主體的思緒得到了全面展開，這是意象創構中主體「遊心」的關鍵。在意象創構過程中，主體在對客體觀照中靈感一觸即來，在瞬間頃刻中得以形成意象。同時這一意象創構過程中要有足夠空間植入，此為意象創構的延展性。瞬間與延展皆展現了主體「遊心」的審美心理結構，從建構途徑層面對內在超越的時間與空間以深度觀照。所以，主體創構意象時既要在激發主體時間思維臆想同時又要全面深入地把握物象空間，才得以創構出美妙的審美意象。此時，「遊心」具有了心理意義上的時間長度和空間廣度，彰顯出了唐人的詩意宇宙情懷。與西方相比，中國古人時空觀總是彰顯了一種宇宙情懷，於唐代意象創構論中就是那詩情畫意的形式傳達、象外之象的想像空間以及蘊藉深遠的意中之境。

（二）「想像」——對時間和空間的外在營構

在經過主體「遊心泰素」這一審美心理環節之後，此時意象主體心理進入一個時空相對自由的審美想像階段。「遊心」為時空無限的意象構思建立了前提，而「想像」則為時空無限提供了充分實現的審美心理基礎。在時空無限的意象構思過程中一則重視內在超越，一則側重於外在營構，為唐代意象創構中時空建構置入生機與活力。意象時空主體思維在意象構思中隨著時空的游移而不斷進行意象審美地沉思與生發，在神會於物中因心而得，以此對意象進行深度轉圜、創構和超越。譬如符載在觀張璪畫松石序時說：「已知夫遺去機巧，

〔註22〕〔唐〕王昌齡：《詩格》，選自張伯偉《全唐五代詩格匯考》，鳳凰出版社2002年版，第162頁。

〔註23〕〔唐〕王昌齡：《詩格》，選自張伯偉《全唐五代詩格匯考》，鳳凰出版社2002年版，第173頁。

意冥玄化；而物在靈府，不在耳目。故得於心，應於手；孤姿絕狀，觸豪而出。」
〔註24〕在意冥玄化之間得於心而應於手，在孤姿絕狀中蘊藉了主體的想像思
維，從中體現的時空是極度自由和有創見的。這是對魏晉時期「故寂然凝慮，
思接千載，悄焉動容，視通萬里」〔註25〕意象時空建構觀念的承繼和發展。唐
人心襟開闊，思想活躍，審美精神具有鮮活性，重視審美感性與創造，因而在
意象創構中展現出了一片審美想像的詩意天地。與此同時主體心理時空也因
文化的多元而得到了開拓，由此在意象創構中主體心理結構表現出極大情感
與想像的張力。這是意象時空建構的一種審美化轉換思路，時空就是在主體創
造性想像中展現出生機和活力。

　　首先，主體「意」中的時空想像在唐代美學思想語境中佔據了重要位置，
這是意象主體在時空中思索意象的一個關鍵階段。主體之「意」經由時空構思、
轉換、最終創構等一系列建構模式縱橫遨遊在時空審美想像中，體現了時空由
自然性向審美意象性的質的飛躍，表達了唐人對時空的多重意象化思考。其
中，人是這審美意象時空體驗的中心，離開了意象主體體認，任何單純時空形
式都無意義可言。唐人對時空探索基於主體之「意」，從「意」中建構時空觀
念，所謂「以意造之」「丘壑內營」「意在筆先」等等。

　　唐代意象創構的「意」中時空因表達人的內心情意與自由想像，所以時空
於此就有了超越自然時空的主觀性特徵。正如李白詩句：「當其得意時，心與
天壤俱。」〔註26〕又如孫過庭《書譜》所提到的「陽舒陰慘，本乎天地之心。」
〔註27〕以天地之心書寫萬物，在這裡所蘊藉的時空也必然是超越的，超越於一
切形式和障礙，而直接在時空無礙中具備萬物，逐步走向主體思慮極度自由的
審美高級階段。所以說唐代意象創構論中那些生動絢爛的審美意象所體現出
的豐富時空觀念有賴於主體「意」中想像思維的注入，時空因此才會具有生命
的活力，表現出詩意之美。亦如《春江花月夜》一詩中意象主體「意」在其中
流動並逐漸深化，呈現出了主體自覺想像的審美體驗，彰顯了主體心境的延展

〔註24〕〔唐〕符載：《觀張員外畫松石序》，選自〔清〕董浩等編：《全唐文》第5冊
　　　　卷六零五，孫映逵等點校，山西教育出版社2002年版，第4169頁。

〔註25〕〔南朝梁〕劉勰著：《文心雕龍注》，范文瀾注，人民文學出版社1958年版，
　　　　第493頁。

〔註26〕〔唐〕李白：《贈丹陽橫山周處士惟長》，選自《李白集校注》，瞿蛻園、朱金
　　　　城校注，上海古籍出版社1980年版，第609頁。

〔註27〕〔唐〕孫過庭著，鄭曉華編著：《書譜》，中華書局2018年版，第145頁。

和深化，時空也由此無限延伸到主體心境裏，隨著月光、水流而進入到無窮盡的審美想像視域中。如此說來時空在意象創構過程中，受到意象主體文化因素和思維方式的影響會發生一種轉化。以審美的自覺來對審美意象時空進行豐富的想像與思考、變換與超越，由此時空進入一個多元深度建構的審美階段。

其次，想像給予意象時空以主體心靈自由同時又加深了意象創構過程中的時空情感化，在這個過程中我們對於時間和空間的理解也發生變化。時間和空間的審美想像在超越於語言之外的餘味和餘意中展現出來，是主體情感的一種昇華，是站在對宇宙、歷史和人生的思考高度，具有普遍形而上意味。如司空圖所說「虛佇神素，脫然畦封」〔註28〕，通過澄澈的內心解除對外部世界的固執，以此通過主觀想像創造出一片澄澈審美心境。又如王昌齡的「神會於物，因心而得」也正是意象創構的想像與生思環節，在這個過程中主體情感思緒與客觀外物相融相通，時空也深深地印刻了主體之「意」。詩學意象創構由外而內，重內涵、重氣韻、重意外意，重視主體對客觀外物的想像和生發。從本源上看來，在意象時空的建構中彰顯意象主體情感，主體情感游於藝中，最終獲得對於審美意象時空的別樣呈現。在具體的意象創構層面體現為時空整體化模式，時間無限延長，空間不斷拓展，在無限拓展的意象時空中澄懷寫意，創構意象。時空依憑主體心靈的審美想像而自由伸展，在主體俯仰自得的觀照中心靈與太玄豁然相通，宇宙與主體心靈渾然相融，於是審美的意象時空由此建構。

王夫之在評價歷代詩歌的審美創構時就曾說到唐代：「至盛唐以後，始有即物達情之作，『自是寢園春薦後，非關御苑鳥銜殘』，貼切櫻桃，而句皆有意，所謂『正在阿堵中』也。」〔註29〕從時間維度，超然玄遠的韻味，餘音繞梁，三日不絕；從空間範圍，依靠語言和想像對眼前之景進行無限拓寬。時間與空間在主體意識中氤氳流化，通過外在的想像營構而具有了超越性的理解和認知。又如唐代文人們的審美意象創構，晚唐詩人李賀在創作詩歌之時充分調動主體「意」中想像思維，上天入地，人鬼蛇神，意象創構超越了時空界限，將個體有限價值與宇宙自然無限之間的矛盾張力表達無遺。在意象創構

〔註28〕〔唐〕司空圖：《二十四詩品》，羅仲鼎、蔡乃中注，浙江古籍出版社2013年版，第21頁。

〔註29〕〔清〕王夫之：《夕堂永日緒論內編》，《船山全書》第14冊，嶽麓書社出版社1996年版，第842頁。

中充分利用想像這一「意」的心理機制，流露出主體內心深處的豐富情感體驗。對時間與空間無窮盡想像不僅體現在詩學意象中，幾乎涵蓋了全部意象類型。它不僅僅是審美理想，同時也是審美方式，力圖超越一切有限思維束縛，而直接與人的精神內質相連接，最終得以體道悟神。換言之，通過「想像」這一審美心理過程得以完成時空的轉換，通過意象主體情感性來超越現實時空，而達到物與我合一的審美境界。所以說，意象生成離不開時空因素，時空在意象創構過程中通過一定心理思維方式來達到審美建構預期效果，這是古人對於時空觀念進一步深入認識的結果，也是文化審美積澱的結果。

再次，唐代意象創構主體在進行審美想像思維的過程中，尤其表現為一種對「遠」的深切體悟。自唐以後文人開始以「遠意」論詩，這種論詩方式實則蘊含了深刻的時空觀念，時間與空間在唐代文人的臆想中由有限而走向了無限。如皎然「遠，非如渺渺望水，杳杳看山，乃謂意中之遠。」〔註30〕司空圖在其著作中也曾多次提及「遠」，這展現了唐人普遍的審美理想。唐人在對「遠」的想像與追求中再次打開意象時空呈現的廣度和寬度，人們在論說意象時空時已然在它的基礎上進行了重構和形上超越。通過主體之意的開闊、心靈的廣遠，使得人們在意象創構過程中對時空予以全新理解，在視野上充分打開，在範圍上極致闊大。這種審美意象中「只可意會，不可言傳」的意中之遠蘊藉著無窮無盡的審美時空可能，唐代文人在追求含蓄悠遠的意象創構道路上開啟了對於時間與空間新美學認知。

總之，在意象創構的構思過程中，時空就是一種審美思維方式。在唐人創構意象的活動中時空有著一定內在邏輯，並在創構過程中呈現出強烈美感，通過內在時空超越與外在時空營構的方式展現。主體之「意」以時空觀念為一種基本理論方法，將時空看作是意象論思考的一個焦點，或者說以時空統攝意象論的審美範疇，諸如「遊心」「想像」等心理思維活動。意象創構過程中「遊心」「想像」等主體「意」的心理結構都蘊藉著時空觀念，其中包含了「寓無限於有限」「由剎那見永恆」「言外之意」等時空性思維方式，它們構成了基於意象本體思維形態的意象創構思維方式。在唐人「意」的時空無限探索中主體的構思方式顯得至關重要，它們一方面是主體思維的呈現，一方面又可以理解為審美建構的流程。即將時間的無限與人生的有限、空間的闊達與自我的渺小置於強烈對比中，從中去把握會心相遇、意在言外的瞬間以此進行意象能動創

〔註30〕〔唐〕皎然著，李壯鷹校注：《詩式校注》，人民文學出版社2003年版，第71頁。

構。意象創構是一種須臾即刻展開的審美體驗活動，它是意象主體創造精神和創作心意的當下呈現。正如前面論述，這些從根本上來說是由唐代深層次思想文化背景所決定的。時空在審美意象主體的構思、轉換或是重構過程中產生了審美張力，這也是唐代美學得以取得卓越成就的關鍵。時空自是其中必要的一環，意象時空觀念呈於「意」中，書之「言」外，藉以傳情達意。正如唐代大詩人兼名畫家王維曾說：「欲問義心義，遙知空病空，山河天眼裏，世界法身中。」〔註31〕通過「天眼」「法身」調動主體所思、所想與所見等心性意象，對自然時空予以重新排列和重構，以產生審美效果。簡而言之，人處於時空中心，與此同時作為意象創構的主體當然也處於時空的中心。主體的意象思維方式中滲透著深刻時空觀念，並通過一定藝術意象思維得以展現和傳達出來。

三、「意在言外」：時空無限的藝術呈現

在唐代意象創構論中，主體心理思維「意」中飽含了深刻時空觀念，內隱於文化意識形態之中，並通過藝術化處理方式得以體現。意象主體的「意」中時空體現在意象創構過程中，在「遊心」「想像」等多重審美心理積澱下激發了時空觀念的覺醒。時空是意象主體創構審美意象中的背景，同時也是審美性重要組成部分。對時空的創造性想像表現在時空的藝術化靈活性處理上，這突出表現為「意在言外」的意象時空思維模式確立。在唐代意象創構論中，言與意之間的關係也體現了時空觀念，這是對於文藝作品中「意」的時空性表述，即「意」超越了當下「言」的時空，也超越了「言」所表達的時空。具體論之，由文人之論到主體之思，由言意之間到言外之意，由時空蘊藉到時空神遊，「意在言外」的時空拓展模式構成了意象創構中時空審美建構的一個基本途徑之一。通過言、意之間的超越和轉換而獲得對審美性時空的深切體認，通過不斷地觸發想像造就時空心理，在時空超越之中完成意象構思和創構。同時以主體「意」中時空的無限拓展而進行文本布局和意象呈現，最後再將無限情思都寄託於時間和空間綿延之中，完成了詩與思相互結合的意象時空審美建構。這在唐代意象論的演進中表現得尤為明顯。

（一）言、意之間審美時空的探尋

中國古典意象理論發展到唐代，更加注重了意象所具有的言外之意，這一

〔註31〕〔唐〕王維撰，〔清〕趙殿成箋注：《王右丞集箋注》，中華書局 1961 年版，第129 頁。

思維過程具有超越性，體現了心靈與本體的有機統一。意象主體游於藝中，突破眼前的侷限，所謂「思接千載，視通萬里」〔註32〕，關鍵在於「意」無窮。這裡也要十分注意處理好「意」與「言」之間的關係，通過有限的言而傳達無限的意，通過言意之間審美時空拓展而通向無限時空審美境界。楊春時曾指出：「中國美學認為，藝術和美是道的空間性表現。」〔註33〕審美時空的營造也展現為道的生命本源，其中主體之「意」為統領，也就是意象主體的主觀意圖。意在言先，亦在言外。以審美情感為導向，通過言、意之間藝術手段巧妙配合，以此來使得審美意象具有更多可以想像空間和不盡的情思流露。這對於審美意象創構中時空藝術呈現有重要作用。

王昌齡《詩格》中說：「語須天海之內，皆納於方寸。」〔註34〕從中不難看出唐人對超越於自然與現實之上、言意之間的審美性時空探尋，這是中國古典美學一以貫之的審美追求。卡西爾《人論》中說到：「空間和時間是一切實在與之相關聯的構架。我們只有在空間和時間的條件下才能設想任何真實的事物。」〔註35〕只有在藝術思維中把握住時空塑造和建構途徑，才能通過審美意象創構得以彰顯時空性。每一個審美意象的創構都深刻地打上了時空烙印，在意象世界中的時空完全是藝術化的存在，非物理意義的時空概念可以涵蓋。它是美的彰顯，並不一定要符合現實規律，而是按照意象主體情感和想像邏輯，將時空看作意象序列和主體內心節奏的體現。

（二）詩、思結合意象時空的延展

唐代意象論中意在言外的意象創構方式在時空中有了一個無限拓展的審美展現，將這種思維無限延展成為整個意象論中獨特表達方式。經由言與意轉化的時空拓展同時也展現了一種詩、思結合的意象思維心理，詩與思結合的意象時空拓展模式也由此形成。唐人把主體之「意」中思考方式與對時空的想像和體悟結合在一起，並以詩與思相結合視角傳遞出來，這是對意象時空審美的一個初步建構。意象主體將自身對於時空的深度感知和思索演化成為審美意

〔註32〕〔南朝梁〕劉勰著，范文瀾注：《文心雕龍注》，人民文學出版社1962年版，第493頁。

〔註33〕楊春時：《論中國古典美學的空間性》，中山大學學報社會科學版2011年第1期，第34頁。

〔註34〕〔唐〕王昌齡：《詩格》，選自張伯偉著《全唐五代詩格匯考》，鳳凰出版社2002年版，第170頁。

〔註35〕〔德〕恩斯特·卡西爾：《人論》，上海譯文出版社1985年版，第54頁。

象的內部結構和深層旋律。

　　值得注意的是這種對於時空思考方式具有傳承性，它是一個循序漸進、逐漸發展的一個過程。從先秦一直到唐代，對於時空詩化的思考不勝枚舉。正如魏晉南北朝時期陸機《文賦》云：「精騖八極，心遊萬仞。」〔註36〕又如劉勰《文心雕龍》中「故寂然凝慮，思接千載。」〔註37〕可以確證的是時空就是伴隨著主體思維而呈現為富有民族特色的、詩思結合的「意」的延展。它伴隨著審美意象的發生和創構，並以詩意方式呈現。它深入到審美意象創構之中，凝結為主體之「意」並展現為文本之「言」，呈現了主體之「思」的同時也積澱了「詩」化傳達。

　　我們深入到唐代意象創構論深層，不難看出「意」中時空性不僅僅表現在意象主體創構意象時主體時空對客體時空的陶鈞消化上，同時也反映在唐人詩、書、畫等文藝批評中。唐人論詩書畫等意象擅長運用基於時空意識的詩意化語言，他們不僅以時空思維來構建自己的意象創構論體系，同時也以此來評價意象實踐。這些論詩書畫等意象創構論著作中即隱含了文論家們的時空思考，在唐代意象創構論體系中不乏這樣的時空描述：

　　司空圖《沉著》篇說：「所思不遠，若為平生。海風碧雲，夜渚月明。」〔註38〕《高古》篇：「畸人乘真，手把芙蓉。泛彼浩劫，窅然空蹤。」〔註39〕在其《二十四詩品》中不乏這樣論述，雖未言及時空，卻無不在彰顯著意象時空觀念。這是內隱於意象主體的心靈中，並借著言外之意傳遞出來的。這種關於時空表達，往往是意象化表現方式，通過一種詩、思結合方式予以領會，才能真正瞭解時空觀念。

　　李陽冰《上採訪李大夫論古篆書》一篇說：「緬想聖達立卦造書之意，乃復仰觀俯察六合之際焉。於天地山川得方員流峙之形，於日月星辰得經緯昭回之度，於雲霞草森得霏布滋蔓之容。」〔註40〕李陽冰在提到書法意象創構時引

〔註36〕〔晉〕陸機：《文賦集釋》，張少康集釋，上海古籍出版社1984年版，第25頁。

〔註37〕〔南朝梁〕劉勰著，范文瀾注：《文心雕龍注》，人民文學出版社1962年版，第493頁。

〔註38〕〔唐〕司空圖：《二十四詩品》，羅仲鼎、蔡乃中注，浙江古籍出版社2013年版，第17頁。

〔註39〕〔唐〕司空圖：《二十四詩品》，羅仲鼎、蔡乃中注，浙江古籍出版社2013年版，第21頁。

〔註40〕王原祁等纂輯，孫霞整理：《佩文齋書畫譜》第二冊卷一，文物出版社2013年版，第23頁。

用「六合」「天地」「日月」「星辰」等時空術語來說明書家創構之「意」，這是時空思維的展現。即是說，唐人以創作思維論述意象論，貼近生活實踐，感悟性比較濃厚，無論是詩、書、畫也都圍繞意象創構談批評。而時空觀正內隱於唐人文學批評和意識形態中，他們對待時空總有一種神秘東方主義情緒，宇宙無極、時空無限是唐人心中審美理想。審美意象創構也以包孕無限、體驗生命、溝通天人為美學追求，所以呈現在時空觀上就是具有情感色彩的、帶著喜怒悲愁等日常情緒的詩思表達，通過言的媒介得到傳遞。

以此，唐代意象創構論中意在言外的時空思維表現在具體意象中即是那充滿內蘊的「有意味形式」。時空流動、變化已積澱在各類意象中並彰顯著詩性魅力，讓人流連忘返，應接不暇。如唐代書法意象極能體現意在言外的時空拓展模式。它於筆墨揮灑間看盡千變萬化，於須臾頃刻間感悟意象化生，於鑒賞品評中感悟無限廣闊詩意空間。唐代書法意象於前代相比，已然取得不小成就，而這其中最能讓人獲得共鳴的就是書法字裏行間的時空表達和展現，凝結著詩思，呈現著言外之意。

總而言之，在多重文化共同影響的唐代意象創構論中，時空往往是意象主體心靈軌跡的審美體現。經過意象主體心靈浸潤的時空，已然成為審美意象創構的一個根基，同時也是審美特質的來源，蘊含了豐富美學性。時空在審美建構過程中首先展現了意象主體在意象創構過程中的「遊心」與「想像」，時間與空間在此被無限地打開。時間與空間在這個意象創構過程中可以經過想像、生發、重構等多重意象化藝術處理，在心、物之際相互融合中融入了意象主體情思，體現了強烈深刻的生命意識和宇宙觀念。「意」中時空是意象時空的邏輯起點，也是唐代意象創構中時空建構的關鍵，它體現了意象主體的審美心理和體道觀念。唐代意象創構論家以自身審美卓見深化了對於意象時空的認識，從基於審美心理角度對時空得以深度體認，開啟了由意到象、由象入境的意象審美時空建構之路。

第二節　唐代意象創構論中「象」的時空合一主題

在中國傳統意象創構論中，講究心物一體，主客交融。意象就是主體在審美活動中對客體進行審美觀照而產生的，伴隨著它產生的還有對於審美中時間和空間觀念的理解和認知。在唐代美學思想語境中，「意」即主體心靈中充滿了時空的構想，而在客觀外物中也具備了時空觀念，它們共同形成了意象創

構論中時空的審美建構。因而承接上節意象創構主體「意」中時空的無限拓展，這裡進入到「象」中時空關係的探究。因思而成象，時空不僅存在於所思之「意」中，還存在於所觀之「象」裏。在上一節中時空在唐代意象主體思維中呈現為神遊與混沌的心理自由狀態，而與之相對應的「象」中時空最大的特徵便是「時空合一」的創構主題。唐代是一個重視興象的朝代，且「象」中又蘊含了深刻的時空觀，以此分析「象」中時空成為了唐代意象創構論中時空審美建構的又一主題。「象作為心靈圖景、印跡、映象與氛圍，是生動而虛靈的。象一旦進入藝術審美領域，圍繞象便構成一個群落。」〔註41〕又如金丹元提出：「每一種藝術都既佔有了一定的時間積澱，同時又都佔有了一定的空間領域。」〔註42〕結合唐代時代背景和美學發展來看，「象」中時空合一觀念佔據了意象創構論中時空審美建構的重要位置。

　　本節以「象」為中心分析在意象之「象」中的時空構造與表現，以「象」來牽引出「象外」這一獨特審美範疇。「象外」說在唐代影響極大並且覆蓋了文藝創作與鑒賞的諸多領域，許多詩論、書論以及畫論等都討論過「象外」說，其中以劉禹錫、皎然、司空圖為代表。「象外」不僅是意象論的審美理想，同時也是意象論中關於時空的重要表現。可以說「象外」在本意上是一種「象」的延伸，從時空的角度來看它追求的是在意象中體驗無限無盡的宇宙八荒圖景，以此通過對所創構之「象」的超越來體悟暢神。「象外」說中蘊含深刻時空觀念，諸如象內外時空的合一與超越、意象的生成等豐富時空內涵。基於此，本節首先梳理「象」中時空的歷史形成，從文獻流變中瞭解「象」中時空觀念；其次分析興象、事象等的時空觀念，結合「時空合一」這一主題來談。最後由「象」到「象外」，以劉禹錫、皎然、司空圖等意象論家的「象外」思想著手，分析由「象」到「象外」的原因，闡釋出時空結構變化和美學建構。圍繞「時空合一」主旋律，從審美建構層面對唐代意象創構論中「象」的時空性加以深入透闢論證和完整闡釋。

一、時間與空間在唐代「象」的歷史語境中萌發

　　「象」是意象時空審美建構的又一關鍵環節，它超越了形與言的有限性和

〔註41〕王振復等：《中國美學範疇史》（第一卷），山西教育出版社 2006 年版，第 18 頁。

〔註42〕金丹元：《昇華了的禪意與未來藝術的時空觀》，思想戰線 1993 年第 2 期，第 44 頁。

規定性，蘊藉了時空立體化深刻圖景。「象」是意象之本，在意象創構的根源上深度體道。自唐代始，意象論家突破了對「象」的傳統研究，進一步揭示出其在時間、空間以及情感思維方面的意義。當然，這一新變有其歷史發展的軌跡。早在《周易‧繫辭傳》中云：「古者包犧氏之王天下也，仰則觀象於天，俯則觀法於地，觀鳥獸之文與地之宜，近取諸身，遠取諸物，於是始作八卦，以通神明之德，以類萬物之情。」〔註43〕可見，「象」在隱、在天，與道相接，給人留下無盡廣闊的審美想像空間，是時空中的存在與彰顯。先秦時期老子將「象」置於超越有限且涵蓋萬物的位置，從中不難看出古人對「象」的理解中已然包含了時空觀念。「象」被古人視為宇宙天地內在生氣和變化運行的模式和圖像。既然「象」具有圖像性，因而也必然會受到時間和空間等因素制約，從中可以進一步考察出古人對於時間因素和空間位置的深度理解。又如《荀子‧樂論》云：「君子以鍾鼓導志，以琴瑟樂心，動以干戚，飾以羽毛，從以磬管。故其清明象天，其廣大象地，其俯仰周旋有似於四時。」〔註44〕禮樂文化取之於天地萬象，萬象存在於時空之中。在這裡荀子將音樂意象比作「星辰」「日月」，暗含了時間性的因素；其中「俯仰」「四時」也意在說明「象」中蘊藉著的時空感。時間與空間蘊藉於人們所思的「意」中，同時也呈現於人們所要表達的「象」中，並展現出一個審美化思維理路。通過立「象」以溝通天人、物我於時空，達成天人合一的審美理念。這一關於「象」中時空觀念淵源已久，存在於文化根深之處，並隨著時代發展而呈現為不同創構模式。

　　與西方形而上圖像化的宇宙模式相比，中國古典美學更注重在時間變動流轉的視域中建構一種動態化的意象空間圖景，是非形而上的動態化、意象化存在。心與物之間的交感融合形成了意象，其中「象」是對宇宙人生的全方位觀照，能夠穿透人們對審美時空的想像和思考，是時空審美建構必然因素。這種情形在唐代審美意象理論中得到傳承與發展，主體心中沉潛的「意」中時空以一體化方式嵌入審美之「象」裏。所謂「象」是道之載體，它包攬日月、浮沉煙霞、涉遍人世，而這「日月」「浮沉」與「煙霞」等自然妙有又可以說是時間與空間觀念的象徵，它們寄予了人們對於時間和空間無盡想像

〔註43〕〔唐〕孔穎達：《周易正義》卷七，《繫辭上》，上海古籍出版社1997年版，第86頁。

〔註44〕〔戰國〕荀況著，王天海校釋：《荀子校釋》下卷，上海古籍出版社2016年版，第819頁。

和觸摸。如王維所說「隨山將萬轉，趣途無百里。」〔註45〕在意象創構論中，「象」賦予了意象時間和空間以審美重塑可能，通過多元象的創構，時空也因此書寫著審美意趣。

（一）時間歷程的形成機制

在前文的論述中，我們瞭解到唐代社會文化諸多因素對意象時空產生了影響，它們在審美創構中往往表現在意象的「意」或是「象」中，並通過一定審美建構途徑得以展現時空本體思維形態，這便是審美意象時空建構思維。意象是神與物遊的「心物」雙向交流的複雜心理活動，它首先展現的是時間歷程的形成機制。所謂天地自然都是時間生命的尺度，自然萬象中蘊含著生命時間觀念。中國古典美學尤為關注時間性，我們所塑造的傳統意象都是在一定時間流程中展開的，它訴說的是時間上的美學意義。時間性是「象」的特徵之一，它從內涵上展現了在主體心意籠罩下的物象流動變化，在變化中生成和創構。如遍照金剛《文鏡秘府論·南卷·論文意》中說：「山林、日月、風景為真，以歌詠之。猶如水中見日月，文章是景，物色是本，照之須了見其象也。」〔註46〕外在客觀物象經過主體凝心照物，變成具有主體情感、情緒的心象，在這個基礎上「象」具有了時間遊歷的意義。

「象」的時間性可以從以下幾個方面來理解：天地萬物都是時間中的存在，它的存在本身即是一種時間性。當然表現在意象之中的「象」的時間又有超越於客觀時間的審美創構成分。「所以『象』是作者『鑒週日月，妙極機神』，『得於心』後所引發的深層的生命衝動，是內在感情與所觀之象融凝物我的物化展現。」〔註47〕在審美意象的「象」中所要建構的時間必然突破了對象感性材料的侷限性，極大地拓展了人們的心理閾限。通過築象以傳情，通過時間摹寫而表達唐人的宇宙意識和生命感懷。如杜甫詩「窗含西嶺千秋雪，門泊東吳萬里船」〔註48〕一句的審美意象創構，經過主體心靈所建構的物象、事象都具有了一定時間感，用「千秋」來表現窗外雪景，使得整個詩歌創構得到

〔註45〕〔唐〕王維撰，〔清〕趙殿成箋注：《王右丞集箋注》，中華書局1961年版，第34頁。

〔註46〕〔日〕遍照金剛：《文鏡秘府論》下卷，盧盛江校考，中華書局2015版，第1243頁。

〔註47〕朱全慶：《象：詩詞創作和鑒賞尋覓的終極》，東嶽論叢2003年第4期，第65頁。

〔註48〕〔唐〕杜甫：《絕句》，選自《全唐詩》第4冊卷二二八，中華書局編輯部點校，中華書局1999年版，第2487頁。

了瞬間的提升，內隱著獨特審美時間。又如崔顥詩「白雲千載空悠悠」〔註49〕中的意象創構，「白雲」飄渺浩蕩於無際長空，閱盡人世間變化，同時又以「千載」來架構時間，呈現出「象」的時間性，表現了唐人在意象創構中對時間的深度領悟。

進一步說來，在審美意象創構過程中「象」所蘊含的時間感也尤為重要，它是審美意象得以充分形成的一個必要因素，也是審美意象得以蘊藉深度審美趣味的不可或缺方面。這種時間感不僅僅是表象所看到的，而是包蘊於它自身所具有的生命體驗中，外表與內質共同形成了審美意象時間的多元。譬如唐代「音象」，在其創構過程中不僅注意其外部環境，也要注重內在肌質，它創構出來的是有機時間幻象。這裡的象是融匯物我的生命之「象」，是唐人理想化的審美時間場域。在意象創構過程中通過立「象」來展現文人心中內在情緒，來進行審美時間的傳達，通過不斷超越現實而趨向於生命本真意義，以「觀古今於須臾，扶四海於一瞬」的動態時空框架來創構意象。

如上所述，「象」中時間性不僅承載著唐人對時間的一種隱喻或寄託，同時也融情於時代風骨，在更深層面是文化傳統的展現。在唐代意象創構論語境中，意象時間有著獨特文化背景因素，而意象時間審美建構當然也受到文化因素制約。唐人對意象之「象」的創構基於他們獨特文化背景、生命體驗和人生閱歷，在「象」的時間性建構中探本尋源，從時間維度打通審美意象的內在機理。通過「構象」以「傳意」，營造耐人尋味的藝術審美時空，從而把握生命本源。

（二）空間秩序的內在轉換

空間也成為了「象」的重要組成部分，並在歷史語境中不斷生發、呈現。唐代意象論家對意象審美性作了深入地描述，指出了意象的深刻美學意義。在他們對意象的探討中蘊含了豐富時空思想，並呈現在意象創構過程中。譬如在意象創構中尤為重視「象」這一圖像所帶來的空間審美效果，而這在唐代美學中也成為了一個被反覆探討的重要問題。王昌齡在《詩格》中提到了意象創構過程，諸如「目擊其物」「下臨萬象」「心中了見」等語彙，意在說明在審美意象創構中對「象」的把握過程，在剎那直觀中對世間萬象以整體性地觀照，從中展現了一種空間性視角。從多維度、整體上對「象」的空間秩序及其構造以

〔註49〕〔唐〕崔顥：《黃鶴樓》，選自《全唐詩》第 2 冊卷一三〇，中華書局編輯部點校，中華書局 1999 年版，第 1329 頁。

審美性考量，將「象」看成是流動、迴旋的審美畫卷，最終再與心中了見的審美期待結合，以此才能形成具備空間感的審美意象。這在唐代意象創構論中已經成為一個普遍審美話題，從有形地闡釋到無形地意象創構。又如初唐殷璠所提出的「興象」強調意象的審美營構應充分發揮興的感發性情和託物言志的審美作用，通過「興」來倍增「象」的空間感。藝術家的情感與心靈要和外物相融一體，這其中蘊含了空間想像和認知。從意象生成角度來看，興象主要指蘊含更為深遠意旨，通過比興、興發擴展審美想像空間。

　　進一步說來，作為唐代獨特審美範疇的興象在展現了主觀情感性同時也預示著心物之間的感應互動，是主體興發感動以此產生回味無窮的空間感覺。在某種意義上這樣的興發感動突破了語言界限，聯結著主體之「意」與客觀之「象」，進而實現天人相合，創造深度的審美空間。如遍照金剛所說：「感興勢者，人心至感。必有應說，物色萬象，爽然有如感會。」〔註50〕具體說來，以感興為起點，「象」是寄託著主體感興的、情意化了的象。客觀外物在主體的感物動情之中建構一個審美時空觀感，並從「象」的意象創構中獲得靈動游移的審美效果。如唐代張懷瓘在探究書法意象創構說到：「探文墨之妙有，索萬物之元精。探彼意象，如此規模。」〔註51〕通過對自然物象的提煉，再加之一種超越性意象思維，因而創構出富有生命動態的空間審美建構。正如有學者曾指出的：「象是意的寓所與載體，意則是象的生命和靈魂。」〔註52〕這裡的「寓所」和「載體」就已經暗含了空間性特點，它是一個審美場所，等待審美主體去發現和創構，通過審美感興思維進行空間的再造與超越。這裡展現了一種立體化空間思維，以「興」為起點，「象」為根柢，在審美之「象」中創造出迴旋感動的審美空間畫面，展現了唐代獨特的意象觀，再現藝術生命的三維與立體。這種藝術化意象思維在唐代有了較大突破，甚至是飛躍性進展。

　　從意象時空審美建構途徑來看，「象」具有如在目前的可視性與可感性。承載著意象主體感興、情感蘊藉的「象」具有空間可感性，是充滿空間感的生命圖景，給讀者留下了一個審美體悟空間。在西方，康德曾提出審美意象實質是「一種暗示超感性境界的示意圖」，他的理解與我們所理解的審美意象有相

〔註50〕〔日〕遍照金剛：《文鏡秘府論》，盧盛江校考，中華書局 2015 版，第 371 頁。
〔註51〕〔唐〕張懷瓘：《文字論》，選自黃簡《歷代書法論文選》，上海書畫出版社 1979年版，第 210～211 頁。
〔註52〕黃念然：《論意象的審美生成——兼談中國詩學中『象之審美』的內在邏輯》，晉陽學刊 1998 年第 6 期，第 60 頁。

似之處，在審美意象中「象」給我們呈現的正是一個情意結合的感興空間。孫
周興在評價海德格爾思想時說道：「人與位置的關聯，以及通過位置而達到的
人與諸空間的關聯，乃基於棲居之中。」〔註53〕反觀中國古典美學中古人通過
仰觀俯察，進行物象、事象等審美創構，表達其對宇宙天地高遠的洞察，展現
了對意象空間深切的關注。在這裡，意象所要呈現的是一種多維的、非線性、
非邏輯分析與推理所形成的審美空間建構模式。

基於前面的論述可以得知唐代審美意象創構論以「象」為載體，運用意象
性思維即空間性思維進行審美創構。具體表現為由「興」引發審美空間的思考，
再凝結於審美之「象」中。「象」與「象」之間的相互組合形成了意象空間序
列，能夠生發出廣闊空間圖景和畫面，這是意象時空審美化的關鍵。通過建構
這樣審美空間而得以超越於現實空間，從審美心理上獲得超越和滿足。唐人在
意象創構之時擅於表現胸中萬象，將山川布滿懷，將萬象籠胸中，實現對「象」
超以無極的審美時空建構，把有限空間轉化為無限生命體悟。

由是觀之，在唐代意象創構論語境中「象」是時空中的存在。通過對「象」
中時空的感觸、體悟直至傳達使得審美意象具有強烈時空色彩。「象」的特殊
規定性在於以「象」顯道，在意象創構中突破物象、形象侷限從而展現出宇宙
的本體或生命。現實存在中形形態態的萬千物象都以時間和空間為具體存在
的方式，而「象」的時空性則是在這存在基礎上的審美化構築，它是在時空基
礎上的藝術化處理和超越。唐代審美意象的「象」中時空具有包容性特點，所
謂「真力彌漫，萬象在旁」〔註54〕，一切空間裏的萬事萬物，一切時間裏的難
得之所，都會存在於審美意象的創構之中。

二、「時空合一」在「象」的審美建構中呈現

在進入審美意象創構過程中，尤其注重處理好時間和空間關係問題。在唐
代意象創構論語境中由主體意中時空拓展開來的審美意象在創構過程中也展
現了時空合一的意象時空觀念。尤為注意的是這一時空關係在意象之「象」中
的審美展現，這是經過主體深徹靈魂感悟而表現出來的，它蘊含了主體情感和
審美觀照，其中蘊含著時空合一的情感化主題。形形色色的物象都以時間和空

〔註53〕孫周興編選：《海德格爾選集》下，三聯書店 1996 年版，第 1200 頁。
〔註54〕〔唐〕司空圖：《二十四詩品》，羅仲鼎，蔡乃中注，浙江古籍出版社 2013 年
版，第 47 頁。

間為具體形式，但這具體形式不同於現實時空，它是藝術化、審美化的時空建構。在第一章的論述我們就已得知在審美活動中時空結合是一個永恆的命題。「空間和時間融合成為一個均勻的四維連續區」〔註55〕，在科學層面的維度來看時間和空間總是被物理性地結合在一起，而真正的美在於時空相融的有機統一，即在時間歷程中的空間秩序以及在空間視域中的時間遊歷，這成為了審美意象建構的重心所在。將時空之關係進一步融匯到唐代審美意象創構流程中是意象時空研究的關鍵環節。在這樣的時空交匯合一主題中重拾主體意中之「象」，就會有全新的理解和感知。意象之「象」是蘊含著意象主體思維的心象，因而主體的時空觀念也會於「象」中呈現。因為有「象」，所以重視對造化的觀察和攝取；同時「象」又在意中，所以更注重心性的發揮和創造。由此超越於物理時空的審美心理時空便進入了審美意象創構視野，並於此展開時空一體的審美意象建構過程。

（一）「象」中「時空合一」的哲理溯源

如果從源頭來追溯，這樣的時空關係最早來自於周易的「象思維」。在周易中提出了一個以「象思維」為中心的八卦演繹圖示，太極、兩儀與四象、八卦之間都存在一定的位置關係，它展現了時間與空間在整個宇宙天地模式中的關聯，同時也預示著時空與人的存在之間的密切關聯。其中每一個卦象都具有著時間和空間性質的特殊含義，時間與流變、空間與位置相互關聯，在循環變化中體現了時空合一的整體思維模式。正如《周易》中所說：「大明終始，六位時成，時乘六龍以御天。」〔註56〕這其中蘊含著深厚時空觀念，可以說是時空關係的源頭。具體言之，這是一種藝術性地掌握世界的方式，「這種符號體系以時、空為條件，以象的轉換和流動為運動形式，來展示自然界、社會、人的各種現象和相互聯繫。」〔註57〕時空合一存在和展現於「象」的變換流轉與審美建構之中，對文藝中的意象創構產生深遠影響。

如上看來，時空關係來源於古人觀時、觀物的方式。在古人對世界的認知中，關於時間的認知總是在一定空間方位中實現，也就是傳統易學中的五行思

〔註55〕〔美〕阿爾伯特·愛因斯坦：《愛因斯坦文集》第一卷，許良英譯，商務印書館 1977 年版，第 268 頁。

〔註56〕黃壽祺、張善文撰：《周易譯注》，中華書局 2016 年版，第 6 頁。

〔註57〕程明震：《心靈之維——中國藝術時空意識論》，東南大學出版社 2011 年版，第 46 頁。

維。在古人觀物之時，總能夠突破客觀物象束縛，直接與宇宙天地相互溝通。在這其中，古往來今與上下四方巧妙地結合在一起，從中展現了日月運行、季節更替的規律。人與宇宙自然的和諧統一在深層次上展現了一種生命節奏，主體心靈境界與天地宇宙自然之間相契相合。如劉勰《文心雕龍》中說：「流連萬象之際，沈吟視聽之區；寫氣圖貌，既隨物以宛轉，屬採附聲，亦與心而徘徊。」〔註58〕這是古人掌握世界的一種原始思維模式。

在審美意象創構中時空關係亦如是。空間位置與方位中體現了節奏化的時間因素，因為有了時間存在空間變得虛靈；時間流程中也呈現了審美空間想像，產生了審美化宇宙意識，因為有了空間存在時間變得充實。古人在意象創構之中運用心靈之眼沉吟萬物之間，循環往復，打通了時間與空間的脈絡，整合為一種立體化的時空圖示。其中，空間為時間的表徵，而時間則為空間的延展。如宗白華在論述中國古典繪畫意象創構所提出的「從世外鳥瞰的立場觀照全整的律動的大自然，他的空間立場是在時間中徘徊移動，遊目周覽，集合數層與多方的觀點譜成一副超象虛靈的詩情畫境。」〔註59〕亦即，時間與空間統一於主體對「象」的審美創構過程中。要想在意象中建構超越於現實生活的審美時空觀念，就要超越於實在的對象之外，尋求審美時空建構可能。

（二）「時空合一」在唐代「象」論中的展現

在詩意唐代這樣的宇宙時空關係得到進一步推進，時空統一於唐人對審美意象的創構活動中。這是一個動態的時空結構，在對「象」的觀取與審美創構中進行時空的流轉和建構。譬如書法意象創構，張懷瓘鋪設了宇宙萬象的「形」與「勢」，提出「觸類生變，萬物為象」〔註60〕的主張。也就是說在意象創構中超越「象」的具體形式，從視覺到意象領悟，對感性表象以深度超越，達到時間無始和空間無限的審美意象時空建構。在唐人對意象創構中「象」的營構不受物理空間與現實時間的侷限。再比如詩學中的意象創構重在相融相生，從物象的選擇到主體的心意，從有限的景觀到無限想像和情感的廣闊空間，展現了時空的一種深度感。這裡以杜甫詩的意象創構為例說明。如《登高》

〔註58〕〔南朝梁〕劉勰著，范文瀾注：《文心雕龍注》，人民文學出版社1962年版，第693頁。

〔註59〕宗白華：《美學散步》，上海人民出版社1981年版，第111頁。

〔註60〕〔唐〕張懷瓘：《書斷》下，選自〔唐〕張彥遠輯錄，范祥雍點校《法書要錄》卷九，上海古籍出版社2013年版，第217頁。

一詩，其中的物象充滿了時間與空間的合一感，是時空共在的審美意象結構。
這是一個時空互合的審美圖景——無邊的落木在空間裏暗含著時間；不盡的
長江則以流水隱喻時間，在空間中展現；再加之運用「蕭蕭下」與「滾滾來」
等語彙來表現歷史與宇宙雄渾遒勁的生命力，空間在時間裏反覆蔓延與延展。
審美意象創構中的「象」在時空合一中得到了淋漓盡致展現。又如「感時花濺
淚，恨別鳥驚心」〔註61〕一句通過寫景以含情，在物象與人情的統一中尋求時
空的無限感與合一感。以此，共情、共在的審美時空不斷得到延伸與拓展，走
向能夠引起人無限審美共鳴的情意空間。以上意象創構中種種物象的設置體
現了在「象」的審美營構中實現時間與空間相互融合的審美狀態。在意象創構
過程中，在動態的時空一體化結構中，思想與物質之間的黏附始終以「象」的
流動和變化為媒介。時間中蘊藉著空間圖示，空間裏流動著時間因素，貫注著
宇宙生命的綿綿生氣，它們共同統一於審美意象創構活動之中。時間與空間結
合使得審美意象獲得了豐富心理感知的深度，因而彰顯出「意」與「象」渾然
一體的審美圖景。

　　「象」中時間與空間合一的審美關係一方面體現了唐代獨特的「象」觀念，
在唐代意象創構論中對「象」的探究已經包含時空因素，並統一於「象」的審
美創構中。如皎然論詩曰：「彼天地日月、元化之淵奧、鬼神之微冥，精思一
搜，萬象不能藏其巧。」〔註62〕在皎然看來，詩學的「象」是包羅萬物的，可
以吸收天地日月的精華和萬事萬物的華實，所以說審美意象之「象」極具空間
的廣闊性和可塑性。在此基礎上「象」又可以超越時間，在歷史、當下與未來
之中往返，體現了超時空的特性。又如司空圖《二十四詩品》云：「大用外腓，
真體內充。具備萬物，橫絕太空。荒荒流雲，寥寥長空。超以象外，得其環中。」
〔註63〕意象創構中「象」包涵了世間萬事萬物，猶如天邊荒荒無際的流雲，橫
越過無際無邊的天空。只有超越於事物的表象之外，才能將事物本質握在手
中。這種時空合一感是以宇宙萬物作為主體審美意涵的廣闊時空視域，與唐代
整體的時代美學精神相呼應。時至唐代，審美意象創構的格局不斷擴大，並逐

〔註61〕〔唐〕杜甫：《春望》，選自《全唐詩》第 4 冊卷二二四，中華書局編輯部點
　　　　校，中華書局 1999 年版，第 2408 頁。
〔註62〕〔唐〕皎然著，李壯鷹校注《詩式校注》，人民文學出版社 2013 年版，第 1
　　　　頁。
〔註63〕〔唐〕司空圖：《二十四詩品》，羅仲鼎、蔡乃中注，浙江古籍出版社 2013 年
　　　　版，第 1 頁。

步走向了主體精神自由的審美天地，於時空合一中盡情對「象」以深度書寫。因此通過這無盡想像與體道精神使意象創構主體暢遊於無限廣極的宇宙時空中，最終獲得了超越創構的審美意象時空觀念。

另一方面，「象」中時空合一也是時代審美意象創構的必然要求。它是藝術之所以飽含豐富審美韻味，引發令人思考空間的根由，從根源上體現了「天人合一」的審美理念。「從時空聯結的視角去審察與描述對象，將有助於藝術進入更深邃寬廣的領域。」〔註64〕這種理念突出地展現在唐代意象創構論中，正所謂「兼萬情之悲歡，茲一感於芳節」〔註65〕，天地萬象皆可引發時空感慨，宇宙自然也呈現為時空合一的審美內蘊。在唐人意象世界中，往往追求整體上時間的綿延，並在片段中追求空間的並存，以此有利於創構出時空互合的審美意象。唐人不僅期望在主體心理層面探索時間，更期望在意象建構層面超越空間，甚至駕馭時空，以此來建構審美時空。通過「象」中時空合一主題，以達到意象時空審美建構的效果。如音樂意象中的審美時空建構，正如朱志榮在他文章中論述的那樣「有形的聲象和象外之音、弦外之意相統一，依託於空間，借助於時間的綿延展開。」〔註66〕在「象」中時間與空間巧妙地進行著審美創構上的呼應，在古典美學發展過程中一以貫之。「象」的流轉與變化已然構成了審美意象創構的中心和關鍵，這是一種超越概念思維的意象時空創構思維。此時物我兩忘，打破一切時空、因果。

所以說，意象正是通過時空審美建構而能夠激發出審美主體無限想像力的廣闊圖景和立體畫面，既有時間感觸，同時也有空間憧憬，給接受者留下了一個廣闊的審美體悟時空感。正如王昌齡在《詩格》中所提到的「景」「物」等並非普通的「有形」，而是「象」或者說是「境象」，是以「意象」為核心所展開的超時空立體審美場域。從「物」或「象」開始，擴展審美想像力，在「物」和「象」基礎上創建多維度美學空間，並在時間和空間中統一展現。足以見得在唐代審美意象創構論中「象」的時空合一性不僅展現了獨特民族文化心理，同時也直指審美文化精神本體。時空相互影響、相互融合於意象中，呈現為一

〔註64〕楊匡漢：《藝術的時間——此岸與彼岸的藝術匯通之一》，社會科學戰線 1992年第 1 期，第 310～311 頁。

〔註65〕〔唐〕李白：《愁陽春賦》，選自《李太白全集》第 3 冊，〔清〕王琦注，中華書局 1977 年版，第 21 頁。

〔註66〕朱志榮：《論中華美學的尚象精神》，文學評論 2016 年第 3 期，第 20 頁。

個無限打開的審美意象世界。與此同時「象」內與「象」外的時空交織一體，使得我們在鑒賞意象過程中感受到時間空間化、空間時間化，時間與空間相互契合的美妙意象。這與唐代相互交融的思想文化以及繁榮開放的時代背景是密切相關的。

總之，在審美意象中注重時空合一性，表達流動變化與往復交織的時空意識是審美意象創構論的永恆主題。在意象創構過程中創設出了富有時空感、生動鮮活的「象」，這是主體「意」中時空的進一步發展。「象」的空間性在時間的流動之中得到了更深刻地展現，突破了有限的時空侷限，時間與空間就在這相互轉換之中得到了無限延伸，展現了宇宙壯闊的詩意之美。在此基礎上，宇宙的時空與唐人的身心和諧相處，喚起了自由寬闊、隱微幽遠的生命情懷。正如陳伯海所論述那樣「唐人意象藝術的成熟使其目光超越了單純的意象組合，特別致力於從『情意流』出發來打造『意象鏈』。」〔註67〕意象鏈的組合與創構體現了「象」中時空在主體心意中的流轉。如果說「象」中時空見之於筆墨、色彩或文字，是意象時空的外化形式；那麼象外時空則存在於想像時空之中，是對象內時空觀念的深度超越，於「象外」開拓情意空間最終進入到生命本真之道的彰顯。

三、「時空合一」在「象外」的審美流變中延伸

唐代意象創構論發展中經歷了由「象」到「象外」的審美流變，它進一步拓展了「象」中時空合一的審美考察。「象外」一語最早見於裴松之注的《三國志·荀彧傳》中「斯則象外之意、繫表之言，固蘊而不出矣。」〔註68〕時至唐代，「象外」才在審美領域普遍展開，開拓了全新的審美時空呈現，並形成了獨具特色的審美意象創構論時空觀念。「象外」乃唐人心靈之歸宿，與「象」的實體有形空間相對「象外」追求無形、非實體性的空間，是由「象」延伸和引發出來的更加廣闊的虛靈空間。它具有深厚思想文化底蘊，更多源自於佛禪文化的滲透和影響。佛意禪心滲透給「象外」以超越性的時空呈現，從中可以體悟宇宙的終極詩意，張揚主體的審美才情，有待開發審美的時空呈現。在這種意義上「象外」超出了特定圖像甚至是整個宇宙自然或歷史時空，向無限的審美時空拓進，它是「象」中時空的進一步擴展。正如王勃所說的：「既而神

〔註67〕陳伯海：《唐詩意象藝術的成熟》，江海學刊 2013 年第 2 期，第 32 頁。
〔註68〕〔晉〕陳壽撰，裴松之注：《三國志》，中華書局 1973 年版，第 319 頁。

馳象外，宴洽寰中。」〔註69〕又如張九齡所言：「智出於象外，樞得其環中。」〔註70〕以此，「象外」是對「象」中時空進行無限生發，著重於內在心悟。「象」中內構圖示與「象外」時空渾然決定了審美的廣度和寬度。這一審美範疇是唐代意象創構論中時空觀的矛盾集中所在，展現了對於時空觀理解的重要維度。

首先，「時空合一」心理機制的延展。時空合一主題的審美建構由「象」而進入到「象外」，這與唐代意象創構論發展密切相關，時空之審美關係是滲透於意象創構深層次的。中國古典審美意象思維正是在這個開放、自由的時期取得了飛躍發展。在感性思維中的意象時空自然不受到任何限制，所以能在更大程度上書寫自由的審美理想。不僅是唐詩，唐代的書畫等意象創構論中同樣包含了「時空合一」主題，展現為詩、書、畫、藝中時空合一的審美意象創構。正如有學者所闡述的「詩中之餘味，畫中之留空，書法中之間隔也都萌生了立體感，流轉著意象的超越性、象徵性。」〔註71〕意象時空在流轉與互合之中獲得了超越，呈現為一種立體的時空觀感。如朱景玄《唐朝明畫錄》中突出強調了繪畫的象外之形，他曾說到：「揮纖毫之筆，則萬類由心；展方寸之能，而千里在掌。至於移神定質，輕墨落素，有象因之以立，無形因之以生。」〔註72〕可見，唐代審美意象創構已經達到了超凡脫俗，自由精神通達天地的審美境界。也就是在審美意象創構中用心靈之眼體驗時間的延伸，在俯仰宇宙中感受空間的存在，時空相合美感就在這澄懷味象中得以建構出來。在時間上建立時空隧道，縱遊古今春秋；在空間上營造審美思維，流觀四海八荒萬象。於是從意象時空的審美建構中尋覓內蘊著的人生況味和宇宙意識，由此生命意識也正是在這樣意象時空建構中得到確證。與此同時，意象時空的審美關係也得到推移與延展，不斷朝著藝術化、審美化的思維理路展開。當時空合一走向「象外」時，審美的創構與層次便展現出來。

其次，象外藝術思維的「時空合一」主題內涵。時空合一主題在「象外」獲得了新發展。只有心靈超於物外，才能體味時空之無限。在「象外」中文藝追求「近而不浮，遠而不盡」的審美效果，展現了古典美學中深沉博大的歷史

〔註69〕〔唐〕王勃：《秋晚入洛於畢公宅別道王宴序》，選自《全唐文》第 2 冊卷一八二，〔清〕董浩等編，孫映逵等點校，山西教育出版社 2002 年版，第 1106 頁。
〔註70〕〔唐〕張九齡：《徐文公神道碑》，選自《曲江集》四庫全書本，第 209 頁。
〔註71〕金丹元：《中國藝術思維史》，上海文化出版社 2004 年，第 167 頁。
〔註72〕〔唐〕朱景玄：《唐朝名畫錄》，四川美術出版社 1985 年版，第 2 頁。

感與宇宙感。唐代意象創構論中主張創構出超越的「象」來彰顯主體之「意」，「象」的超越體現在對時空觀念的超越上，也更多展現在「象外」時空裏。以「象外」拓展「象」中時空合一性，在無窮盡的時空隧道中品味唐人對於人生以及宇宙的深沉熱愛。在審美創構中不執著於停留在象表，同時也追求更深、更遠的美學視域，以達到超象、象外、至美。

　　一方面，藝術家在體驗現實時空基礎上呈現出一片審美虛靈時空，滲透著審美主體的自由想像。在審美想像中時間融入空間裏，空間也經由時間變化而發生審美性創生。以有限之象表現宇宙人生無限之象，通過象外虛空的審美自覺想像以創構更廣遠的意象時空，與物偕遊，超然心悟。司空圖正是基於此審美觀揭示了「道」「氣」與「象」之間的圓融共生，使得「象外」呈現出時空之美，蘊藉出時空之思。從形而上領域具備萬物，橫絕太空，從有形變無形；從形而下變物象為意象，才能形成真正藝術時空視界。司空圖《二十四詩品》中描繪的就是這樣的時空視界——「如將白雲，清風與歸。遠引若至，臨之已非」〔註73〕，憑御白雲，挾清風與歸，遠遠將至，卻似是而非，此種超詣詩境可望而不可即。又如惲南田所說：「諦視斯境，一草一木，一丘一壑，皆靈想之所獨闢，總非人間所有，其意象在六合之表，榮落在四時之外。」簡言之，審美意象創構應在「象」之外尋求一片廣闊審美天地。自然中的明月、清風、白雲等物象都要經過心靈浸染而形成審美化時空視界，在無限的時間裏品讀詩意的審美空間感，給人留下「不可置於眉睫之前」的無窮時空思索餘味。

　　另一方面，「象外」凸顯了唐人的天地之心，彰顯了其內在靈性，體現了時代鮮明審美特色。「象外」在審美想像中獲得了超越的視覺，是意象本體之道的深度體現。「象外」中包孕著時空的立體思維，立體的審美性思維在時空合一主題中得以展現，成為一個具有生命意識的藝術時空思維。此時的審美時空是與宇宙一體相通，非實體性的時空存在，在這個層面上主體獲得超越性的審美體悟。中國古典美學大致分為以下階段——先秦兩漢是藝術社會學，注重藝術倫理與生活之間的密切聯繫；魏晉六朝是藝術哲學，注重藝術與人的存在價值之間關係；而自唐始則是藝術心理學，更加重視人生態度的體悟、感受與心境。從時代發展來看，審美意象時空盛宴在唐代產生不足為奇，展現了唐人包容的宇宙情懷和卓越的藝術創構能力。因體悟而生發出時間與空間的思考，

〔註73〕〔唐〕司空圖：《二十四詩品》，羅仲鼎、蔡乃中注，浙江古籍出版社2013年版，第81頁。

並借著「象外」藝術思維傳達。從而講求藝術的審美時空性,並在此基礎上將意象審美推至一個時空視域,融宇宙、歷史、人生為一體。唐人的意象時空創構展現了與天地融合、與萬物並生的生命特徵,體現了強烈的生命意識關懷。因為唐人對外在遠方世界有熱情嚮往和探測的渴求,因而詩之象外、文之象外、書之象外,畫之象外,於象外中深度建構審美意象時空感知,在本源上深度體道。時空就是道的傳達,就是道的彰顯。

　　「象」與「象外」中時空的相互融通即為「境」。「境」乃是審美意象思維的時空結構,是在「象」與「象外」互相融合基礎上產生的,是體現了宇宙本真思索與終極感悟的時空思維結構,正所謂「以象築境」。唐代是意境理論成熟期,唐代對於意象理解已經從量變走向了質變,是一種真正獨到的藝術化思維,走向了文藝歷史的審美化維度。即時間意識中顯現出空間視界來,空間觀摩中凝聚著時間感思,體現了深刻的宇宙永恆觀念,這是古典意象時空立體化思維模式的寫照。審美意象講求意與象的兼備,通過感知的形象,再經歷沉思與冥想,可直接悟到超越語言和形象之外的終極意義。這就賦予了「象」以新質素,亦即意境中「境」的可品味性,這是一個立體化、超越時空的靈動世界。

　　總而言之,唐代意象創構論中「象」蘊藉了時空合一的審美主題,心與物之間交感融合形成了意象。中國古典美學更注重在時間變動流轉的視域中建構一種動態化的意象空間圖景,是非形而上的動態化存在。在意象創構中「象」以及「象外」中時間與空間互相結合、交融並最終呈現為立體化時空圖示。它是意象創構中時空關係的一種展現,空間視域中時間的縱向思索以及時間流程中空間的橫向展開都是審美創構中時空觀念的呈現。時空關係是深入唐代審美意象創構論的核心問題,「象」的時空性映像了唐人對於理想生命圖景的審美建構,具有深刻的美學啟示意義。

第三節　唐代意象創構論中「境」的時空詩性建構

　　由主體之「意」中時空的神思,再經過「象」中時空的探索,最後生成「境」中時空的詩性,時空逐漸經由藝術化構思而朝向審美方向發展,這是唐代意象創構論中時空建構的關鍵一環。「境」作為意象的高級形態成熟於唐代,當代美學家張法說:「境是唐人的發現。」〔註74〕朱良志也曾說到:「境雖然在唐代

〔註74〕張法:《中國美學史》,上海人民出版社2000年版,第195頁。

之前已經成為一個哲學概念，但在美學與藝術理論中，尚未成為一個重要的概念。這樣的情況至唐才真正出現。」〔註75〕它是主體心靈在審美世界中所必然歷經的時空之旅，在本質上就是時空交疊、情韻空靈的審美場域。在唐代意象的理論與實踐中「境」扮演著十分重要的角色，「境」中隱含了十分複雜而又美妙的時空層次與時空構造，這是唐代意象創構論中時空審美建構的又一重要層面。

　　「境」在唐代從哲學概念剝離出來，加之以深刻的美學性。尤其中唐以後佛禪深入到唐代美學深處，引發唐人宇宙觀的變化。佛禪的即性頓悟思維方式破除了一切形式和文字的束縛，有力推動了超越時空的審美意象創構。如司空圖《二十四詩品》營構的就是一個幻美靈透之境，所謂「超以象外，得其環中」〔註76〕也意在借助幻境以表現最深的真境，摰幻以入真。誠然，唐代意象創構中的時空觀，並不是十分明確的、可度量的時空序列座標，而是一種主觀上的時空序列。時間與空間超越了言象之表，而直擊心靈之境，這就在某種程度上回應了唐代審美意象所追求的「境生象外」美學觀。如果說，意象的時間與空間在唐前總體上處於一種哲學化狀態，那麼自唐代始意象的時間與空間便由此具有了深刻美學意義。在時間運動中去建構空間想像成為了這個時代文藝美學表現的真實寫照。

　　正如有學者曾經論述的那樣「意境則在意和象兩個方面都超越了確定性，由有限走向無限，它常呈現為一個個有著無限在內包容量和外在拓展力的精神空間，前者求生動具體，後者求深婉富微，前者是點，後者是立體空間。」〔註77〕唐代意境理論受到儒道禪文化綜合影響，並主要得益於禪宗方面的滲透。佛禪通過對意象時間與空間的主觀營構而意圖獲得審美上的突破，我們可以從唐代歷史文化、社會現實以及文學藝術實踐找尋其形而上根源和形而下表現。以看空時間與空間的心態去重視時空，就會發現其超越性特徵和審美上效果。時間與空間豐富了我們對意象的思考和認知，以此促成了審美之「境」的創構與生成。審美之「境」首先展現為一種時間流程，同時又表現為對於空間的展開。在唐代，「境」被認為是主體將外在時空延展所創造的心靈空間和

〔註75〕朱良志：《中國美學十五講》，北京大學出版社2006年版，第283頁。
〔註76〕〔唐〕司空圖：《二十四詩品》，羅仲鼎、蔡乃中注，浙江古籍出版社2013年版，第1頁。
〔註77〕薛富興：《東方神韻——意境論》，人民文學出版社2000年版，第34頁。

情感領域。「境」中隱含著深刻的時間與空間觀念,與「意」「象」相比,「境」中的時空性更加鮮明。「境」中所蘊含的時空意識往往比其他美學範疇更能凸顯主體的自由、虛幻與空靈色彩,它以「意」和「象」為基點,構造成為一個無限深廣、豐富流動的審美時空,強調審美表現的獨創性與主觀自由。諸如王昌齡的「三境」說、皎然的「以禪說境」以及司空圖的「四外」說即是意境的最高境界,從有限的世間萬象中體悟到無限的永恆,直面宇宙詩性本源。

一、「境」中時空詩性的理論萌發

　　中國古典意象論中時空觀念的發展經過兩次重要轉變:一個是從「象」到「意象」,這是從哲學層面到審美層面的過渡,第二是從「意象」到「意境」,這是從單線思維時空向縱橫放情時空的轉變。這是我國古典意象追求審美心靈自由的開端,這一開端和超越首先由王昌齡來完成,後經過劉禹錫、皎然、司空圖等人的繼續闡釋,使得「境」成為一個蘊含時間和空間的審美範疇。它是「意」與「象」相互統一的精神境界,意象時空建構往往從「意」出發,經過「象」的營構,最終達到超越「象」而入「境」的審美思維。唐代意象創構論中時空觀念的建構是以「境」中時空悟出超越「言」「象」的大道為邏輯中心的,代表了東方美學與藝術的詩性時空觀,這是意象創構中時空觀念的進一步拓展。時空性是唐代意象創構論中「境」範疇的本質特性,在文化本源上直接與時空之道相接,同時又在形而下開啟審美意象時空新圖景。「『境』被唐代詩人納於『詩』的審美意識空間內,反映了唐代對『境』的深入探討和宗教化的理解。」〔註78〕所謂「境」本義為地域,含有一定的空間範圍,如《說文解字》云:「境,疆也。」同時又說「樂曲盡為竟」,暗含了一種時間流程。所以從辭源學角度考察「境」,發現「境」在表示一定空間的同時還能暗指時間,由此所對應的美學中「境」同樣具有時空的雙重含義。唐人重「境」,所謂「神之於心」「思之於心」「張之於意」,因心、意而「境」生,審美之「境」的歷史語境萌發了豐富蘊藉的時空觀念。

　　首先,「放情而生境」:王昌齡「三境」說中的時空詩性開拓。自王昌齡開始,人們每每提及「境」都在一定程度上指向人的內心。王昌齡認為客觀外物不再是單純的形象,而是蘊藉著審美感和超時空的境象。即一個抽象的審美視

〔註78〕張乾元:《象外之意:周易意象學與中國書畫美學》,中國書店 2006 年版,第185 頁。

覺圖示，一個以審美意象為核心的立體化時空境域，在這其中蘊含了主體豐富的人格思想和情感情緒，是一種詩性的時空彰顯。具體說來，王昌齡主張放情而生境，這其中所謂「情境」就是指在時空的流動與延展中所展現出來的富有審美韻味和深度立體感的藝術想像空間，蘊藉了主體深厚的情感成分。而所謂「意境」則是在「物境」與「情境」基礎之上而呈現的無限廣闊、任意縱橫的審美時空，它以「物」和「象」為起點在時空中鋪墊而成並蘊含多維聯想和想像。因為「境」中包含了主體之「意」的成分，所以體現了時間性；同時又寄「意」於「象」中，所以彰顯了空間特徵。所以「境」乃是心與物的結合，意象主體與客觀對象之間的融合，得以創構出具有審美意蘊的詩性時空。譬如《詩格》中所說：「處身於境，視境於心。」〔註79〕又如「夫置意作詩，即須凝心，目擊其物，便以心擊之，深穿其境。」〔註80〕仔細思之，這是一個蘊藉著時間和空間的審美意象創構與生成過程，所謂「深穿其境」蘊含了空間層次意味，而「以心擊之」則暗含時間。從中可以看出詩人作詩寫境以時、空思維來創構，由此縱情呈象，展現詩性審美時空境域。正所謂「凝心天海之外」〔註81〕「攢天海於方寸」〔註82〕是詩人身處物境之中，將其收納於胸意中所產生的詩境時空，由此所創構的詩境獲得了溝通天地並向無限延伸的審美張力。王昌齡關於「境」的理論與唐釋道世提出的「意境界」一詞含義相近，指的是六根所攀緣遊履者。這其中蘊藉了詩性時空感，因心之所攀緣所到之處時空自由，不受客觀外物所侵擾。以此王昌齡的「放情而生境」打開了對「境」中詩性時空審美理解的新視角，進一步超越了「象」中時空層次，將「意」與「象」的時空感融入到所創設之「境」中，開啟了唐代審美意象時空建構的新認知。這是從時空觀層次對唐代審美意象創構論的深度解讀。

　　其次，「詩境」與「禪境」互生：皎然「以禪說境」中的時空禪意化。皎然「以禪說境」隱含了深刻時空觀念，「詩境」和「禪境」合一使得「境」中詩性時空呈現更具有審美韻味。皎然論審美意象以「境」與「勢」為中心，其

〔註79〕〔唐〕王昌齡：《詩格》，選自張伯偉：《全唐五代詩格匯考》，鳳凰出版社2002年版，第172頁。

〔註80〕〔唐〕王昌齡：《詩格》，選自張伯偉：《全唐五代詩格匯考》，鳳凰出版社2002年版，第162頁。

〔註81〕〔唐〕王昌齡：《詩格》，選自張伯偉：《全唐五代詩格匯考》，鳳凰出版社2002年版，第163頁。

〔註82〕張伯偉：《全唐五代詩格匯考》，鳳凰出版社2002年版，第162頁。

中「勢」乃詩之變,「縈回盤礴,千變萬態」的「勢」暗含了審美時間性,也就是基於變化流動的意象時間;而「境」是詩人與世界相互交融的「緣在」,是其個人存在之流中獨享的心靈空間或「異界」〔註83〕,這「異界」又指向了審美空間性。所以說時空無往不在意象創構之中,經過主體創構轉化為審美意象之「境」。皎然所說「緣景不盡曰情」,其生發的審美空間具有向著無限開放的趨勢,在此超越了有限景觀,展現了詩性的意象時空觀念。所以皎然所論述的「境」正是以創造無限空間和時間感為目的,強調心境的審美作用,追求心靈與自然的和諧統一。在現實時空基礎上營造審美心理時空,在文與意之間營造審美時空境界。這其中必然體現了以時間的承續帶動空間的綿延,時、空之間的詩性架構。詩性奧秘就在審美意象創構流程中得以表現。

　　皎然「以禪說境」思想將「境」與佛禪深度結合使得意象時空獲得了超越,蘊藉著禪味,彰顯了空靈的審美追求。進一步說來,通過佛禪文化的審美滲透使得意象時空書寫與建構更多地從主體心靈出發,主體獲得了超越,因而才能悟得時空永恆,營造出超越時空的審美境域。自中唐始隨著禪宗逐漸深入,文論家們對意境探索不斷走向空與靈的審美層面,這同時也是審美時空的一種推進。通過禪思、玄意將「境」的時空性進一步推移,越過物質與形色,直接導向主體精神的廣闊視域中去。通過開啟心源與憑心造境的藝術思維達到時空詩性審美建構效果,使得意象時空極大地自由抒發,不受時、地所侷限。這不僅反映了唐人開闊的眼界,也是時代闊達的審美心胸使然。唐代美學中所言之「境」在某種程度上被看作是心境,是主體通過禪思的想像和再造而達到妙悟的心遊之所,隨著主體心之所遊而層層步入美的境地,同時也是中國古典美學歷來所倡導的「靈的空間」。

　　第三,「思與境偕」:司空圖「四外」說中的時空立體化。司空圖進一步擴展了意象時空的立體化詩性建構,將唐人的意象時空意識推至一個新高度。有學者就論述到:「他在《與王駕評詩書》中提出了詩家所尚的『思與境偕』論。這裡的境,原本為境域,引申為外在空間狀態。遍照金剛在《文鏡秘府》中擴而大之,定義為『天地之境』。司空圖的『境』與『思』相對,因此是取『物境』之『境』義,自然也是強調主體的意識對於身外空間的融入。」〔註84〕如他《二十四詩品》中「沖淡」一則即是對時間本質的參悟,將人生的動態過程

〔註83〕蕭馳:《佛法與詩境》,中華書局 2005 年版,第 283 頁。
〔註84〕王向峰:《論司空圖的超越美學》,遼寧大學學報 1990 年第 3 期,第 56 頁。

與時間的靜默狀態相結合，並於詩的空間之境中體味一種靜默的美感，感悟來自於時空層面的深沉思索。又如開篇所講的「具備萬物，橫絕太空。荒荒油雲，寥寥長風」〔註85〕本身就是一個超脫的時空之境。詩之意象創構包涵了世間萬物萬象，不管是荒荒的流水，還是寥寥的長風，都是一種自然的審美境域，在詩人的創構中卻能讓其展現出詩性的立體化時空觀感。這是審美意象創構所追求的深度境域，它在此基礎上超越了時間與空間，從本無所有到渾然一體。又如「超以象外，得其環中」〔註86〕也意在通過幻境以表現最深的情境，這既是對六朝謝赫「取之象外」〔註87〕的深入發揮，同時又是對莊子「樞始得其環中，以應無窮」〔註88〕的詩性運用，通過心靈時空開拓得以超然於宇宙和四海之外。以司空圖為代表的唐代意象理論家開啟了一個意象時空感知的全新體驗，將意象作品與精神空間在一個「境」的框架系統中展現出來。審美意象創構在時空超越的層面深度探源世界的廣度，以打開主體審美心胸，追求宇宙本體生命的無限自由並將其呈現於意象創構之中。時空觀念已經成為唐人進行審美意象創構的一個不可或缺因素，融入到時代審美精神內核之中，通過時空詩性地探索和超越達到審美意象時空建構的目的。

　　總之，王昌齡「三境」說、皎然「以禪說境」以及司空圖關於「境」的時空探索從有限世間萬象中體悟到無限永恆，為唐代意象創構論時空奠定了一個深厚根基。時空觀念已然在審美意象創構過程中萌發，內隱於意象創構的審美之「境」中。自唐開始藝術思維得到了深度突破和飛躍，古典意象創構論尤為注重心之所悟，在自我內心蘊藉中超越於「象」而直接深入於「境」中，賦予「象」以「境」的品味性。在此基礎上意象時空也得到了心靈延展和拓寬，不斷趨於豐富性、超越性和表現力，使得時空富於詩性、立體化思維，上下縱深，左右通達。「境」中時空蘊藉了唐人的人生感、歷史感、宇宙感，是對審美時空自由方法論的探索。正如宗白華所說：「一個充滿音樂情趣的宇宙是中國畫家、詩人的藝術境界。」〔註89〕唐代審美意象創構論對「境」中詩性時空

〔註85〕〔唐〕司空圖：《二十四詩品》，羅仲鼎、蔡乃中注，浙江古籍出版社2013年版，第1頁。

〔註86〕〔唐〕司空圖：《二十四詩品》，羅仲鼎、蔡乃中注，浙江古籍出版社2013年版，第1頁。

〔註87〕〔南朝齊〕謝赫，〔南朝陳〕姚最：《古畫品錄》，王伯敏標點注譯，人民美術出版社1959年版，第8頁。

〔註88〕《莊子·齊物論》，選自陳鼓應《莊子今注今譯》，中華書局2016年版，第60頁。

〔註89〕宗白華：《美學散步》，上海人民出版社1981年版，第89頁。

的探索，有益於表達宇宙生命力和人生真諦，從而超越了審美主體的身心，使得現實與情感、物與我充分連接，以最終進入到極其廣闊的藝術審美世界。

二、「境」中時空詩性的審美建構

　　經過唐人對「境」的審美闡釋和時空美感的探尋，一個富有時間和空間意蘊的立體化時空圖式便正式形成，展現著唐代獨特語境文化和審美理想。「境」中時空審美建構已然成為意象時空審美建構中最為深刻的一環。張少康曾論述到：「藝術意境既是一個客觀境界，又是一個主觀的境界，創造意境可以側重於一面，但不管是『以意勝』還是『以境勝』，都包括了兩個方面，都具有極為生動豐富、給人以無窮想像的空間之美。」〔註90〕空間是境界呈現的一種對象化方式，是「境」中之「象」；而時間則是主體之「意」。審美之「境」是「意」與「象」的妙合與延伸，內外結合併外旋擴展，形成了一個無垠開放的審美場域，展現著有唐一代獨特審美魅力。這是一個心靈極度自由環境下所產生的無限開放的時空狀態，此時審美主體獲得自我超越，落實到意象創構中就轉化為最優化的心靈時空感。那麼如何在意象創構過程中呈現這樣的審美境域，並在此過程中實現意象時空與主客體的生命同構便是接下來所要瞭解的問題。

　　首先，「師造化」：自然時空為基礎。藝術乃是在自然基礎上建立一個詩意宇宙，正如朱光潛《詩論》中所說：「詩必有所本，本於自然。」〔註91〕時空觀念自然也是在宇宙時空基礎上建構藝術意象時空觀。如司空圖《二十四詩品》曰：「生氣遠出，不著死灰，妙造自然，伊誰與裁。」〔註92〕同自然之妙有，是意象創構中時空觀形成的基礎。只有悟古今之通意，天地之秩序，才能在此基礎上進一步深入意象之靈境。孫過庭《書譜》更進一步指出：「豈知情動形言，取會風騷之意；陽舒陰慘，本乎天地之心。」〔註93〕天地自然造化就是時空的彰顯和書寫，是時空的變奏，萬事萬物都不能離開時空而獨立存在。想要領悟萬物之情性，使得萬物入靈府，時空入胸意，都必須以「外師造化」為前提。與此同時時空也基於萬事萬物而存在，有待審美主體的發現。這是一

〔註90〕張少康：《論意境的美學特徵》，北京大學學報1983年第4期，第53頁。
〔註91〕朱光潛：《詩論》，生活‧讀書‧新知三聯書店2014年版，第59頁。
〔註92〕〔唐〕司空圖：《二十四詩品》，羅仲鼎、蔡乃中注，浙江古籍出版社2013年版，第51頁。
〔註93〕〔唐〕孫過庭：《書譜》，鄭曉華編著，中華書局2012年版，第145頁。

片審美的靈境，自然的山川、草木以及明月、清風都是造境的自然時空顯現。「境」是元氣流動的造化自然，是自然萬物的整幅圖景。從自然客體時空中吸取能夠運用到審美意象創構中的美學圖像，審美主體將客觀對象融入到主體時空中，與內在心靈時空豁然相通，營造了一個造化自奪的時空之境域。

其次，「得心源」：審美心理時空的開拓。在自然時空基礎上塑造審美心理時空是意象創構的一個關鍵環節，通過審美心理時空而逐漸趨於意境時空。「意境是一種詩人性情在外在時空中的延展，因而時空觀的改變也會使意境的基本構成方式發生轉化。」〔註94〕通過打破或顛倒事物固有時空秩序乃至以變形化手法進行時空審美建構。經由心意的創構，以此來拓展時空、營構時空，形成一個縱橫交織的時空圖式，在時空中突現層層意境。這是唐人所追求的理想意象時空境界，也是文藝意象創構所要追尋的目標。通過意象呈現而達到充盈心理時空的目的，在時空中彰顯意境。正如唐末虛中在《流類年鑑》中說：「善詩之人，心含造化，言含萬象，且天地日月草木煙雲，皆隨我用，合我晦明。」〔註95〕在意象創構中對「境」的時空建構是意象審美的關鍵因素，需要主體的心源建構。自然時空經由主體心靈創構而彰顯鮮明審美特性。也就是說，意境是由心的體驗所化成線的律動的無限延伸，融入了靈動與詩意，是人生、藝術與宇宙時空渾然相接的審美靈境。只有心之所悟，才能感受重重意境之下的時空審美。又如皎然「取境」、劉禹錫「境生象外」、司空圖「思與境偕」等無一不是在物理時空的外旋之中去品味審美時空。通過遊心以造境，通過想像以超越，塑造審美的時空觀感，以此澄懷味象。以致於後來的嚴羽標舉「興趣」與「妙悟」，無論是範疇建構還是審美表達其實質上仍是承襲唐代意象餘論。唐代「境」中審美時空建構樹立了一個審美典範，引導了後代對於時空美學的創構與傳達。

進一步說來，審美的「境」源於宇宙人生，源於生活，源於藝術家對人生萬象的映像、洞察和吸納，是靈想之獨闢。正所謂「苟得其要，則八極之外，如在指掌，百代之遠，有若同時。」〔註96〕「境」中意象時空的審美詩性建構體現了主體心靈的玄遊，然而並沒有將一切表象與意味一覽無餘地展示，而是

〔註94〕馬奔騰：《禪境與詩境》，中華書局 2010 年版，第 101 頁。

〔註95〕〔唐〕釋虛中：《流類年鑑》，選自《中國歷代詩話選》，王大鵬，張寶坤等編選，嶽麓書社出版社 1985 年版，第 102 頁。

〔註96〕〔東晉〕葛洪著，王明撰：《抱朴子內篇校釋》，中華書局 2002 年版，第 47 頁。

留下了一個令人無限回味的詩意審美空間，一個得自意象而又訴諸心靈的時空彰顯。囿於時空的現象在審美意象創構中獲得了超越時空的意境，從時間與空間執著於一微點並加以永恆化和普遍化。唐代審美意象創構中「境」的時空詩性建構因主體的心源注入而得以綻放光彩，在歷史長河中凝成永恆。

再次，「造化」與「心源」的和諧統一，心物之際的交互感動。經由「師造化」和「得心源」而創造的境界時空是唐代意象論中時空審美建構的終極旨歸，代表著時代的最高成就，也為後世意象時空觀念的發展和完善奠定了根基。劉禹錫在《董氏武陵集記》中曾說：「心源為鑪，筆端為炭。」〔註97〕意在說明只有在意象創構中將主體情思與客觀萬象予以深層本體化，才能使藝術時空由有限而趨於無限。在他看來，審美意象創構應著力於描繪整個宇宙生命圖景，在自由廣闊的時空天地之中體悟宇宙造化之道，把握超越形跡的宇宙之本體。亦即，在審美時空基礎上的意象時空需要主體以生命同構為旨歸，去實現生命本體與宇宙時空的一種契合，將詩意存在得以通過無限拓展的意象時空展現出來。這是一種更為涵虛廣大的，充滿張力的精神時空。它不僅是可見和可感的世界，而且在世界之外，超越了時間和空間的界限。由心外之「造化」，再加以「心源」理解，審美主體造就了一個想像的內視時空。唐代「境」中時空建構就是這樣一種審美結構時空，同時又是與意象主體人生歷時性變遷密切相關的生命流程，蘊藉著詩性。此時的意境往往餘味無窮，令人遐想體悟，望之在即，追之不及。「說到底，『境』中所呈現的時空意識，是超越了具體時間的抽象時間，也是超越了具體空間的抽象空間。其內涵精神性遠大於現存性，表現性遠勝於再現性。」〔註98〕

總之，在唐代意象創構高級階段——「境」的生成中，時空已經具備了充分審美內涵和現實意義。審美之「境」是基於時間和空間關係構成的獨特時空結合體，意從時空之維開啟對於審美意象的認知和體驗。由於前面我們所提到，唐代的「境」是吸納了佛教尤其是禪宗理論而深入發展的，因而時空具備了超越靈性。禪家三境界中「萬古長空，一朝風月」便是此境中時空的最好說明。「藝術意境作為一種時空交融的審美形態，是節奏與境界的有機統一，其

〔註97〕〔唐〕劉禹錫：《董氏武陵集記》，選自《劉禹錫集》，上海人民出版社 1975 年版，第 173 頁。

〔註98〕金丹元：《以佛學禪見釋「意境」》，雲南民族學院學報 1991 年第 1 期，第 58 頁。

時空結構的生成歷經了自然時空、心理時空、審美時空等由外向內、由淺入深、由有限到無限的次第層深過程。」〔註99〕在唐人進行意象創構活動中不自覺地以塑造一個深度、廣闊的「境」為審美追求，而其中包蘊著的時空觀念也正是需要我們深入理解和把握的。此時，時空是經過心靈浸染的主客體統一的意象時空，它與廣闊人生、生命和價值理念等諸要素相關聯，彰顯著詩性，承載著深厚歷史意義。唐代詩論、書論以及畫論無一不倡導寫意與抒情，推崇「虛實相生，無畫處皆成妙境」〔註100〕的美學思想。這就要求在時空上不能限制於有形具體，而是追求無限、至大，從而造就了意象中的空白、淡遠的意境和空靈的風格。其中時間順序流逝與空間立體觀感是審美意象創構中「境」的詩性時空建構所要追求的審美目標，於意象中再現生命立體思維。

三、「境」中時空詩性的審美層次

　　唐代獨特的「境」審美範疇中的時空是在「意在言外」的時空拓展以及「象外之象」的時空合一基礎之上形成的。「意」與「象」的兩相契合，在心理時空與藝術時空的內延外擴、相互沉澱中得以形成一個以「境」為中心的詩性時空審美建構流程。所謂「詩性」是「境」中時空的最顯著特徵，即對有限「象」的超越和突破，在多重累的創構中使得意象蘊藉著時空美感，深藏著詩意。正如童慶炳所說：「意境是人的生命力開闊的、寓含人生哲學意味的、情景交融的、具有張力的詩意空間。」〔註101〕這也是東方古典藝術的獨特氣質。這裡尤為值得注意的是這種詩性時空構成對唐代諸意象的審美創構極為重要，從情景、遠近有無、虛實上來看詩性時空層次，感受這個時代審美意象創構中時空所帶來的詩意之美。「境」中詩性時空層次成為了意象創構論中時空建構的重要一環，對於時空審美以及時空呈現具有重要意義。具體可以表現為如下層面：從內容上看，主客相融的時空顯現；從方式上看，遠近有無的時空轉化；從形態上看，虛實相生的時空布局。

　　首先，從內容上看，主客相融的時空顯現。「境」中時空創構體現主客相融的時空層次，心與物的交相感應，境與情的時空彰顯，在「境」中主客體、

〔註99〕王詩雨，黃念然：《「意境」與中國古代藝術時空結構》，武漢理工大學學報2020年第2期，第23頁。

〔註100〕〔清〕笪重光著，關和璋譯解、薛永年校訂：《畫筌》，人民美術出版社1987年版，第7頁。

〔註101〕童慶炳：《「意境」說六種及其申說》，《東疆學刊》2002年第3期，第1頁。

情與景融而為一。「情是內在意識的流動，是時間性的。景則是存有者顯現自身的場所的觀照，是空間性的。情景交融就是時空交融。」〔註102〕如「行到水窮處，坐看雲起時」〔註103〕一句，「水窮處」指代時間的流動，是內在的情；而「雲起時」則暗喻空間，是外在的景，在水窮雲起的情景時空相合中完成了審美意象創構。主體敞開自我生命，在審美創構中浩然與天地同流，吸收宇宙人生萬象而後在內心經營、創構，凝瞬間於永恆之中並從這永恆中尋求內心深處無邊廣闊的審美詩境時空。這是唐代審美意象時空建構的審美意旨所在。縱觀唐人的審美心靈史，皆體現了主客與天人之間相互調和、交融的審美發展歷程，此時主客體之間的溝壑得到彌合，個體存在於自由時空維度詩意地棲居。這是對時空的一重超越，對時空本真存在的審美性探源。英國現代詩人勞倫斯·比尼恩曾說過：「在中國人那裡，空間常常變成構圖中的主角。空間並不是歸於死寂，它本身就是一種從畫面流入我們心靈中的活力。」〔註104〕可以看出空間成為了主體心靈書寫的場域，時間也同樣體現了這一審美層次，在意象創構中往往營造一種特殊時間性，打破心理閾限，在審美時空中主體與外物渾然一體。主體融入客體之中的時空體現了意象化的創構方式，時空彰顯的不僅是主客之間的融合，同時也是情與景、心與物的有機交融。時空被審美化地進入到有意境的場景中，通過具體的藝術方式得以傳達。

其次，從方式上看，遠近有無的時空轉化。遠近、有無之間的邏輯層次是時空審美化的前提。它們說到底還是空間位置排列和時間層次創構的過程，通過遠近、有無來調動主體心中的理想時空位置，以此進行完善的審美意象時空建構。清代方東樹在《昭昧詹言》卷八中曾評價杜甫詩：「意象大小遠近皆令逼真」〔註105〕，從這一點可以看出唐代審美意象創構中主體對於空間的一種知覺和感觸，並通過意境營造方式建構空間或是時間。這裡尤其注意對遠近、有無之間的取捨和營構，遠近與有無從本質上講的還是時空觀念。張彥遠「若非窮元妙於意表，安能合神變乎天機」一語道破了「境」中時空建構的玄機，

〔註102〕賴賢宗：《意境美學與詮釋學》，北京大學出版社2009年版，第156頁。

〔註103〕〔唐〕王維撰，〔清〕趙殿成箋注：《王右丞集箋注》，中華書局1961年版，第35頁。

〔註104〕〔英〕比尼恩：《亞洲藝術中人的精神》，遼寧人民出版社1988年版，第63～64頁。

〔註105〕〔清〕方東樹著，汪紹楹校點：《昭昧詹言》，人民文學出版社1961年版，第214頁。

即無限擴大主體審美視野，使得人們對時空的觀照也得到極大地擴展。所謂
「片言隻語可見無限溫存，淡筆點墨可尋千里江山。」〔註106〕「境」中時空
蘊含著一種重體悟、重層次的美感，由近及遠、化有為無，它從表層的時空境
象到深層的天人相合蘊藉著唐人對於審美意象的理想化追求。又如王維畫作
雪中芭蕉，以真實之境的「有」來顯示藝術時空的「無」，通過有、無之間的
轉化來增加意象時空的審美效果。司空圖更是以遠近、有無的邏輯序列打開了
「境」中時空觀念，通過「不著一字」而「盡得風流」。唐代審美意象在此維
度上多追求藝術靈動的空無，通過此方式來實現意象時空的審美建構。

　　再次，從形態上來看，虛實相生的時空布局。自中唐之後，劉禹錫提出「境
生於象外」的理論，對虛實關係的探討漸入佳境。他認為在詩文意象中，除了
要展現作品所表達的形象外，還有與之相聯繫的「虛象」，這「虛象」往往是
文學藝術作品有意境有韻味的不可或缺成分。因為「虛象」在美學上可以自由
展現，所以它具有無限的包容性，並且可以引發時間和空間的深遠轉變。弘法
大師引皎然《詩式》語說：「夫境象非一，虛實難明。有可睹而不可取，景也，
可聞而不可見，風也。凡此等，可以對虛，亦可以對實。」〔註107〕一方面，
通過體「虛」而進入到意象觀賞的虛靜心態；另一方面，又「同自然而妙有」，
將「虛」化「實」，以「實」看「虛」。「於是『象外』之『境』的容涵便進一
步擴大了，既可用以指實境以外的想像空間，更可投注於那由實在感知空間和
虛擬想像空間共同導向的詩人內在的情意空間。」〔註108〕因主體內在情意的
注入，因而「境」便也同時具有了時間性的生命和意義，時與空、虛與實融於
其中。所以說，審美之「境」中蘊含了多維的審美想像時空，是虛與實結合的
時空統一體。整個審美之「境」是時間貫穿於空間之中的藝術創思，於時間維
度展現了歷史的發展與變化，於空間中凝結著唐人深刻、廣闊與靈動的藝術審
美理想世界。審美主體借助想像深入於空間之中，從虛虛實實的審美意象建構
中去感知與理解時空，通過「境」中虛實結合的藝術構思和詩意的審美流程來
建構時空詩性。

　　一方面，從「虛」中看審美意象空間，體現為審美心理的打開，時空的詩

〔註106〕金丹元：《禪意與化境》，上海文藝出版社1993年版，第63頁。
〔註107〕〔日〕弘法大師原撰，王利器校注，《文鏡秘府論校注》，中國社會科學出版
　　　　社1983年版，第317頁。
〔註108〕陳伯海：《意象藝術與唐詩》，上海古籍出版社2015年版，第105頁。

性延展。司空圖《二十四詩品・沖淡》云：「素以處默，妙機其微。」〔註109〕「境」中「虛」的審美特性使得所呈現出來的意象時空具有了空間的美、含蓄的美，同時創構出了一個富有想像色彩的深度時空體驗。又如《二十四詩品・雄渾》云：「返虛入渾，積健為雄。具備萬物，橫絕太空。」〔註110〕這裡描述的是一種氣勢雄健、空間壯闊、橫絕千古的意境時空形態。此時的時空伴隨著意象意蘊的生發性和包孕性，可以使人獲得豐富的審美體悟。所謂「虛而萬景入」〔註111〕，通過「虛」的意象創構而實現時空的審美建構，是「境」中時空建構的一個關鍵環節，最終形成的是震撼人心的審美力度。

另一方面，由「虛」映「實」，直至虛實結合，構成了一個時空縱橫交錯的審美世界。虛虛實實，境界全開，韻味自在其中蔓延，而這正是審美意象創構過程的又一關鍵環節。唐人在審美意象創構中尤其注重對虛實之間審美意境時空的建構，從「境」中感受時空在無限審美視域中自由舒展，意從虛虛實實結合的審美餘味時空中把握更深處的道。正所謂「『感興』雖在須臾，『旨歸』卻在永恆。」〔註112〕在「境」的審美建構中暢遊時空，把意象創構過程看作是時空的遊歷，以此縱懷、呈象、造境。如張懷瓘在他書議中所說：「或寄以騁縱橫之志，或託以散鬱結之懷。雖至貴不能抑其高，雖妙算不能量其力。是以無為而用，同自然之功；物類其形，得造化之理。」〔註113〕在這裡，虛空中傳出流蕩，神明裏透出幽深，超以象外，得其環中。

總而言之，「境」是一種意象的時空結構，在這其中的「象」只是觀照的空間，而「境」卻是遊歷的空間，在「得心源」與「師造化」的意象瞬間創構中產生的獨特審美時空體悟。這種體悟融合了物我、天人，超越了時空，悠然自得，就得以產生詩境、書境以及畫境等美妙的審美意境。從主客相融、遠近有無與虛實相生的審美創構中蘊藉了無限時空感。此時的主客、時空、象內象

〔註109〕〔唐〕司空圖：《二十四詩品》，羅仲鼎、蔡乃中注，浙江古籍出版社2013年版，第7頁。

〔註110〕〔唐〕司空圖：《二十四詩品》，羅仲鼎、蔡乃中注，浙江古籍出版社2013年版，第1頁。

〔註111〕〔唐〕劉禹錫：《秋日過鴻舉法師寺院便送歸江陵並引》，選自《劉禹錫集》，上海人民出版社1975年年版，第271頁。

〔註112〕夏昭炎：《意境概說：中國文藝美學範疇研究》，北京廣播學院出版社2003年版，第21頁。

〔註113〕〔唐〕張懷瓘：《書議》，選自〔唐〕張彥遠輯錄，范祥雍校《法書要錄》卷四，上海古籍出版社2013年版，第105頁。

外融為一體，情中含景，景中傳情，情景交融，將審美的情境導向一個能夠引起讀者廣泛深思的審美意象時空。「境」的具體審美構成與層次中展現了獨特時空觀，從須臾片刻的物理時空束縛直到與宇宙人生相照面，於有限的景中傳達無限的情，傳達對人生的感慨，對宇宙的體味，剎那間見終古，微塵中有大千。「境」中時空更顯立體、豐富且意蘊深遠。正如陳伯海在論意象藝術與唐詩時所說：「我們說詩的意境能突破意象的拘限，讓人的詩性生命體驗得到不斷生發與提升的空間。」〔註114〕「境」作為一種獨特時空審美心理結構，它反映了唐人內心深處追求天人合一的審美旨趣，因而具有超越時空的恒定性。它標誌著唐代意象創構論中意象時空建構的完善階段，是審美的一次飛躍，時間與空間在此基礎上也逐漸走進審美化與藝術化的深層維度。

〔註114〕陳伯海：《意象藝術與唐詩》，上海古籍出版社 2015 年版，第 27 頁。

第四章　唐代意象藝術論時空觀

　　「『道』尤表象於藝。」〔註 1〕審美意象時空的美學主題、對時空之本體論認知、在意象創構過程中的時空審美建構都是為了更好地進行時空觀念的傳達，在唐代意象論時空觀中也是如此。唐代意象論中時空最終呈現於各類意象形式的審美感知與體驗之中，它既是客觀物質存在的基本形式，也是唐人在文藝意象創構中對其進行的審美發掘和具象呈現。這是唐代意象論中時空審美的藝術化探究，為理論找尋一個有力、豐富落腳點，將意象時空觀理論研究繼續深入到文藝與美學深處，以此全方位、多角度地對唐代意象論時空觀念以全面理解和深度認知。藝術用獨特審美形態表現著時空、記錄著時空。唐代詩學、書畫、園林以及樂舞等意象在時間的綿延流動中用藝術形式記錄著空間，在這些藝術形式中又流動著生命之氣。它們共同構成了唐代意象鑒賞論中時空的審美內容，這是一個燦爛的意象世界、情意時空，表現了唐人對於審美意象的深度體驗以及對於審美理想的熱烈追求。這些意象形式都在傳達著時空觀念，並統一於審美意象體驗之中。譬如詩學意象追求言外、空靈與想像，在審美建構中凝結著深刻的時空觀念。在唐代書法意象中也呈現了時空觀念，在間隔、通三才與意象化的審美流程中展現時間與空間觀念，書寫唐人對於宇宙和生命的思索和超越。書畫同源，觀之繪畫意象，則會更深入於意象審美品味中，在筆墨中傳遞遠、遊觀、虛靈和寫意。走進園林意象，使人忘卻時空，於縱橫山水的詩意中體悟自性、充實心靈。而樂舞意象則在情境、立體、力線律

〔註 1〕宗白華：《中國藝術意境之誕生》，見《宗白華全集》第 2 卷，安徽教育出版社 1994 年版，第 370 頁。

動的綜合性意象呈現中再一次清晰地展現了唐人的意象體驗時空觀念。在唐代審美意象發展中作為傳統審美規範的意象早已超越了詩歌審美領域，而是拓展到了其他藝術領域，拓展了審美意象的沃土。在這個意象絢爛發展的時代，對於時空呈現也格外引人注目，時空設計與時空表現，不僅是唐詩，也是整個唐代意象藝術論的重要組成部分。

尤為值得注意的是，與意象時空審美建構和本體思維視角不同，此時的意象時空關乎於審美體驗和鑒賞層面，從更深入、細緻地批評維度對唐代意象論中時空觀予以具體化、個案化、層次化以及系統化地闡釋。並非鉅細無遺地展示其時空內容及構成，而是著重探究其時空呈現的特殊方式、美學特質以及時空經營布局。在唐代意象藝術論中時空已經形成自身獨特審美特質，從時間維度打開內在形式的啟示，從空間層面開啟對於外在形式的關注，由表及裏分別從時間、空間觀念角度對審美意象進行全方位地立體化展現。時空審美特質彰顯了唐人獨特審美理想和生命感悟。它生於民族思想之本，泛顯於意象創構之中，昇華於藝術世界裏。不同藝術意象形式呈現出一個詩性審美時空觀鏈條，它們都彰顯了時空的一種「詩性」本位，基於審美意象體驗的時空觀念是唐人生命精神的微觀再現。鑒於藝術意象形式多樣複雜，這裡只選擇其中具有代表性的審美意象類型來進行時空呈現的回溯與探尋。唐代詩學、書畫、園林、樂舞意象都是以一種詩化審美方式對唐代意象論時空以深度打開，是典型的審美意象類型。對於審美體驗中時空觀研究使得唐代審美意象時空觀念從思想本源的探知、審美建構的把握，最終融入到民族審美意象呈現中，將時空之「道」融入到時空之「藝」中，由觀念到實踐。

第一節 「言象立意」的唐代詩學意象時空

唐詩最富詩思與詩美，其時空經營布局更是唐代意象藝術論中的典範，極富深度體驗性和審美鑒賞性。唐詩在登高望遠、上天入地、吐納萬物的時間與空間經營中展現著超越的意象時空觀。「詩的宇宙形式，是借助於意象，將時空結構轉化為意義結構的藝術審美形態。」〔註2〕正如唐虛中《流類手鑒》云：「善詩之人，心含造化，言含萬象，且天地日月草木煙雲，皆隨我用，合我晦

〔註 2〕吳曉：《宇宙形式與生命形式——詩學新解》，浙江大學出版社 2019 年版，第 1 頁。

明，此則詩人之言，應於物象，豈可易哉。」〔註3〕詩學中的觸目之景，大體都是通過主體之心而塑造成具有時空感的審美意象。人與自然相融相契，情感與想像的時空往往會深入到自然的物理時空中，意象時空由此豐富有生機，獲得美妙的審美感受。唐代詩學意象創構的時空之思與時空意識極具深刻美學意義，在「言象立意」之間把握了時空體驗的本真。它在空間上超越具體形色，以此「超以象外」；又在時間上穿透語言外殼，因而「得其環中」。詩學意象正是在時與空的氤氳流化中書寫審美意象藝術論的時空盛景，映現了時代鮮明的審美趣味和民族心理。

一、時間維度：「餘音繞梁，三日不絕」

　　詩學意象時空是關乎於生命感悟基礎上所形成的時空呈現，正所謂「餘音繞梁，三日不絕」，從審美意象時間維度開展對於唐代意象藝術論時空審美的深度體驗。唐詩給人的時空觀感應從它那充滿神秘色彩、縱橫超越的時間來著手，這是唐人生命意識的展現。基於生命感悟的時空觀念往往最能打動人心，以時間帶入空間，產生審美共鳴。比如唐代詩人們往往能從自然萬物的瞬刻照面中把握宇宙極深的審美靈境，從黃葉飄落中感歎時光流逝，從不息川流中悟透自然永恆，從喧囂風雨中體味宇宙至靜深意。由此看來詩人對時空的感知是複雜的，交織著情感的，時間與空間在其世界中有時是無解的。並不著眼於時空之理，而是感悟時間之流逝、感歎人生之多艱，並最終從無盡感傷中掙脫出來已達到對時空的超越體驗。只有在自我不斷追尋與體悟之中，才能剝落時間之表象，打破物我、生死與須臾永恆之間的藩籬，超越時空的限制，以此才能真正在藝術意象時空體驗中獲得對於存在、宇宙與人生的永恆真諦。

　　時空觀念在唐詩中往往抽象為一種宇宙意識，凝結於詩中通過審美意象方式傳達出來，通過叩問原初的審美意象時間來更好地詮釋當下與存在。以時間勾連空間，凝詩意時空體驗於民族審美文化精神中，將時空呈現為富含宇宙意識的深刻圖景。所謂「宇宙意識是人類最根本的意識，是人類與生俱來、最早產生的意識。對宇宙的存在及其運行規律的探索，尋覓宇宙形式、發現宇宙形式、建構宇宙形式，是人類的執著追求。」〔註4〕在唐詩意象中曾多次出現

〔註3〕〔唐〕釋虛中：《流類年鑒》，選自《中國歷代詩話選》，王大鵬，張寶坤等編選，嶽麓書社出版社1985年版，第102頁。

〔註4〕吳曉：《宇宙形式與生命形式——詩學新解》，浙江大學出版社2019年版，第2頁。

「千里」「萬里」「四海」「天地」與「宇宙」等表示時間和空間的詞彙，這種物象所構成的時間場景無疑是唐代詩人恢弘氣度與時代精神的深刻再現。正如初唐張若虛《春江花月夜》中所說「江畔何年初見月，江月何年初照人」〔註5〕，以象徵時間的「江」與「月」等審美意象呈現出詩意美境並結合自身獨特的生命感悟書寫宇宙人生、存在感喟。整首詩以「江」「月」為線索，寫「月」下江流、芳甸、花林、沙汀、遊子與思婦，由月升直到月落，時間感極為強烈；時間流動中空間景物也變化多樣，由大到小，由遠及近，亦實亦虛，最後以遊子思鄉作結。整首詩在時空書寫上錯落有致、層次鮮明，成為了唐代詩學意象中宇宙之間的絕佳代表，書寫了極度深沉的宇宙意識。這種宇宙意識以人生有限與宇宙無限之間的根本性矛盾展開，抒發對於有限人生的悵惘和無限宇宙的憧憬。這其中展現了唐人對於生命存在的真情叩問，暗含了綿延不絕的時間和與之相對應的獨絕廣闊的空間。亦如子昂感遇詩：「登山望宇宙，白日已西暝。雲海方蕩潏，孤鱗安得寧」〔註6〕，通過一種心理時空構造而達到時空意象化的審美效果，書寫宇宙的神秘和永恆，在對宇宙時空永恆的探索中獲得一種超越的生命精神。

誠如前述，以最初對於宇宙審美意象時間的心靈追問，來對存在的審美空間視界以深情感受與體證。從詩學的時間意識出發體悟存在於其中的空間景象，將時代精神盡情展現，時空觀也可以成為時代的印記。正是這樣的意象時空觀念給予我們深刻啟示，引導我們進入一個藝術意象再創造、再闡釋的廣闊審美天地。在唐詩意象發展過程中，晚唐詩學意象在時空觀念呈現上得到了更進一步深度發展，心理時空的開拓和延伸將審美意象導向了一個情思縱橫跌宕的詩意藝術世界，在時代深情抒寫中周遊時空、反思宇宙人生。從意在言外的意象思維中呈現出對宇宙無限、時空無限的一種設想和期許，在詩學意象審美體驗中獲得時空心理上的滿足。總之，時空反映了唐人對於外在宇宙和內在生命的一種思考，所以才會從詩學意象中生發時空、感悟時空，以此超越與縱橫時空，這也是是唐代詩學審美意象時空超越時代的價值和意義所在。

〔註5〕〔唐〕張若虛：《春江花月夜》，選自《全唐詩》第2冊卷一一七，中華書局編輯部點校，中華書局1999年版，第1185頁。

〔註6〕〔唐〕陳子昂：《感遇詩》，選自《全唐詩》第2冊卷八三，中華書局編輯部點校，中華書局1999年版，第890頁。

二、空間維度：「景外之景」

「唐詩是特善於以『神來』之筆表現視野之外的廣闊空間的。」〔註7〕唐代詩學意象通過宇宙意識的抒發開啟了對時空感知的全新維度，將文藝作品中的時空審美以及「景外之景」「韻外之致」在一個新的框架體系中展現出來，以空間帶動時間，展現了立體化詩性的意象時空思維結構。正如司空圖在《二十四詩品》中所提出的「象外之象」和「景外之景」等審美內涵，意在說明時空之美在空間維度表現為景外之景的轉換和象外之象的拓寬，這實質上都是詩學意象時空的審美呈現。唐代詩學意象多擅於塑造「象外」審美追求，其旨歸還是在於對現實存在空間詩意維度地打開，對時空的一種立體化呈現。通過這樣的立體化時空圖示來使人們極大地在詩的廣闊天地間自由遨遊，這也是唐詩經久不衰、超越時代的原因所在。如《二十四詩品》「流動」一則云：「若納水輨，如轉丸珠，夫豈可道，假體遺愚。荒荒坤軸，悠悠天樞，載要其端，載同其符。超超神明，返返冥無，來往千載，是之謂乎。」在作者看來，天地萬物都處於一種循環往復的運動之中，永不停止。如同不斷旋轉的水車，也如同自如圓轉的丸珠，亦或是荒荒的地軸、悠悠的蒼天。所以說詩人只有理解宇宙和空間的精神實質，使精神實質與天地之道渾然一體，才能與道俱往創構出「象外之象」的詩歌。

顯然，唐詩氣象的渾厚開闊與其展現的空間感密切相關，在空間維度上營造出「景外之景」以滿足人們對於藝術意象時空體驗的審美心理。正因為唐詩所描繪的空間是恢弘深遠的，所以展現了時代闊大的美學精神。與此同時空間的深遠又在於空間的流動之感，即空間中的時間運動。如此通過「景外之景」「象外之象」，唐詩獲得了超越的時空觀感，是一個富含生命律動的時空盛景。這些都成為了意象時空層面的表徵，即在廣闊空間中感悟時間，在浩瀚宇宙間品味歷史，在審美深處把握意象本體之道。這種時空感既不同於魏晉玄想中的人生思考，也不同於道德理性下的人生實踐，而是唐人特有的生命情懷、詩情宇宙、情意時空。所謂「中國古代的詩畫藝術、特別是唐詩中的時空觀念，既導源於這種全整律動的宇宙意識，同時，又是對這種哲理玄思的富有生命情調的永恆呈示。」〔註8〕如果說唐代詩學意象在時間上給人以無盡的悠遠回味，

〔註7〕李暉：《以恢宏深遠為美——論唐詩的空間描寫藝術》，學習與探索1993年第1期，第112～116頁。
〔註8〕李浩：《大唐風度》，華文出版社1997年版，第41頁。

那麼在空間上則是廣闊的視覺盛宴，時空於是走向情感的縱深。

三、時空一體：「氤氳流化」

　　唐代詩學意象時空觀念極其具有代表性，詩歌就是時空合一的美學展現，在唐詩意象中蘊含了豐富時空觀念。對於時間與空間的思慮、感知以及想像都化作一種審美意象展現在詩歌中，形成一定心理積澱，久而久之就與哲學、思想文化等深度融合，融進了時代血液。唐代詩學意象集中體現了時空合一的深刻審美主題，並將時空觀念逐漸導向神秘的情感化方面，使人在品味時空之美的同時也陷入對時空之藝術維度品鑒的深度思索，具有一定精神時空的超越意味。在宇宙詩意書寫中呈現對於審美意象時空的想像和感知，時空存在於唐代詩學意象的一心之體驗中。詩學體驗時空的方式本身就蘊藉著審美自由和心靈感悟。誠如黑格爾在其美學中說到：「詩藝術是心靈的普遍藝術，這種心靈是本身已得到自由的，不受為表現用的外在感性材料束縛的，只在思想和感情的內在空間與內在時間裏逍遙游蕩。」〔註9〕

　　首先，時空在詩學意象表現方式中融匯了情感含量，彰顯出一種深刻而又複雜的生命體驗。這成為了唐代審美意象中時空深度體驗與鑒賞的一個重要層面，亦是審美主體心理的一種延伸和拓展。以時空合一來表現寥廓悠遠的宇宙意識以及孤獨悵惘的人生情感在唐詩中始於陳子昂《登幽州臺歌》──「前不見古人，後不見來者。念天地之悠悠，獨愴然而涕下。」〔註10〕雖寥寥數筆卻也能使得眼前之景象展現出蒼茫空曠的審美時空效果，其中「前」與「後」是審美意象中的時間層次，而「天地」與「獨愴」則是空間對比，從時空相襯角度來看天地茫茫、宇宙無限，頓生悲涼感慨。又如杜甫《秋興八首》組詩中也蘊含了極其發人深省的時空意識，處處是往昔與當下的時空對比，在對過去之景象與當下之情境的兩相比較中抒發對不可見前路的悲涼。再如《詠懷古蹟五首》其一「支離東北風塵際，漂泊西南天地間」〔註11〕，其中「風塵際」指代時間，而「天地間」又暗喻空間，在審美意象體驗中時空深度結合，共同將審美意象時空藝術化。如此，時間與空間相連貫通，又在時空對比而產生的審

〔註9〕〔德〕黑格爾：《美學》第一卷，商務印書館1971年版，第109頁。
〔註10〕〔唐〕陳子昂：《登幽州臺歌》，選自《全唐詩》第2冊卷八三，中華書局編輯部點校，中華書局1999年版，第899頁。
〔註11〕〔唐〕杜甫：《詠懷古蹟五首》，選自《全唐詩》第4冊卷二三〇，中華書局編輯部點校，中華書局1999年版，第2510頁。

美張力中體現出了意象創構個體強烈的情感性，時空在這情感蘊藉中迴旋往復，超以無極。從以上分析中可以看出唐人在審美意象創構中已經熟練運用時空合一的思維去勾勒意象、營造氛圍、抒發情感，並將審美意象時空體驗抒發到極致。

其次，由於情感的注入，在審美體驗中倍增了時間與空間的容量，感觸了時間與空間的韻味綿長和心靈律動，藉以表現主體審美意趣，這就是唐詩經久不衰的魅力所在。如葉燮在《原詩》中說：「則幽邈以為理，想像以為事，惝恍以為情，方為理至、事至、情至之語。」〔註12〕在唐代詩學意象中從現有物質時空中開拓出一片情感藝術世界來，使得詩情具備了廣闊馳騁的空間，層層推移，情深綿邈，體現了鮮明時代情感性。正如有學者所說的那樣，「詩的時空美學作用，還在於它可以使作品獲得鮮明的時代感。」〔註13〕也因此唐代詩學審美意象在彰顯時空的深度之美、哲理之思與宇宙之道方面堪稱典範，凸顯了時代整體美學特色，這是一個時空自由縱橫的藝術審美世界。在這個藝術審美世界中時空獲得了重塑和超越，人們在詩學意象鑒賞中憑藉著時空想像實現了主體審美維度的精神自由。

第三，值得注意的是，在塑造時空情感化層面佛禪文化為唐代詩學意象時空注入了靈動的禪味和深情，在時空中品味禪意與美境。禪宗「空觀」模式深刻地影響了唐代詩學意象中的時空體驗，這種時空觀念不同於儒、道，而發展為靜默中的直觀、深情中的頓悟。《金剛經》中說：「一切有為法，如星、翳、燈、幻、露、泡、夢、電、雲，應作如是觀。」〔註14〕佛意禪心為唐代詩學意象時空增加了詩意的審美體驗，在通向時空審美自由的路上愈走愈遠。這裡不得不提到王維，他受佛禪影響頗深，擅於寫詩作畫，所以能對客觀外物以一種靈心悠然的審美心態靜默觀察，在時間片段和瞬間中表現空間的並存性和廣延性。受佛禪思想深刻影響，王維審美心理中蘊含著十分獨特的宗教時空意識，追求一種超越現實的理想時空，以展示頓悟之後的永恆，以實現主體的精神超脫。如他著名詩句：「大漠孤煙直，長河落日圓」〔註15〕，詩人巧妙地捕捉剎那間並列在空間中的物象，通過富有層次感、立體感的構圖展現出大漠雄

〔註12〕〔清〕葉燮：《原詩》，霍松林校注，人民文學出版社1979年版，第32頁。

〔註13〕李元洛：《詩美學》，江蘇文藝出版社1987年版，第387頁。

〔註14〕王孺童譯注：《金剛經・心經釋義》，中華書局2013年版，第201頁。

〔註15〕〔唐〕王維撰，〔清〕趙殿成箋注：《王右丞集箋注》，中華書局1961年版，第156頁。

渾、寥廓的壯觀景象,這是一種超越時空的詩美境界。唐代詩學意象中不乏這樣的時空觀念顯示,如「行到水窮處,坐看雲起時」〔註16〕一句,人生的喜樂哀愁都會在時間與空間變化中隱去,水窮雲起似乎也是一種絕佳意象,永恆而真實的還是那內心的自在寧靜。這審美意象本就是時間與空間的鋪排與疊合,主人公的情感情緒融入時空並交織成一體化的情感世界與人生境地。

總之,時空觀念在唐代詩學意象中得到了鮮明體現,「這是一種以心靈運思的空間,境界形態的空間。」〔註17〕在「立象以盡意」的詩學意象中蘊含著極豐富、無窮盡的時空彰顯,與審美意象的創構和體驗相伴相生。唐代詩學意象更多的是對人類心靈世界的探測,在心與物之間往復迴環流動的時空感是生命意識的展現,從根深上體現了唐人的浪漫情思。人們在審美意象品讀中由瞬間的微點直接通達永恆的頓悟,由時空的表層走向時空的縱深,這本質上就是一個超越時空的藝術意象世界。所以說,時空就是唐代詩人心中的意象世界,蘊藉著情感,體現著韻律,彰顯著宇宙詩性。

第二節 「意象化」的唐代書畫意象時空

書畫同源,「異名而同體」。張彥遠《歷代名畫記》說:「是時也,書畫同體而未分,象制肇創而猶略。」〔註18〕唐代書畫意象亦蘊含了深刻的時空觀念,時空以「意象化」方式呈現在審美意象體驗之中。在書畫世界中的時空自是一片審美詩意天地,從中不僅體現了唐人的思維方式和審美理想,也在文化深層展現了古典藝術意象的審美特質。唐代書畫意象中的時空呈現是審美主體在自然山水時空基礎之上獲得詩性頓悟,並形之於手的意象創構結果,飽含了唐人的審美心胸和精神氣質,最終達到的是神與物遊的時空無限享受。即在時空思緒上宛若神助,將時空轉化為詩意的藝術呈現,蘊藉著審美詩性。

審美主體通過時空自覺的藝術呈現,將詩意存在帶入書畫藝術意象時空裏。隨著主體思維變化的意象時空與主體內在審美意識的「情」「理」融合,時間的審美感知帶動空間的動態美感,融匯成一片詩意的時空圖畫。唐代書畫

〔註16〕〔唐〕王維撰,〔清〕趙殿成箋注:《王右丞集箋注》,中華書局 1961 年版,第35 頁。

〔註17〕蕭馳:《詩與它的山河:中古山水美感的生長》,生活·讀書·新知三聯書店 2018 年版,第 472 頁。

〔註18〕張彥遠:《歷代名畫記》,中華書局 1985 年版,第 8 頁。

意象時空正是來自於主體內在審美意識的想像和超越，與之共遊，體驗於其中。這裡集中體現為「陰陽變化」「筆墨特徵」以及「以空間帶入時間」等多樣化意象時空呈現方式，呈現於書法和繪畫意象中又有獨特的審美時空表現，於書法中體現為「通三才」與「意象化」的時空經營，於繪畫則表現在虛實遠近的取捨、墨色構圖的審美時空映現。在這個審美過程中，人們的審美體驗逐漸由「形」而轉化為深刻的「意」。這裡尤為注意的是對於時空呈現方式的關注，已經遠遠超越了時空內容本身。

一、書法——通三才、意象化

唐代書法意象已經逐漸從實用功能走向了獨立藝術審美世界，獲得了藝術靈性，正所謂「通三才之品匯，備萬物之情狀。」唐代書法意象在虛實相生中將審美意象空間拓展開來，給人以筆墨既出、書盡萬千時空的宏大時代主旋律和壯美藝術感受。唐代是書法意象極其發達的年達，張懷瓘被譽為論書法意象第一人。在他的書法意象探究中已經暗含時空性因素，諸如「猶千里之跡，邈不可追」〔註19〕「仰觀奎星圓曲之勢，俯察龜文鳥跡之象」〔註20〕等等，時空觀念已潛藏於意象生發之中。又如唐代草書最能凸顯時空觀念，在流轉自如的筆意書寫中通過有限的線條姿勢創生出了許多藝術空間，與此同時開啟了無限精神自由的審美心靈空間，體現了主體深度的意。唐代書法意象講求意象的奧妙、神妙，由此展現了多層次意象時空，是審美意象主體情意的鬱結與馳縱、擁抱與超昇。唐代書法意象在意象時空建構中創造出了最能象徵審美主體心靈的時空圖示，彰顯了時代整體美學精神。

首先，書法同於詩文有抒情表意的功能，同時它又是一種展現客觀精神的藝術，它是對宇宙根本大道——陰陽變化的模仿與體察。正所謂「跡本無為，稟陰陽而動靜，體萬物以成形。」〔註21〕又如孫過庭在《書譜》中所說：「情動言形，取會風騷之意；陽舒陰慘，本乎天地之心。」〔註22〕可以說整個世界就是陰陽二氣共同化生的結果，它本身其實也是一種時空意識的萌芽，是對宇

〔註19〕〔唐〕張懷瓘：《文字論》，選自張彥遠輯錄，范祥雍校《法書要錄》卷四，上海古籍出版社 2013 年版，第 109 頁。

〔註20〕〔唐〕張懷瓘：《書斷》，選自張彥遠輯錄，范祥雍校《法書要錄》卷七，上海古籍出版社 2013 年版，第 161 頁。

〔註21〕〔唐〕虞世南：《筆髓論》，選自《歷代書法論文選》，上海書畫出版社 1979 年版，第 113 頁。

〔註22〕〔唐〕孫過庭著，鄭曉華編著：《書譜》，中華書局 2018 年版，第 145 頁。

宙人生之道的高度精湛概括。書法意象時空之魅力就在於一方面它能在有限點畫空間組合中體現無限的可能性，通過陰陽變換點化時空；另一方面它又是以靜態點畫空間的方式極盡推移變化之能事，將造型充分呈現，妙在於有限與無限、動與靜的組合變化間獲得審美回味和反思。唐代書法意象在筆墨與空間上追求虛實相隨、陰陽相生，始終把體現生命力精神作為藝術的追求所在，主體也在氣運流通的生命體悟中與整個宇宙時空融為一體。

其次，唐代書論家們借助書法意象的「有形之形」來表現「無窮之意」，以彰顯「象外之象」以及「象外之意」。所謂「同自然而妙有」，既然是「妙有」，也就會呈現出「虛」與「實」的相互融合、時間與空間的相互沉澱，因而生發出無限的審美時空可能性。唐人在書法意象中尤其注重塑造一種時空的美感，在黑白的水墨之間產生靈活生氣的空間效果和時間運思。體現為從空間的線條舒展開始，經由時間層面對線條的有機整合與重塑，使得書法空間呈現出時空兼備的審美體驗理路。譬如李白評價懷素作品時曾說：「恍恍如聞神鬼驚，時時只見龍蛇走。左盤右蹙如驚電，狀如楚漢相攻戰。」這其中隱含了深刻的意象時空觀念，其中龍蛇之走表現出一種強烈的時間感，而左盤右蹙則是一種空間方位的顧盼，在這藝術意象體驗中包含了豐富轉換的時空內涵。唐代書法意象的審美體驗體現了時間與空間互相交叉展開的審美流程，以空間表徵帶入時間內涵的審美思路呈現出意象時空審美效果。通過書法意象這一特殊視覺藝術來對時空觀進行加深理解，在線條流動中完成了空間框架的構成。

再次，唐代書法藝術意象已經完全突破了形式束縛，人們對它的意象塑造直接走向了「通三才而備萬物」的審美理想。「通三才」與「意象化」的位置經營體現了時、空的一種超越，給人以強烈的生命體悟、情感追求和心靈躍動。「一切藝術都有一最高境界，即『天隨之』的自由境界。」〔註23〕唐代書法意象中的時空即是這樣的自由境界，書法意象中的「體五材質並用」意在體用一併，心手無間，創造出沒有終極的藝術意象形態。正因為沒有詩畫意象題材、情節的限制，所以可以實現最大自由的審美變化，將整齊排列的佈陣變成最自由、最活躍的時空形式。在空間感書寫中發揮審美主體的創造與想像，使得鑒賞者在空間形式的表現中獲得時間性體悟，亦即「或寄以騁縱橫之志，或託以

〔註23〕李春青、李珺平主編，謝思煒著：《隋唐氣象》，北京師範大學出版社2009年版，第81頁。

散鬱結之懷。」〔註24〕由此超越了時間、空間侷限而悠然超然，獨往獨來，超越了現實時空同時進入到廣闊意遠的藝術意象時空裏。所謂「情馳神縱，超逸優游。」〔註25〕唐代書法意象超越了對外在自然物象的模擬，構築了一個蘊含形式理性與生命情韻的意象時空。這就在時空視域通向了無限的審美主題特質，展現了深度的「道」與「氣」。這是一個時空超越的詩意世界，唐代書法意象的時空抒發展現了唐代美學博大與包容的審美精神與時代精神。

　　總之，書法在唐代取得飛躍進展，與傳統詩文意象一樣，同是書寫宇宙天地之文。在天地之道、宇宙之象與生命之情的互動互生中凝聚時間與空間性，展示於書寫之意象中。唐代審美意象中的時空感悟逐漸增強，遠遠超越了前代自限性的時空呈現，時空逐步走向了無限延伸的社會和歷史深層。即審美意象中融入了唐人的時空情思，從書法意象時空中解讀唐人對於宇宙與生命的審美形塑，從書法意象時空中品味意象萬千的外在世界，更從舒展靈活的變換線條中表現深遠獨絕的宇宙意識。書法家的主觀精神世界展露於所呈現的審美意象中，從時空觀念處理中可以看出唐人的任情恣性，詩化語言，詩化人生，詩化世界，正如張懷瓘在《六體書論》中說到：「獨照靈襟，超然物表，學乎造化，創開規矩。」〔註26〕在唐人眼中的書法意象是有生命的形式，從中可以稟陰陽、動靜，體萬物而情發，這是一個動態的空間變化過程。與此同時從空間的線條變化中也可以悟出時間性的特徵，這也是古典書法意象給予當下美學時空研究的深刻啟示。

二、畫——虛實遠近、墨色與構圖經營

　　陰陽變化、筆墨特徵與時空轉換在唐代繪畫意象尤其是水墨山水畫意象中也得到了充分展現。在繪畫中空間是一種感受，或者說是一種感覺的形式。唐代繪畫意象蘊藉了十分豐富的時空觀念，它們構成了一種審美思維範式，體現在畫論中。如王維《山水論》中云：「凡畫山水，意在筆先。丈山尺樹，寸馬分人。遠人無目，遠樹無枝。遠山無石，隱隱如眉。遠水無波，高與雲

〔註24〕〔唐〕張懷瓘：《書議》，選自《歷代書法論文選》，上海書畫出版社 1979 年版，第 148 頁。

〔註25〕〔唐〕張懷瓘：《書議》，選自《歷代書法論文選》，上海書畫出版社 1979 年版，第 148 頁。

〔註26〕〔唐〕張懷瓘：《六體書論》，載見〔清〕董浩編《全唐文》第 3 冊卷四三二，〔清〕董浩等編，孫映逵點校，山西教育出版社 2002 年版，第 2613 頁。

齊。」〔註27〕在形象化的言語等媒介之外傳達出深長意蘊，在有限時空裏傳遞出深遠的宇宙精神是繪畫意象時空觀的精髓所在。中國古典繪畫意象自唐代始才漸漸有了對時空系統化和審美化的完善意識，無論是從理論上還是實踐上。時空美感呈現逐漸成為繪畫意象的美學追求，具體體現在虛實遠近與墨色構圖經營的意象時空呈現上，展現了闊大廖遠與境域化的時空觀感。

　　首先，唐代繪畫意象源於外界，卻成於內心，是主體心靈藝術化、意象化的時空彰顯。經過神思與想像、成象與造境的繪畫意象時空具有了自身獨特審美表現，展現為於筆墨空靈之間神思飛躍，最終又超越於筆墨之外的時空審美經營。這種時空性經營體現了唐人對宇宙世界的詩意探索，是唐人心靈、精神得以充分釋放的廣闊空間。在繪畫意象中，主客心靈匯通，進一步拓展了時空域界。尤其中晚唐以來佛意禪見的滲透，使得文人衷情於山水意象，在尺幅天地中塑造關於人生、關乎自由的水墨山水畫意象，開啟了審美意象時空的新維度。水墨山水畫意象突出體現了唐代繪畫意象中的時空呈現，在詩意的水墨之間時空也變得靈動和詩意。如大畫家吳道子揮毫圖壁，如通幽冥，才思之敏捷，為天下佳傳，在時空恣意中把握宇宙之大道。在詩意山水之間，時空自然展現出一片審美靈境。

　　其次，虛實遠近中闊大與廖遠的時空呈示。唐代繪畫意象中水墨山水畫意象在樸素的水墨形式中展現了深刻時空觀念，其著重「空白」與「構圖」，在運墨五色、虛實遠近的水墨形式中呈現出時空闊遠之美感。這裡以王維為例說明。其《山水論》曰：「遠人無目，遠樹無枝，遠山無石」〔註28〕，利用虛實遠近之間的變化來實現畫家對空間的審美尺度經營。在王維的水墨意象世界中，那虛白的帛紙上映現的山水、花鳥、樹石等都滿載著無限的深意與無邊的深情，如「夫陰陽陶蒸，萬象錯布。」〔註29〕又如朱景玄在《唐朝名畫錄》中說：「蓋以窮天地之不至，顯日月之不照。揮纖毫之筆，則萬類由心；展方寸之能，而千里在掌。」〔註30〕在唐代水墨山水畫意象中，時空具有了靈性、超脫的審美表現，於詩情中獲得了情感的深度，於畫意中體驗著宇宙的無際。唐代山水繪畫意象通過筆墨渲染將宇宙間萬象攝入筆端，凝結於畫幅中，表現了

〔註27〕〔唐〕王維：《山水訣山水論》，人民美術出版社 1959 年版，第 1 頁。
〔註28〕〔唐〕王維：《山水訣山水論》，人民美術出版社 1959 年版，第 1 頁。
〔註29〕〔唐〕張彥遠：《歷代名畫記》，中華書局 1985 年版，第 72 頁。
〔註30〕〔唐〕朱景玄：《唐朝名畫錄》，四川美術出版社 1985 年版，第 2 頁。

宇宙時空的亙古綿長。這是唐代意象對宇宙時空的有感而發，時空在此超越了物理性，完全心靈化、生命化了，成為了唐代意象創構過程中不可或缺的重要表達。通過種種情態、形色的物象來實現對於時間和空間的勾勒，給人以遨遊時空的心靈感受。如果說魏晉以前繪畫意象時空觀念還尚在一個形成的階段，闊大廖遠的時空觀感還未完全形成，那麼到了唐代這種情形得到了極大推進和改觀，時空被美學化地極度書寫和展示。山水從人物中逐步脫離出來，蔚然大觀，形成一個水墨渲染的詩意時空視界。

　　第三，墨色構圖經營中境域化的時空觀感。時空觀念就在這水墨山水形而上的玄思中得以產生，體現為主體心中之意、客觀外在之象與詩情畫意之境的時空思維結合，從寫意、味象與品境中體悟審美時空自由，是立體化的審美意象時空體驗。唐代繪畫意象具有了書法美，在線條流動中營造了時間性，體現了書法藝術時空的抒情特徵。時空觀念源自審美主體的意想，在繪畫中也任遊其中，展現了鮮明的時空變換和時空審美創造。如唐代花鳥畫中往往將不同時節、空間場景的物象融匯到一起，這是繪畫的一種詩化，同時也是時空的一種審美構圖經營。在詩意的繪畫創構中實現審美共情、時空穿梭，實現了心物共生的審美感知體驗。在人們體道、悟道的過程中建構的審美意象時空，將時空之境、審美之境與天地之境完美融合一體，亦即所謂的「外師造化，中得心源。」〔註31〕唐代繪畫意象在意境時空營造中表現了渾然一體的詩意宇宙，在通幽冥的審美才思中縱情時空。

　　誠如前述，虛實遠近、墨色構圖中的時空詩情展現是唐代繪畫意象的精髓所在。獨特的唐代繪畫意象時空表現出了中華民族的自然審美觀念。在唐代繪畫審美意象中虛實與空白的審美時空蘊藉深遠，意境深幽，使得人們在獨具特色的審美體驗中感受到了時空的遊刃自如、變化杳冥。唐代繪畫意象通過時空的描繪來溝通天人，實現理想化的審美境域。它的時空觀念並非存在於畫幅之內，而是靠審美主體主觀想像的意象性思維，以此開拓出一片意境空間。也就是「從有限中體現無限，從畫境中再置化境。」〔註32〕

　　總之，在唐代書畫意象中時空具有了超越宇宙的審美意味。在筆墨書寫中

〔註31〕〔唐〕張璪：《文通論畫》，選自俞劍華《中國畫論類編》，人民美術出版社 1957年版，第 19 頁。

〔註32〕金丹元：《以佛學禪見釋「意境」》，雲南民族學院學報 1991 年版第 1 期，第 61 頁。

所呈現出來的審美意象時空似乎更加使人充滿探索地熱情，時空就在這一陰一陽、一溝一壑、亦虛亦實的審美書寫中呈現，體現了與傳統詩文意象不同的審美時空呈示。時空的筆墨書寫中蘊含了唐人的審美之情和宇宙之思。與此同時唐人的宇宙觀進一步呈現出與天地融合，與萬物並生的審美特質，在詩意的意象描摹中塑造審美意象時空的立體思維。

第三節 「借景經營」的唐代園林意象時空

園林意象被稱為「立體的詩」。唐代園林意象與唐詩意象有著緊密的內在聯繫，在唐代園林意象中也蘊藉著和唐代詩學、書畫意象類似的時空觀念，它們共同構成了唐代意象藝術論時空觀的多元審美呈現。在園林意象中唐人通過對山水、亭臺、樓閣等自然物象的借景經營與布局，在時空藝術化呈現中塑造了境心相遇的時空美感，展現唐人的生命情懷和閒適情趣。唐代文人追求「閒適」的審美情趣，對待時間也表現出悠然的心態，所以文人筆下的種種審美意象也都表現出了對時間與空間的淡然處之。諸如對時間的短暫與永恆、對宇宙的有限與無限、對生命的定與不定等因素在某個特定場景中相遇契合為一，以「須臾體驗」的方式透過一個個時空意象傳達出來，生成了妙合的時空視野。這在園林意象中表現得最為明顯，園林並非一個純粹的物態空間，而是一種境界的興發與感會，其中也體現了意象時間因素，通過時、空的境心相遇實現唐人對於現實生命與宇宙人生的深度體認。

一、時間處理：「白雲流水自相依」

唐代園林意象注重借景經營與精緻布局，妙然一副時空圖景，詩意盎然，畫意悠遠。唐代文人極樂於裝飾自己的官舍和亭苑，這是他們舒卷性情的理想場所，也是文人寄寓隱逸情趣的詩意時空。正所謂「白雲流水自相依」[註33]，在唐代園林審美意象中文人建造軒臺堂室以觀山臨水、布置假山松林以親近自然、鋪設幽林小徑以遊目騁懷，滿足在時間上的審美享受。如柳宗元提出「遊之適，曠如奧如」，指文人在園林時空裏適獲自心，在山水之間品味心靈的閒適。又如劉禹錫「吏隱亭」，在小小庭院內卻也能感受到與宇宙同吞吐的詩意與自足，從有限觀之無限，從當下回溯歷史，在瞬間看透永恆。

〔註33〕〔唐〕徐夤：《閒》，選自《全唐詩》第 11 冊卷七一〇，中華書局編輯部點校，中華書局 1999 年版，第 8263 頁。

誠然，園林表面空間很小，卻可以獨立自足、自在舒卷，在審美意象體驗中將時間無限觀念傳遞出來，凸顯詩情與畫意。所謂「不管人間是與非，白雲流水自相依」〔註34〕，徜徉於無限流動的審美意象時間裏，怡然自適。唐代私家園林獲得了深度發展，以滿足唐人豐富的精神需求和審美享受。譬如王維的輞川別業、白居易的廬山草堂以及李德裕的平泉山莊，這些著名私家園林以自然風光取勝，將私家別業打造成如詩如畫的詩意時空。在這個詩意時空裏可以體悟到從有限到無限的審美體驗，從當下時空領略到心靈所憧憬的無限風景。私家園林正為人的時空突圍提供了極佳場所和氛圍，山光水色、假山奇石、茂林修竹都是唐代園林意象中的別樣天地，徜徉其中可強烈感受到唐人發現美、崇尚美、感悟美的審美心境和審美理想。

二、空間布局：「閒中方寸闊於天」

園林意象發展到唐代已經形成一套完整的審美體驗方式，通過借景、布局營造了一個別有洞天的詩意世界。唐代園林意象獨特的空間布局將審美意象時空的體驗性以更全面方式打開，從時間到空間，在方寸間體詩情。正所謂「閒中方寸闊於天」〔註35〕，從園林意象中品味從有限抵無限的審美意象時空感受。

第一，在唐代園林意象中「一勺」之地卻有「萬頃陂」之勢，從有限物理空間中可以顯現出無限風光來。不得不說欣賞唐代園林藝術意象，也能使人感受到充滿詩情畫意的時空之「境」，此種境界集中體現了意象時空的詩性營構。如《全唐詩》中「日日愛山歸已遲，閒閒空度少年時。余身定寄林中老，心與長松片石期」〔註36〕「刳得心來忙處閒，閒中方寸闊於天」〔註37〕等詩句描繪。這裡展現了時間與空間的相對性，時間的長短、空間的大小全在主體的心境意緒。時空在此似乎成為了想像中的存在，人們對待時空可以隨心所欲且不受客觀外部環境的影響。正如李德裕詩歌中所描述的那樣：「五嶽徑雖深，遍

〔註34〕〔唐〕徐夤：《閒》，選自《全唐詩》第 11 冊卷七一〇，中華書局編輯部點校，中華書局 1999 年版，第 8263 頁。

〔註35〕〔唐〕杜荀鶴：《題德玄上人院》，選自《全唐詩》第 10 冊卷六九二，中華書局編輯部點校，中華書局 1999 年版，第 8022 頁。

〔註36〕〔唐〕靈澈：《西林寄楊公》，選自《全唐詩》第 12 冊卷八一〇，中華書局編輯部點校，中華書局 1999 年版，第 9217 頁。

〔註37〕〔唐〕杜荀鶴：《題德玄上人院》，選自《全唐詩》第 10 冊卷六九二，中華書局編輯部點校，中華書局 1999 年版，第 8022 頁。

遊心已蕩。苟能知止足，所遇皆清曠。」〔註38〕文人心中閒適所以能夠將物象時空審美化、心靈化。又如輞川別業中通過鹿柴、竹里館、辛夷塢等物象設置以進行審美意象空間布局並最終形成超越於物象的心靈空間，再由悟性感發而進入一片審美詩意天地，此時空間是心境的展現。

所以說，一假山、一小池、一竹林便是一個詩意空間視界，其立意乃在於模象於滄溟。唐人擅於將園林生活體驗寫進詩中，以體驗其經營布局的亦虛亦實、亦近亦遠、形神相親。如元稹《幽棲》云：「壺中天地乾坤外，夢裏身名旦暮間」〔註39〕，又有司空圖《丁未歲歸王官穀》云：「將取一壺閒日月，長歌深入武陵溪」〔註40〕等等。以小觀大的空間審美意趣融匯到園林意象之中，時空審美也逐漸臻於高境。通過詩意之思陶醉於自娛自足的審美意象空間裏，於假山、穿竹、雲月之欣賞中感悟野趣禪心之所寄，從中把握閒中方寸闊於天的詩意審美空間體驗。

第二，唐人的空間觀念在園林意象中得以提高和擴大，既開闊又豐富的審美意象空間滿足了唐人的審美期待視野。審美意象空間於唐代園林體驗之中無形彰顯了「心性」的審美特質，透露出了情意的含量，人與外部空間的親近接觸更加表現出唐人的閒適與從容。從一山一水、一花一木中品悟出萬物本一體，空間無間隔的審美感觸，將有形之景與無形之意溝通起來，妙然一副詩意圖景，彰顯了宇宙的本體道性。唐代園林意象中的審美意象空間體驗是時空審美的藝術化書寫和表現，也是有唐一代詩性時空觀念的成果展現。以此在不斷打開的審美意象空間中暢遊，體驗到人與外部環境的和諧共在，並在這藝術審美體驗中主客獲得共情與超越，是時代美學精神的詩意再現。唐代園林意象同詩學、書畫意象一起再一次體證了意象時空的美學性與詩意性。

總體而言，在園林審美意象空間體驗中唐人獲得自適和超脫，使得空間凝聚著詩意探索和無限超越。意象時空觀成為了時代性和美學性的真實寫照，主體在藝術化的審美發現中愉悅自身，在審美愉悅中得到心靈昇華，於心靈昇華中獲得精神滿足，以此縱橫時代、幻化詩思，在審美意象時空中走向了境心相遇。

〔註38〕〔唐〕李德裕：《春暮思平泉雜詠二十首‧自敘》，選自《全唐詩》第 7 冊卷四七五，中華書局編輯部點校，中華書局 1999 年版，第 5443 頁。

〔註39〕〔唐〕元稹：《幽棲》，選自《全唐詩》第 6 冊卷四一一，中華書局編輯部點校，中華書局 1999 年版，第 4568 頁。

〔註40〕〔唐〕司空圖：《丁未歲歸王官穀》，選自《全唐詩》第 10 冊卷六三二，中華書局編輯部點校，中華書局 1999 年版，第 7297 頁。

三、時空的境心相遇

在詩意的唐代園林意象體驗中，整個意象時空既與宇宙豁然相通的同時又自我獨立，展現了深度的審美詩意天地，時間與空間於此完成了境心相遇。在園林意象的審美體驗中，一是空間上的，一是心理時間上的，它們構成了意象時空審美的兩元，尤其被唐人所推崇。如白居易《草堂紀》云：「樂天既來為主，仰觀天，俯聽泉，傍睨竹樹雲石，自辰及西，應接不暇。」〔註41〕通過視覺與感官將現實有限時空與宇宙無限時空連接在一起，主體在與自然的深度相合中體驗心物一體、時空合一的審美感受。正如記成《園冶》所說：「納千頃之汪洋，收四時之爛漫。」〔註42〕文人在這「壺中天地」間感受時間和空間的流動、變化，品味詩意和意境，最終獲得靈魂徹悟，並在審美本源上深度體道。

唐代古典園林意象追求一種於平滑而流動的時間和空間過程中做曲線展開的美感，將存在空間審美化為時間維度上的綿延，以此來展現文人內心的精神世界與審美追求。這是一個靈動的詩意時空存在，是唐人在現實時空之外尋覓的一方樂土，在時間上彷彿是「沕漠之初」，在空間上則是「天地之外」。在唐代園林意象的審美體驗之中，由外到內，由淺入深，由物而我，在時空境心相遇中探測自然山水的詩意之美。通過眼下審美空間的凝思而通達生命時間的精神維度，在意象時間的審美反思中又回到當下的審美空間。如此循環往復，意象時間與空間在自由自在的精神世界中得以自由舒展。園林意象展現了唐人對於生命的感懷、對於人生的詩思，對於當下和過往的體味以及對於存在空間的詩性觀照。

這裡亟需注意的是，佛禪「芥子納須彌」與道教「壺中天地」等思想為唐中隱園林提供了思想基礎。道家為唐代園林意象提供了一個「仙境」審美範式，深度展現了道家思想文化對唐代意象論中「境」的時空影響。園林藝術意象所呈現的「境」，是客體時空與精神時空在人的審美追求中所達到的交匯。又如受佛禪影響，唐代園林意象追求一種空有圓融的時空境界。園林之「境」注重對現實時空的超越，以達到文人心目中所追求的超越自身和超越生命的審美目的。正如歷史文獻所記載的那樣，唐代園林中的意象組合無一不是接天連

〔註41〕〔唐〕白居易：《草堂記》，選自《白居易集》，孫安邦，孫蓓解評，山西古籍出版社 2005 年，第 279 頁。
〔註42〕〔明〕記成：《園冶‧園說》，中華書局 2011 年版，第 27 頁。

地，展現宇宙深度空間的寫照，最終呈現出人與境合的時空圖景。

　　總之，唐代本身就是一個詩化的時代，不僅體現在傳統詩、書、畫等意象中，同時也展現在園林審美意象裏。唐代園林意象中的時空觀念已經具備了詩化表徵，在時空審美境域中書寫唐人的生命感懷。時間與空間的書寫極具詩情和畫意，以「詩性」為審美旨歸，同時意境化的時空觀感也決定了其詩性審美特質。如此，時空詩意地存在於唐代審美意象理論中，並呈現為多樣化的時空審美形態。在審美意象中時空突破了有限的限制，直抵無限的審美境界，是存在的藝術化彰顯。這是唐代意象論獨具的詩情畫意，也是唐代意象論時空的獨特之處。在意象時空的建構中以「意」為尚，縱情呈「象」，深度造「境」，在不斷拓展的意象時空中尋求審美的本根，體悟宇宙本體之道。

第四節　「力線律動」的唐代樂舞意象時空

　　唐代樂舞藝術意象已經形成了一個空前絕後、包容百家的博大體系，其蘊藉的意象時空觀在力線律動的藝術化呈示中彰顯著時代獨特的詩性。所謂「力」是存在於現實世界結構與時空觀念體驗之間的審美張力，體現為突破有限的節律時空；而「線」意從時空連續層面訴諸想像和聯想，展現為感性形態的突破和超越以及審美時空視域的不斷打開。唐代樂舞意象是一種富於超越性、詩性的意象時空體驗，通過對時間與空間律動變化的體察以探索生生不息的審美文化精神。此時人與宇宙時空相照面，於樂舞中反思人生、安頓心靈。樂舞意象時空其實就是一種生命感知形式，在時空的綿長回味中品味藝術經久不衰的魅力，是主體生命對看微觀世界的綜合心理體驗。在這樣充滿節奏和韻律的樂舞意象中把握唐人對於審美意象時空的探索精神和生命情趣。

一、突破有限的節律時空

　　唐代舞蹈意象最大的特色在於意境時空的營構，突破了有限的節律時空。這一藝術意象類型以力線律動的審美方式展現了唐人在時空美感上的深入探尋。在時空的不斷切割、轉換中體驗著情緒與情感的流動，實現著思維和情愫、歷史和現實的多元交織與融合，於時空審美體驗中更深入感知生命的靈境。這種審美靈境即審美主體從當下樂舞審美活動中體悟超越於時空之外的神秘情感境域，突破現有意象侷限和節律形式限制，領會到沉潛在節律與形式背後所蘊含的無窮意味，超然於人生、歷史與宇宙的形上維度。如唐代流行的柘枝舞

創造了廣闊的審美意象時空，在歷史發展過程中不斷彰顯出時代個性，達到了時間與空間的和諧統一，蘊藉著宇宙與人生的深層韻味。它是時代民族融合與交流的產物，展現著深刻的時代審美特性。而時空則是沉澱在唐代樂舞意象中不可缺少的靈魂，通過這種藝術意象形式展示了時空體驗的多元性、時空審美的鮮明意象性。

此外，力線律動的情感空間是唐人對於生命與存在的真摯表達，也體現了時代所賦予其中的審美文化意涵。在審美感覺中滲入思想文化的獨特性，與時代特定歷史時期的時空觀念和文藝審美進程相呼應。亦即，佛曲與道調的結合使得儒釋道合一思想在唐代樂舞意象時空中得到了深入體現，表現為亦真亦幻的時空感知以及飄飄欲仙的時空形態。如唐代著名樂舞《霓裳羽衣》讓人進入到一個詩意朦朧的仙境世界，磬、簫與箏等樂器的融入使得氣氛和情調更加詩意化，在音樂的延續與跳動中品讀空間的想像，使人進入一個神幻的仙境時空裏，這是建立在內在心理規律基礎上的幻想時空視界。時空感覺在審美意象中從外在特徵一直內化到情感的延續性上，突破了有限的節律，體驗思想文化深處無限的審美愉悅。又如潘緯詠琴：「一曲起於古，幾人聽到今。盡含風靄遠，自泛月煙深。風續水山操，坐生方外心。」〔註43〕在樂舞中時空相伴，空靈、飄逸的審美時空背後是思想的亦莊亦禪，展現了審美文化深處的交流與融合。所以說意象時空觀念不僅是美學上的，也是思想文化上形而上的體現。

總之，通過有限節律時空的突破，基於審美視聽感受在「力」的審美探求中不斷將意象時空體驗豐富化、完善化，是樂舞意象時空難以言傳的「高妙」和「暢神」。「在善於感受美、體驗美的唐代文人眼裏，風琴、松聲、幽泉、鳥啼，無一不是天籟，無處不成妙樂。」〔註44〕唐代樂舞意象使人不自覺地去體驗、去感知這存在著無限可能的審美律動時空，在樂的律動與舞的縱情中感受意象時空所帶來的全新審美體驗。

二、突破感性的生命形態

從「力」中突破，在「線」中超越。除了意境時空的營構，以勢狀美也是時空觀念的重要彰顯，突破了感性生命形態。在樂舞意象中審美主體通過造

〔註43〕　〔唐〕潘緯：《琴》，選自《全唐詩》第 9 冊卷六〇〇，中華書局編輯部點校，中華書局 1999 年版，第 6996 頁。

〔註44〕　葉朗主編；湯凌雲著：《中國美學通史》第 4 卷，隋唐五代卷，江蘇人民出版社 2014 年版，第 372 頁。

「勢」以抒懷,通過形勢的變化、位置的移動而呈現意象時空的審美韻味,是
心靈時空的藝術。如杜甫《觀公孫大娘弟子舞劍器行》:「昔有佳人公孫氏,一
舞劍器動四方。觀者如山色沮喪,天地為之久低昂。」在這裡,劍舞或有天崩
地裂、排山倒海、雷鳴電閃之勢,塑造了一個恢弘、壯麗的時空景象。它的情
感是激昂與高亢的,承載著盛世的豪邁情懷,而它所書寫與展現的意象時空更
是雄渾且壯闊的。樂舞藝術意象表演著宇宙的創化,是一個詩情與畫意兼融的
審美體驗。基於「勢」來達到對空間形態和空間位置的審美意象展現,並與樂
的豐富時間感知性有機結合,形成了一個審美意象時空的獨特展現形態,通達
於宇宙的真理和道。

　　唐代樂舞將意象時空體驗發揮到極致,在精神層面直接指向宇宙大化的
廣袤時空,是唐人心靈深處的意象世界。一方面在藝術意象形式中展現客觀外
在物象的審美姿勢與形態,另一方面又在這審美形態中投入自身情感體驗、人
生經歷以及審美理想,從而產生一種情感賦形的審美過程。它連接形勢與情
感、主體與客體、現實與宇宙,使其渾然一體,並於意象體驗中將時空審美推
移至宇宙萬象、無極廣闊的審美境地。這種審美意象時空體驗方式是外在世界
與自我心靈互相契合的一種審美感性,同時又在超越感性中走向理性,在超越
時空中走向永恆。

　　也就是說,唐代樂舞意象展示了超越於感性形態之上「線」的審美律動,
正如傅毅所言:「歌以詠言,舞以盡意。是以論其詩不如聽其聲,聽其聲不如
察其形。」〔註45〕以「形」賦予時空以審美力度,以「勢」彰顯審美主體心靈
的位置安放和靈魂自適,最終都落實到「線」的審美律動中,宛然一副詩性的
意象時空圖景,使得觀者心神俱蕩,並留下無限的審美想像空間。「不僅是對
眼中之象的欣賞,更是對生命情調的體味。」〔註46〕乾坤萬里,了然相接,於
是縱遊於現實與宇宙之間,實現了深層對接。

三、實現了現實時空與宇宙時空的對接

　　樂舞是人體運動的過程,在空間中進行線的律動和樂的韻動,其中暗含了
時間性的審美思路,伴隨著意象時、空律動展現的是主體與宇宙間的對話和共

〔註45〕〔漢〕傅毅:《舞賦》,〔梁〕蕭統編,〔唐〕李善注《文選》(卷十七),上海古
　　　籍出版社 1986 年版,第 799 頁。
〔註46〕楊名:唐代舞蹈詩研究,南京師範大學 2014 年博士學位論文,第 112 頁。

鳴，由此實現了現實時空與宇宙時空的深刻對接和融合。古人對宇宙時空進行「周而復始」地認知和審美活動，導致了人們習慣於在過程中觀察事物，注重事物在過程中的表現，因而也就會有意象空間在時間中的流動和變化。

唐代樂舞藝術意象講求形神兼備，講求在時空無限境域中任遊適意，渾成虛涵，意象獨出。這是一種通向天、道，通向無限的宇宙人生體驗，在時間上可接千載之久，在空間上可見萬里之遙。在審美意象中追求自我生命價值的實現，藝在道中伸展，道在藝中承載，而時空則在道與藝的審美共通之間自行顯現。正如張彥遠所說：「窮元妙於意表，合神變乎天機。」〔註47〕進一步說來，通過樂舞來實現天、地與人之間的契合，在突破有限的節律時空和感性的生命形態中表現宇宙的生機造化。又如《舞中成八卦賦》曰：「象在於中，將致天地交泰；德形於外，以明保合太和。」〔註48〕通過樂舞表現四時、天地與寒暑等的自然祥和與審美共生，主客之間生發出和諧之美，由此展現了天人合一的宇宙觀念。

所以說，古代樂舞尤其是唐代樂舞其本身就是一種無法言喻的詩性存在，它蘊藉著一個境界時空的審美意涵。樂舞意象是在時間流動中彰顯空間從而合時空的，在超越的意象時空中體悟宇宙存在的大化。正如有學者所言樂舞意象「突破感性的生命形態，逾越現實避障，自成宇宙，自成境界，使主體精神遨遊其間，和宇宙時空豁然貫通。」〔註49〕樂舞藝術經歷了魏晉六朝時期的自覺發展，直到唐代得以進入到一個超然物外、自由灑脫的審美境界。在這個時代轉變中樂舞藝術意象已經超越世間萬物的有限束縛而轉向對社會、歷史以及人生的形上思考，從流動性的意象姿態中體悟時空、融匯時空。樂舞已然成為唐人心中之舞，從中不難看出唐代審美意象塑造已經由現實人生轉向了宇宙本體，從對現實時空的寫實而演化為對宇宙時空的寫意。

總之，無論是立象盡意的詩學意象時空、意象化的書畫意象時空、借景經營的園林意象時空以及力線律動的樂舞意象時空在時空呈現上直接呼應了意象創構中的時空主題，在時空審美中營構了一個含蘊深遠、意味深長的境界時空。同時在時空流轉與審美中也呈現了意象創構的超越性與象徵性特質，在各

〔註47〕〔唐〕張彥遠：《歷代名畫記》，中華書局1985年版，第214頁。
〔註48〕〔唐〕白行簡：《舞中成八卦賦》，選自《全唐文》第5冊，〔清〕董浩等編，孫映逵等點校，山西教育出版社2002年版，第4186頁。
〔註49〕袁禾：《中國舞蹈美學》，人民出版社2011年版，第285頁。

類藝術意象中追求立體化時空圖示，展現了古代藝術意象獨特的立體化思維。藝術意象所追求的這種「立體感」本身就是時空觀念的彰顯。正如有學者曾說的：「中國人的立體思維是憑藉自我去體會的一種人文素質，是建立在通過演示才情，通過『意象』的自發現來表現力線律動的抽象立體空間。」〔註50〕詩書畫等意象中的時空審美呈現展示了唐人對於生命以及宇宙意識的深沉思索。時空觀念本於「道」，基於唐人對於生命的「悟」，在審美意象創構的流程中展開與發展，最終又凝結於審美意象表現之中，形成了一個開放流動式的審美立體化結構。

〔註50〕金丹元：《中國藝術思維史》，上海文化出版社 2005 年版，第 159 頁。

結　語

　　唐代是審美意象深度發展的朝代，是傳統意象論取得突破進展的時代。唐代意象論中蘊含了深刻時空觀念，展現在意象本體論、創構論與藝術論中，體現了唐人對於宇宙存在的詩性思考和體道精神。唐代意象論中時空觀念有它獨特的歷史發生和演變軌跡。亦即，在審美主題特質的展現中凝聚了意象時空的詩性精神，在審美意象本體論中深度展現了這種詩性立體化時空的哲學淵源，在審美意象創構論中又將此詩性時空進一步深入，最後在審美意象藝術論的多元呈現中全方位把握審美意象時空。四個章節環環緊扣，首章側重從審美觀照角度概覽意象時空在唐代美學中的整體主題特質；第二章是從文化深處探源審美意象時空觀的本體思維形態；第三章意從審美創構層面研究這種意象時空觀念的生成方式、建構流程；而末章側重於審美意象時空的藝術傳達與呈現方式，將時空觀研究回歸到文藝美學的藝術實踐中。以此，從意象主題到本體思維，從審美創構到藝術呈現，以圖在這個審美意象時空建構流程中將時空詩意化、審美化以致於超越化，成為唐人生命意識的傳達、理想境域的抒發以及審美真諦的體悟。在時空之美、時空之思、時空之道與藝中全面理解與感受、領會與體悟唐代意象論中的審美時空觀念。時空就是唐人的精神世界，可以無限廣闊，又可以細膩精微，可以審美建構，又可以體驗傳達，在對審美意象的品味與欣賞中把握之、領悟之。

　　首先，在唐代意象論中時空審美特質與主題成為了一個總方向標，它探測了審美意象本體中時空的本源，指引著審美意象創構中時空的生思，同時也影響了審美意象藝術論中時空的呈現。在無限廣闊視域中的審美意象時空是唐

人闊大胸襟和宇宙感懷的真實書寫，在時空合一美學主題中的審美意象時空
體現了古典美學中的時空審美傳承，在時空境域化時代背景下的審美意象時
空展現了鮮明情感性和哲理思考。時空觀的這些審美主題特質是唐代意象論
時空觀研究的起點，也是關鍵，使得我們在對時空的審美化詩性探尋中將審美
意象推移至時空自主完善的審美階段。唐代意象論中時空觀從總體上展現為
對外在無限審美時空的詩意探索和拓展，與此同時展現了時空結合審美特徵，
並在時空境域化主題中進一步將時空審美完善化、詩意化。唐代意象論中時空
審美主題與時代是緊密結合的，具有豐富情感意涵和主體性特徵，展現了深度
的時空之美。

其次，經由唐代意象論中時空之美學主題的闡釋，時空在這裡已經具有了
審美詩性意涵，且這些審美詩性時空都是根深於唐代意象本體論之中的。唐代
意象本體論中蘊藉著更為深刻的時空彰顯，它們統一於唐代思想文化大背景
中。這是唐代審美意象時空觀的進一步探究，從本體時空探源中展現了多元的
文化思維形態。從儒家思想層面，其展現了主體心靈與社會位置安放的問題，
時空的本質在於「物」，從時間綿延中生生不息，從空間秩序中符合規則。從
道家思想看來，透過象外之象的妙象，賦予唐代審美意象以道體時空本體彰
顯，在走向「跡化」與「延異」的時空融合中縱身大化，以「道」觀時空。從
佛禪思想維度，審美意象時空體現了超存有論的「心」本體，走向人的心靈，
時空在自性與虛空心理結構中逐漸走向禪意化。時空即是意象存在的根基，同
時也是意象審美的關鍵。那些絢爛的審美意象根源在於超越的時空觀念顯現，
於意象本體中展現深層的道，於有限看無限，於剎那見永恆。審美意象本體論
中的時空觀表現出了本體與現象世界的聯繫，時空在此維度上與道的審美精
神相接。

第三，由時空之美到時空之思，由宇宙本體哲思認知到主體心靈感悟創
構，唐代意象創構論中亦展現了複雜深刻的審美意象時空建構流程。「思接千
載，視通萬里」的審美意象創構蘊藉著深遠時空臆想，正是這臆想成就了時空
之審美，展現了主體生命律動的節奏。「意」中時空無限思維凸顯了思想文化
根深之「道」，彰顯了主體無限深意的時空審美表達。「象」中時空合一在承繼
古典時空觀念的同時又將時空進一步意象化，在審美意象創構中對時空合一
進行深度延展。而「境」中時空則在「意」與「象」合的基礎上實現唐代審美
意象時空的詩性建構，通過「師造化」與「得心源」的審美建構流程，得以實

現詩性時空的審美建構。由意到象，由象入境，這是一個時空不斷得到深化和拓展的審美階段。宗白華曾說：「藝術境界與哲理境界，是誕生於一個最自由最充沛的深心的自我。」〔註1〕這充沛深心的自我，既真力彌滿，又萬象在旁，超脫自在，正如司空圖所說「妙造自然」「吞吐大荒」。這是從時間、空間視角對審美意象創構進行綜合把握，是審美心理的開拓。唐代審美意象創構論體現了古人對於時空觀念的審美超越，在美學意義上將時空不斷審美化、意象化並使其形成完善的時空建構流程。唐代審美意象指向人類深層意識，相比於先秦理性時空、漢代物化空間以及魏晉玄學時空，唐代更加注重將時空意象化，情感化地滲透於審美意象創構全過程。意象時空一方面給予審美意象以位置與形態的自由展開，另一方面又使其不斷豐富、超越，已達到「象外之境」的審美效果，完善了存在的詩性之思，達到對時空的詩化審美建構。

　　第四，由時空之審美建構轉而進入到時空之藝術論呈現的深入探究。那些時空的美學主題、時空的本體探究、時空的審美建構都是為了將時空更好地呈現給讀者，在審美體驗層面深度縱橫時空。也就是說，時空觀念作為意象創構的邏輯基礎，同時也蘊藉在各類意象之中呈現為審美的表徵。時間與空間本體形態化為多元的審美方式，展現於詩學、書畫、樂舞、園林等諸多意象中，呈現為多樣化風格特徵。這些鮮活的意象時空呈現構成了唐代審美意象最精粹的部分，它們是古典美學史上最光輝的一頁。正所謂「萬象空間立於胸中，千載時序傳入筆端。」藝術是「道」與「文」的載體。時空觀念在多樣藝術形式間並置呈現，在各類媒介之間營造出一種詩意與迴旋的審美意象時空感。唐代審美意象藝術論時空可以說是全面綻放的藝術詩意世界，不同於秦漢的青銅車馬，也不同於魏晉六朝的羈旅山水，而是盛世博大包容的時空盛景，在意象體驗中感受時空所帶來的浩瀚和喜悅。俯仰之間大地山川皆是主體心中之意象，這意象也盡在時空審美呈現之中。只有將時空在多元審美意象中得以把握，如此才會透徹地對時空本體存在以及時空審美建構予以真正理解，意象時空觀才能真正被發現和詮釋。

　　總而言之，唐代意象論中時空觀研究基於唐代獨特文化與美學背景，在審美意象本體論、審美意象創構論與審美意象藝術論呈現中深度縱橫時空、把握與詮釋時空，以期讓人在時空審美中感受詩意、品味詩情、建構詩性。唐代審美意象本身就是一種時空結構，是主體精神的高舉飛揚，是世界萬象的情意流

〔註1〕宗白華：《美學散步》，上海人民出版社 1981 年版，第 69 頁。

動，是主客合一的情感空間。唐代審美意象是心靈與宇宙的交響，是內外宇宙世界的共同回聲，是時空相互交融的積澱。唐人在審美意象的廣闊時空中找到了自我，在時空的遨遊與縱情中感知了深情的宇宙。與此同時，唐代意象論中的時空觀研究也具有現代美學發生意義，對當下美學時空研究產生了重要啟示作用。它涵蓋過去，融情當下，指向未來，在時空審美中展現了唐人對於茫茫宇宙的想像和思慮以及人生真諦的洞察和體悟。從古典美學視域俯仰萬象，觀照人生同樣是時空觀研究的一個重要歷史意義。古人具有超越時空的宇宙格局，同時也有天人同構的審美胸懷。時空觀念是探尋民族性「文化─心理」結構的標尺，透過時空視角可以探測到古人在審美意象創構中的想像力、創造力以及生命力，以啟示當下文藝。總之在文學與藝術意象的審美主題、審美本體、審美創構與審美呈現中重析時空、感悟時空，並將這感悟在廣闊歷史語境中傳遞與發揚，我想這正是唐代意象論中時空觀研究所具有的深刻價值和意義所在。

參考文獻

一、古籍文獻

1. 〔先秦〕楊伯峻譯注，論語譯注〔M〕，北京：中華書局，1980。
2. 〔先秦〕楊伯峻譯注，孟子譯注〔M〕，北京：中華書局，1981。
3. 〔先秦〕陳鼓應，老子注譯及評價〔M〕，北京：中華書局，1984。
4. 〔先秦〕陳鼓應，莊子今注今譯〔M〕，北京：中華書局，1983。
5. 〔西晉〕陸機撰，張少康集釋，文賦集釋〔M〕，北京：人民文學出版社，2002。
6. 〔南朝宋〕宗炳、王微撰，陳傳席譯解，吳焯校訂，畫山水序敘畫〔M〕，北京：人民美術出版社，1985。
7. 〔南朝齊〕謝赫，古畫品錄：外二十一種〔M〕，上海：上海古籍出版社，1991。
8. 〔南朝梁〕劉勰著，范文瀾注，文心雕龍注〔M〕，北京：商務印書館，1960。
9. 〔南朝陳〕姚最，續畫品〔M〕，北京：中華書局，1985。
10. 〔唐〕殷璠撰，王克讓校注，河嶽英靈集注〔M〕，成都：巴蜀書社，2006。
11. 〔唐〕孫過庭，書譜〔M〕，北京：中華書局，1985。
12. 〔唐〕遍照金剛著，周維德校點，文鏡秘府論〔M〕，北京：人民文學出版社，1975。
13. 〔唐〕皎然著，李壯鷹校注，詩式校注〔M〕，北京：人民文學出版社，2013。

14. 〔唐〕司空圖著，羅仲鼎、蔡乃中注，二十四詩品〔M〕，杭州：浙江古籍出版社，2013。

15. 〔唐〕慧能著，壇經校釋〔M〕，北京：中華書局，2004。

16. 〔唐〕朱景玄，唐朝名畫錄〔M〕，成都：四川美術出版社，1985。

17. 〔唐〕張彥遠，歷代名畫記〔M〕，北京：人民美術出版社，2016。

18. 〔唐〕王維撰；王森然標點注譯，山水論山水訣〔M〕，北京：人民美術出版社，1959。

19. 〔唐〕王維撰，〔清〕趙殿成箋注，王右丞集箋注〔M〕，上海：上海古籍出版社，1961。

20. 〔唐〕李白，李白集校注〔M〕，上海：上海古籍出版社，1980。

21. 〔唐〕白居易著，劉明傑點校，白居易全集〔M〕，珠海：珠海出版社，1996。

22. 〔唐〕劉禹錫，劉禹錫集〔M〕，北京：中華書局，1990。

23. 〔後晉〕劉昫撰，舊唐書〔M〕，北京：中華書局，1975。

24. 〔宋〕歐陽修、宋祁撰，新唐書〔M〕，北京：中華書局，1975。

25. 〔宋〕普濟著，蘇淵雷點校，五燈會元〔M〕，北京：中華書局，1984。

26. 〔明〕胡應麟，詩藪〔M〕，北京：中華書局，1962。

27. 〔明〕高棅，唐詩品匯〔M〕上海：上海古籍出版社，1982。

28. 〔明〕陸時雍撰，李子廣評注，詩鏡總論〔M〕，北京：中華書局，2014。

29. 〔明〕記成，園冶·園說〔M〕北京：中華書局，2011。

30. 〔清〕王夫之，莊子解〔M〕，北京：中華書局，2009。

31. 〔清〕王先謙，莊子集解〔M〕，北京：中華書局，1987。

32. 〔清〕劉熙載，藝概〔M〕，上海：上海古籍出版社，1978。

33. 〔清〕笪重光著，關和璋譯解，薛永年校訂，畫筌〔M〕，北京：人民美術出版社，2016。

34. 〔清〕何文煥輯，歷代詩話〔M〕，北京：中華書局，1981。

35. 〔清〕彭定求，全唐詩〔M〕鄭州，中州古籍出版社，2008。

36. 〔清〕董浩，全唐文〔M〕，上海：上海古籍出版社，1990。

37. 〔清〕沈德潛編，唐詩別裁集〔M〕，北京：中華書局，1975。

38. 〔清〕阮元校刻，十三經注疏·周易正義〔M〕，北京：中華書局，1980。

39. 〔清〕阮元校刻，十三經注疏·周禮注疏〔M〕，北京：中華書局，1980。

40. 〔清〕孫岳頒等撰，佩文齋書畫譜〔M〕，上海：上海古籍出版社，1991。

41. 丁福保，歷代詩話續編〔M〕，北京：中華書局，1983。

二、國內研究著述

（一）詩學類

1. 朱光潛，詩論〔M〕，上海：上海古籍出版社，2005。

2. 陳伯海，唐詩匯評〔M〕，杭州：浙江教育出版社，1995。

3. 陳伯海，意象藝術與唐詩〔M〕，上海：上海古籍出版社，2015。

4. 袁行霈，中國詩歌藝術研究〔M〕，北京：北京大學出版社，1987。

5. 霍松林，唐詩探勝〔M〕，鄭州：中州古籍出版社，1984。

6. 陳良運，中國詩學批評史〔M〕，南昌：江西人民出版社，2007。

7. 張伯偉，全唐五代詩格匯考〔M〕南京：江蘇古籍出版社，2002。

8. 計有功，唐詩紀事〔M〕，上海：上海古籍出版社，1987。

9. 葉嘉瑩，嘉陵論詩叢稿〔M〕，北京：中華書局，1984。

10. 仇兆鰲，杜詩詳注〔M〕，北京：中華書局，1979。

11. 彭慶生，陳子昂詩注〔M〕，成都：四川人民出版社，1981。

12. 李景伯，孟浩然詩集校注〔M〕，成都：巴蜀書社，1988。

13. 劉學鍇，李商隱詩歌集解〔M〕，北京：中華書局，1998。

14. 胡曉明，中國詩學之精神〔M〕，南昌：江西人民出版社，1990。

15. 肖馳，中國詩歌美學〔M〕，北京：北京大學出版社，1986。

16. 劉開揚，唐詩通論〔M〕，成都：巴蜀書社，1998。

17. 周裕鍇，中國禪宗與詩歌〔M〕，上海：上海人民出版社，1992。

18. 吳言生，禪宗詩歌境界〔M〕，北京：中華書局出版社，2001。

19. 史成芳，詩學中的時間概念〔M〕，長沙：湖南教育出版社，2001。

20. 劉懷榮，賦比興與中國詩學研究〔M〕，北京：人民出版社，2007。

21. 胡遂，佛教禪宗與唐代詩風之發展演變〔M〕，北京：中華書局，2007。

22. 胡遂，佛教與晚唐詩〔M〕，北京：東方出版社，2005。

23. 蕭華榮，中國古典詩學理論史〔M〕，上海：華東師範大學出版社，2005。

24. 詹冬華，中國古代詩學時間研究〔M〕，北京：中國社會科學出版社，2014。

25. 張紅運，時空詩學〔M〕，銀川：寧夏人民出版社，2002。

26. 盧燕平，唐代詩人審美心理〔M〕，敦煌文藝出版社，1991。

27. 祖保泉，司空圖的詩歌理論〔M〕，上海：上海古籍出版社，1984。

28. 陳振濂，空間詩學導論〔M〕，上海：上海文藝出版社，1989。

29. 吳曉，意象符號與情感空間——詩學新解〔M〕，北京：中國社會科學出版社，1990。

30. 吳曉，宇宙形式與生命形式——詩學新解〔M〕，杭州：浙江大學出版社，2019。

31. 吳晟，中國意象詩探索〔M〕，廣州：中山大學出版社，2000。

32. 馬奔騰，禪境與詩境〔M〕，北京：中華書局，2010。

（二）書畫類

1. 王培元，書法藝術〔M〕，濟南：山東大學出版社，2012。

2. 張志和，中國古代書法藝術史〔M〕，北京：中國社會科學出版社，2015。

3. 王靖憲，中國書法藝術〔M〕，北京：文物出版社，1996。

4. 黃簡，歷代書法論文選〔M〕，上海：上海書畫出版社，1979。

5. 潘運告編著，張懷瓘書論〔M〕，長沙：湖南美術出版社，1997。

6. 房弘毅，歷代書法精論：隋唐五代卷〔M〕，北京：中國書店出版社，2007。

7. 朱關田，中國書法史·隋唐五代卷〔M〕，南京：江蘇教育出版社，2009。

8. 張啟亞，中國書法藝術·第四卷（隋唐五代）〔M〕，北京：文物出版社，1998。

9. 蕭元編著，初唐書論〔M〕，長沙：湖南美術出版社，1997。

10. 邵軍，唐代書畫理論〔M〕，北京：高等教育出版社，2014。

11. 王元軍，唐代書法與文化〔M〕，北京：中國大百科全書出版社，2009。

12. 邢煦寰，隋唐書法藝術史論〔M〕，南昌：江西美術出版社，2003。

13. 魏魯安，空間與境界〔M〕，南京：東南大學出版社，2011。

14. 滕固，中國美術小史唐宋繪畫史〔M〕，上海：上海書畫出版社，2016。

15. 俞劍華，中國畫論類編〔M〕，北京：人民美術出版社，1957。

16. 岳仁譯注，宣和畫譜〔M〕，長沙：湖南美術出版社，1999。

17. 王伯敏，山水畫縱橫談〔M〕，濟南：山東美術出版社，2011。

18. 佘城，唐代繪畫史〔M〕，北京：榮寶齋出版社，2019。

19. 陳綬祥，中國繪畫斷代史隋唐繪畫〔M〕，北京：人民美術出版社，2004。

20. 何恭上，隋唐五代繪畫〔M〕，臺北：藝術圖書公司，1995。

21. 邵琦文，簪花仕女：先秦漢唐的繪畫藝術〔M〕，上海：上海人民美術出版社，1998。

22. 何志明，潘運告編著，唐五代畫論〔M〕，長沙：湖南美術出版社，1997。

23. 郭忠信，歷代山水畫的意象道境〔M〕，北京：中國文聯出版社，2007。

24. 劉繼潮，遊觀：中國古典繪畫空間本體詮釋〔M〕，北京：生活·讀書·新知三聯書店，2011。

25. 張慨，空間過程、環境認知與意象表達：中國古代繪畫的歷史地理學研究〔M〕，北京：中國社會科學出版社，2017。

26. 馮民生，中西傳統繪畫空間表現比較研究〔M〕，北京：中國社會科學出版社，2007。

27. 王帆，繪畫藝術空間論〔M〕，北京：北京大學出版社，2012。

28. 高振美，繪畫藝術思維的新空間〔M〕，北京：朝華出版社，1999。

29. 劉斌，中西繪畫圖式與時空觀念比較〔M〕，北京：清華大學出版社，2017。

30. 劉斌，圖像時空論：中西繪畫視覺差異及嬗變現象求解〔M〕，濟南：山東美術出版社，2006。

31. 徐學凡，中國山水畫遠式空間建構研究〔M〕，合肥：安徽教育出版社，2017。

32. 吳金銘，中國畫視覺空間〔M〕，開封：河南大學出版社，2009。

33. 胡應康，復歸自然：中國山水畫視覺心理探源〔M〕，濟南：山東美術出版社，2006。

34. 張乾元，象外之意——周易意象學與中國書畫美學〔M〕，北京：中國書店，2006。

（三）其他

1. 錢穆，莊老通辨〔M〕，北京：生活，讀書，新知三聯書店，2002。

2. 李澤厚，美的歷程〔M〕，北京：中國社會科學出版社，1984。

3. 李澤厚，中國古代思想史論〔M〕，北京：人民出版社，1986。

4. 宗白華，美學與意境〔M〕，北京：人民出版社，1981。

5. 宗白華，美學散步〔M〕，上海：上海人民出版社，2005。

6. 錢鍾書，談藝錄〔M〕，北京：中華書局，1984。

7. 方東美，生命理想與文化類型〔M〕，北京：中國廣播電視出版社，1992。

8. 方東美，生生之美〔M〕，北京：北京大學出版社，2009。

9. 王明居，唐代美學〔M〕，合肥：安徽大學出版社，2005。

10. 汪裕雄，意象探源〔M〕，合肥：安徽教育出版社，1996。

11. 汪裕雄，審美意象學〔M〕，瀋陽：遼寧教育出版社，1993。

12. 汪裕雄，藝境無涯〔M〕，北京：人民出版社，2013。

13. 童慶炳，中國古代心理詩學與美學〔M〕，北京：中華書局，1997。

14. 王一川，審美體驗論〔M〕，天津：百花文藝出版社，1992。

15. 王運熙，中國古代文論管窺〔M〕，濟南：齊魯書社，1987。

16. 王運熙，漢魏六朝唐代文學論叢〔M〕，上海：上海古籍出版社，2012。

17. 郭紹虞，中國文學批評史〔M〕，上海：上海古籍出版社，1979。

18. 羅宗強，隋唐五代文學思想史〔M〕，北京：中華書局，1999。

19. 葛兆光，中國思想史卷一〔M〕，上海：復旦大學出版社，2001。

20. 葉朗，胸中之竹〔M〕，合肥：安徽教育出版社，2002。

21. 朱良志，中國美學十五講〔M〕，北京：北京大學出版社，2006。

22. 朱良志，中國藝術的生命精神〔M〕，合肥：安徽教育出版社，2006。

23. 朱良志，大音希聲——妙悟的審美考察〔M〕，南昌：百花洲文藝出版社，2005。

24. 朱志榮，中國審美理論〔M〕，北京：北京大學出版社，2005。

25. 朱志榮，中國藝術哲學〔M〕，上海：華東師範大學出版社，2012。

26. 方立天，佛教哲學〔M〕，北京：中國人民大學出版社，2012。

27. 方立天，尋覓性靈——從文化到禪宗〔M〕，北京：北京師範大學出版社，2007。

28. 陳望衡，中國古典美學史〔M〕，湖北：武漢大學出版社，2007。

29. 金丹元，藝術感悟與審美反思〔M〕，上海：上海學林出版社，2008。

30. 金丹元，禪意與化境〔M〕，上海：上海文藝出版社，1993。

31. 陳良運，美的考索〔M〕，南昌：百花洲文藝出版社，2017。

32. 陳良運，中國藝術美學〔M〕，南昌：江西美術出版社，2008。

33. 薛富興，山水精神〔M〕，天津：南開大學出版社，2009。

34. 湯一介，中國傳統文化中的儒道釋〔M〕，北京：中國和平出版社，1988。

35. 劉綱紀，傳統文化、哲學與美學〔M〕，桂林：廣西師範大學出版社，1997。

36. 張節末，禪宗美學〔M〕，北京：北京大學出版社，2006。

37. 陳來，有無之境〔M〕，北京：人民出版社，1991。

38. 韓林德，境生象外華夏審美與藝術特徵考察〔M〕，北京：生活，讀書，新知三聯書店，1995。

39. 楊春時，作為第一哲學的美學〔M〕，北京：人民出版社，2015。

40. 霍松林，傅紹良，盛唐文學的文化透視〔M〕，西安：陝西師範大學出版社，2000。

41. 孫昌武，佛教與中國文學〔M〕，上海：上海人民出版社，1988。

42. 孫昌武，道教與唐代文學〔M〕，北京：人民文學出版社，2001。

43. 汪天文，社會時間研究〔M〕，北京：中國社會科學出版社，2004。

44. 王鍾陵，中國前期文化——心理研究〔M〕，上海：上海古籍出版社，2006。

45. 曾祖蔭，中國古典美學〔M〕，武漢：華中師範大學出版社，2008。

46. 張法，中國美學經典（隋唐五代卷）〔M〕，北京：北京師範大學出版社，2017。

47. 吳功正，唐代美學史〔M〕，西安：陝西師範大學出版社，1999。

48. 李烈炎，時空學說史〔M〕，武漢：湖北人民出版社，1988。

49. 劉文英，中國古代的時空觀念〔M〕，天津：南開大學出版社，2000。

50. 張榮，自由、心靈與時間〔M〕，南京：江蘇人民出版社，2010。

51. 楊曾文，唐五代禪宗史〔M〕，北京：中國社會科學出版社，1999。

52. 吳國盛，時間的觀念〔M〕，北京：北京大學出版社，2006。

53. 韓經太，心靈現實的藝術透視〔M〕，北京：現代出版社，1999。

54. 孫以楷，道家與中國哲學〔M〕，北京：人民出版社，2004。

55. 湯凌雲，中國美學通史（隋唐五代卷）〔M〕，南京：江蘇人民出版社，2014。

56. 黃正雨，自然的簫聲〔M〕，昆明：雲南人民出版社，1999。

57. 霍然，唐代美學思潮〔M〕，長春：長春出版社，1997。

58. 王耘，唐代美學範疇研究〔M〕，上海：學林出版社，2005。

59. 凌繼堯，中國藝術批評史〔M〕，上海：上海人民出版社，2011。

60. 黃裕生，時間與永恆〔M〕，北京：社會科學文獻出版社，1997。

61. 邢東風，禪悟之道〔M〕，北京：中國人民大學出版社，1992。

62. 張仲謀，兼濟與獨善〔M〕，北京：東方出版社，1998。

63. 田耕宇，唐音餘韻〔M〕，成都：巴蜀書社，2001。

64. 潘知常，生命美學〔M〕，鄭州：河南人民出版社，1991。

65. 潘知常，眾妙之門──中國美感心態的深層結構〔M〕，鄭州：黃河文藝出版社，1989。

66. 傅松雪，時間美學導論〔M〕，濟南：山東人民出版社，2009。

67. 蔣述卓，佛教與中國文藝美學〔M〕，廣州：廣東高等教育出版社，1992。

68. 祁志祥，中國美學原理〔M〕，太原：山西教育出版社，2003。

69. 王路平，大乘佛學與終極關懷〔M〕，成都：巴蜀書社，2001。

70. 張志偉，西方哲學史〔M〕，北京：中國人民大學出版社，2002。

71. 饒宗頤，泛論禪與藝術〔M〕，上海：上海文藝出版社，1996。

72. 陳文新，禪宗的人生哲學──頓悟人生〔M〕，蘭州：東方文藝出版社，1997。

73. 滕守堯，審美心理描述〔M〕，北京：中國社會科學出版社，1985。

74. 程明震，心靈之維──中國藝術時空意識論〔M〕，南京：東南大學出版社，2011。

75. 韓德信，中華審美文化通史（隋唐卷）〔M〕，合肥：安徽教育出版社，2007。

76. 張祥浩，中國哲學思想史〔M〕，南京：南京大學出版社，2015。

77. 潘運告，藝術美尋索〔M〕，長沙：嶽麓書社，2005。

78. 潘運告，美的神遊：從老子到王國維〔M〕，長沙：湖南美術出版社，2004。

79. 杜道明，盛世風韻〔M〕，鄭州：河南人民出版社，2000。

80. 梁一儒，中國人審美心理研究〔M〕，濟南：山東人民出版社，2002。

81. 陳德禮，中國藝術辯證法〔M〕，長春：吉林人民出版社，1990。

82. 周冠生，審美心理學〔M〕，上海：上海文藝出版社，2005。

83. 李青，中國藝術與意象美學〔M〕，西安：三秦出版社，2008。

84. 鄧小軍，唐代文學的文化精神〔M〕，北京：文津出版社，1993。

85. 陶禮天，藝味說〔M〕，南昌：百花洲文藝出版社，2017。

86. 楊匡漢，時空的共享〔M〕，石家莊：河北教育出版社，1998。

87. 趙志強，唐代文學時空研究〔M〕，杭州：浙江工商大學出版社，2013。

88. 劉偉，生命美學視域下的唐代文學精神〔M〕，北京：中國社會科學出版社，2012。

89. 劉九洲，藝術意境概論〔M〕，武漢：華中師範大學出版社，1987。

90. 李浩，大唐風度〔M〕，北京：華文出版社，1997。

91. 黃景進，意境論的形成──唐代意境論研究〔M〕，臺北：臺灣學生書局，2004。

92. 張岱年、成中英等著，中國思維偏向〔M〕，北京：中國社會科學出版社，1991。

93. 袁禾，中國舞蹈意象概論〔M〕，北京：文化藝術出版社，2007。

94. 郭外岑，意象文藝論〔M〕，蘭州：敦煌文藝出版社，1997。

95. 王新勇，空山靈語──意境與中國文學〔M〕，哈爾濱：北方文藝出版社，1999。

96. 劉墨，禪學與藝境〔M〕，石家莊：河北教育出版社，2002。

97. 劉墨，中國藝術美學〔M〕，南京：江蘇教育出版社，1993。

98. 李建中，中國古代文論詩性特徵研究〔M〕，武漢：武漢大學出版社，2007。

99. 李建中，古代文論的詩性空間〔M〕，武漢：湖北人民出版社，2005。

100. 吳登雲，中國古代審美學〔M〕，昆明：雲南人民出版社，2009。

101. 龔鵬程，唐代思潮〔M〕，北京：商務印書館，2007。

102. 吳冶平，空間理論與文學的再現〔M〕，蘭州：甘肅人民出版社，2008。

103. 侯乃慧，詩情與幽境──唐代文人的園林生活〔M〕，臺北：東大圖書公司，1991。

104. 金學智，中國園林美學〔M〕，南京：江蘇文藝出版社，1990。

105. 潘朝陽，心靈・空間・環境──人文主義的地理理想〔M〕，臺北：五南圖書出版公司，2005。

106. 郁賢皓，李白與唐代文史考論〔M〕，南京：南京師範大學出版社，2008。

107. 賴賢宗，意境美學與詮釋學〔M〕，北京：北京大學出版社，2009。

108. 賴賢宗，生命之鏡：藝術欣賞之道〔M〕，臺北：麗文文化，2010。

109. 施旭升，藝術即意象〔M〕，北京：人民出版社，2013。

三、外國論著

1. 〔古羅馬〕馬可・奧勒留著；李娟，楊志譯，沉思錄〔M〕，上海：上海三聯書店出版社，2008。

2. 〔古羅馬〕奧古斯丁著；周士良譯，懺悔錄〔M〕，北京：商務印書館，1963。

3.〔德〕海德格爾著；陳嘉映，王慶節譯，存在與時間〔M〕，北京：生活‧讀書‧新知三聯書店，2006。

4.〔德〕康德著；鄧曉芒譯；楊祖陶校，純粹理性批判〔M〕，北京：人民出版社，2017。

5.〔德〕埃德蒙德‧胡塞爾著；〔德〕克勞斯‧黑爾德編；倪梁康，張廷國譯，生活世界現象學〔M〕，上海：上海譯文出版社，2002。

6.〔德〕黑格爾著；朱光潛譯，美學（第一卷）〔M〕，北京：商務印書館，1971。

7.〔英〕比尼恩著；孫乃修譯，亞洲藝術中人的精神〔M〕，瀋陽：遼寧人民出版社，1988。

8.〔英〕蘇利文著；徐堅譯，藝術中國〔M〕，長沙：湖南教育出版社，2006。

9.〔英〕蘇利文著；洪再新譯，山川悠遠〔M〕，上海：上海書畫出版社，2015。

10.〔英〕史蒂芬‧霍金，羅傑‧彭羅斯著；杜欣欣，吳忠超譯，時空本性〔M〕，長沙：湖南科學技術出版社，2018。

11.〔英〕史蒂芬‧霍金著；許明賢等譯，時間簡史——從爆炸到黑洞〔M〕，長沙：湖南科學技術出版社，2000。

12.〔法〕亞歷山大‧柯瓦雷著；鄔波濤等譯，從封閉世界到無限宇宙〔M〕，北京：北京大學出版社，2003。

13.〔法〕亨利‧柏格森著；姜志輝譯，創造進化論〔M〕，北京：商務印書館，2004。

14.〔法〕亨利‧柏格森著；吳士棟譯，時間與自由意志〔M〕，北京：商務印書館，1958。

15.〔法〕程抱一著；塗衛群譯，中國詩畫語言研究〔M〕，南京：江蘇人民出版社，2006。

16.〔法〕朱立安著；卓立譯，山水之間：生活與理性的未思〔M〕，上海：華東師範大學出版社，2016。

17.〔美〕巫鴻著；錢文逸譯，「空間」的美術史〔M〕，上海：上海人民出版社，2018。

18.〔美〕巫鴻著；梅玫，肖鐵，施傑等譯，時空中的美術〔M〕，北京：生活‧讀書‧新知三聯書店，2016。

19. 〔美〕劉若愚著；田守真等譯，中國的文學理論〔M〕，成都：四川人民出版社，1987。

20. 〔美〕劉若愚著；趙帆聲等譯，中國詩學〔M〕，鄭州：河南人民出版社，1990。

21. 〔日〕鈴本大拙著；葛兆光譯，通向禪學之路〔M〕，上海：上海古籍出版社，1989。

22. 〔日〕鈴本大拙著；耿仁秋譯，禪風禪骨〔M〕，北京：中國青年出版社，1989。

23. 〔日〕淺見洋二著；金程宇等譯，距離與想像——中國詩學的唐宋轉型〔M〕，上海：上海古籍出版社，2005。

24. 〔日〕中村元著；林太，馬小鶴譯，東方民族的思維方法〔M〕，杭州：浙江人民出版社，1989。

25. 〔日〕東山魁夷著；唐月梅譯，美的情愫〔M〕，上海：復旦大學出版社，2008。

四、學術期刊類

（一）學位論文

1. 鄧偉龍，中國古代詩學的空間問題研究〔D〕，上海：華東師範大學博士學位論文，2009。

2. 劉新敖，時空觀念與清代詩學的演進〔D〕，長沙：湖南師範大學博士學位論文，2019。

3. 劉鑫，中國古代審美空間的建構研究〔D〕，西安：陝西師範大學博士學位論文，2015。

4. 趙天一，中國古典意象史論〔D〕，重慶：西南大學博士學位論文，2012。

5. 王耘，唐代美學範型研究——以《全唐文》為研究文本〔D〕，上海：復旦大學博士學位論文，2004。

6. 魏華，遠：中國山水繪畫空間的美學研究〔D〕，武漢：武漢大學博士學位論文，2017。

7. 張鴻，《宇宙與意象》研究及中國古代宇宙詩學論〔D〕，北京：中國社會科學院研究生院博士學位論文，2014。

8. 吳海倫，《中國古典美學範疇「觀」的研究》〔D〕，武漢：武漢大學博士學位論文，2015。

9. 張紹時，中國古代意象特徵論〔D〕，長沙：湖南師範大學碩士學位論文，2015。

10. 孫紅，中國古典美學空間思想內容探微──基於陳望衡中國古典美學體系視角〔D〕，合肥：中國科學技術大學碩士學位論文，2017。

11. 陳露丹，唐五代詩格理論及其空間問題研究〔D〕，蘭州：蘭州大學碩士學位論文，2020。

12. 趙夢穎，唐人空間意識〔D〕，鄭州：鄭州大學碩士學位論文，2004。

13. 張淼，中國古代山水詩畫時空表現比較──以唐宋為中心〔D〕，南昌：江西師範大學碩士學位論文，2016。

（二）期刊論文

1. 王明居，唐代繪畫美學中的心目妙悟說〔J〕，藝術探索，2005，（02），41～49。

2. 陳伯海，唐詩與意象藝術的成熟〔J〕，江海學刊，2013，（02），24～35。

3. 陳伯海，藝術與審美──論審美傳達〔J〕，文藝理論研究，2010（02），44～50+56。

4. 陳伯海，唐前詩歌意象藝術的流變〔J〕，社會科學戰線，2013，（07），137～155。

5. 朱志榮，中國美學的時空觀〔J〕，文藝研究，1990，（01），60～65。

6. 張晶，中晚唐懷古詩的審美時空〔J〕，北方論叢，1998，（04），76～80。

7. 張晶，中國美學中的宇宙生命感及空間感〔J〕，社會科學輯刊，2012，（02），175～182。

8. 楊春時，論審美時空──兼論三種時空範疇形態〔J〕，學習與探索，1984，（04），28～35。

9. 蕭馳，中國古代詩人的時間意識及其他〔J〕，文學遺產，1986，（06），16～23。

10. 王鍾陵，唐詩中的時空觀〔J〕，文學評論，1992，（04），131～142。

11. 王鍾陵，我國中古時期的時空觀〔J〕，河北大學學報，1990，（04），99～107+213。

12. 金丹元，以佛學禪見釋「意境」〔J〕，雲南民族學院學報，1991，（01），57～64。

13. 王岳川，當代美學核心：藝術本體論〔J〕，文學評論，1989，（05），108～116。

14. 李曉春，中國古代時空觀與道觀念的演變〔J〕，蘭州大學學報，2015，（03），27～33。

15. 陸揚，空間理論和文學空間〔J〕，外國文學研究，2004，（04），31～37。

16. 薛富興，唐代自然審美略論〔J〕，江西師範大學學報，2005，（05），85～91。

17. 周來祥，陳炎，唐代美學主潮在詩文理論中的體現〔J〕，煙臺大學學報，1898，（01），46～56。

18. 王運熙，劉禹錫的文學批評〔J〕，殷都學刊，1992，（02），39～43。

19. 蒲震元，一種東方超象審美理論〔J〕，文藝研究，1992，（01），11～22。

20. 王瓊，論「時空」意象的生成與超越〔J〕，江淮論壇，2013，（04），173～176+187。

21. 魏耕原，古典詩詞時間空間藝術美探尋〔J〕，人文雜誌，1988，（05），104～108。

22. 李文衡，文學結構時空觀〔J〕，文藝理論研究，1986，（06），25～31。

23. 王向峰，論司空圖的超越美學〔J〕，遼寧大學學報，1990，（03），53～58。

24. 陶水平，生命體驗的有機圖示──論審美心理時空〔J〕，江西社會科學，1989，（05），74～80。

25. 詹冬華，時間視域中的文學經典〔J〕，文學評論，2009，（04），36～39。

26. 詹冬華，時空視閾下的審美心胸理論〔J〕，文史哲，2016，（04），84～97+166。

27. 裴萱，中國古典美學的空間情結與方法論意義〔J〕，人文雜誌，2013，（05），64～74。

28. 劉新敉，時空視角下中國古代詩論的理論邏輯〔J〕，江西社會科學，2014，（01），93～96。

29. 劉新敉，傳統詩論時空觀的哲學背景〔J〕，社會科學家，2014，（07），122～126。

30. 劉可欽，中國古代審美觀念中的時空意識〔J〕，江海學刊，1996（05），157～161。

31. 趙奎英，從「文」、「象」的空間性刊中國古代的「詩畫交融」〔J〕，山東師範大學學報，2003，（01），24～29。

32. 趙奎英，中國古代時間意識的空間化及其對藝術的影響〔J〕，文史哲，2000，（04），42～48。

33. 李浩，論唐詩中的時空觀念〔J〕，唐代文學研究，1993，11～31。

34. 李浩，微型自然、私人天地與唐代文學詮釋的空間〔J〕，文學評論，2007，（06），118～122。

35. 李浩，超以象外，得其環中──唐詩的意境呈示〔J〕，西北大學學報，1992，（04），59～65。

36. 莫先武，意象創構論美學的理論體系與反思〔J〕，社會科學家，2012，（02），137～144。

37. 黃念然，中國古代藝術時空觀及其結構構造〔J〕，文學評論，2019，（06），14～21。

38. 黃念然，論意象的審美生成──兼談中國詩學中「象之審美」的內在邏輯〔J〕，晉陽學刊，1998，（06），60～65。

39. 王耘，《二十四詩品》：唐代美學融攝佛學的垂範〔J〕，唐都學刊，2004，（01），41～45。

40. 王耘，論唐代美學思想中「悟」觀念的形成與體現〔J〕，文藝理論研究，2005，（01），84～90。

41. 鄒廣文，中西審美時空觀比較論〔J〕，雲南社會科學，1990，（05），84～89+46。

42. 李智君，詩性空間：唐代西北邊塞詩意象地理研究〔J〕，寧夏社會科學，2004，（06），106～109。

43. 黃健，「觀古今於須臾，撫四海於一瞬──論中國古典美學的時空觀」〔J〕，人文雜誌，2010，（06），91～95。

44. 賀文榮，論唐代山水題畫詩的時空藝術〔J〕，中南大學學報，2006，（01），93～98。

45. 陶型傳，超越詞語走向無限──意象意蘊的本體空間場透視〔J〕，中文自學指導，1997，（04），8～13。

46. 冷成金，論化時間為空間的詩詞之美〔J〕，中國人民大學學報，2011，（04），141～147。

47. 韓經太，論唐人山水詩美的演生嬗變〔J〕，文學遺產，1998，（04），46～60。

48. 鄔建，陰陽五行與中國山水畫的時空意識〔J〕，鄭州大學學報，2006，（04），166～168。

49. 劉廣峰，作為心靈顯現的時間——禪宗時間觀初探〔J〕，武漢大學學報，2010，（04），433～437。

50. 傅松雪，禪宗「空寂之美」的時間性闡釋〔J〕，思想戰線，2008，（05），76～80。

51. 王玲娟，打破時空界限與抒胸懷創意境〔J〕，西南大學學報，2007，（06），145～149。

52. 韓清玉，語─圖關係視域中的「意」「象」「境」關聯初探——以隋唐五代藝術批評為例〔J〕，民族藝術研究，2016，（02），21～27。

53. 李裴，「逍遙」與「無待」：從道家到道教的審美時空〔J〕，宗教學研究，2017，（04），35～39。

54. 李健，唐代美學的「思」與「境」〔J〕，人文雜誌，2020，（02），90～98。

55. 周紅波，「象」「象外之象」與「境」之間的張力〔J〕，探索與爭鳴，2008，（10），136～139。

56. 李黎，審美意象與司空圖的《詩品》〔J〕，社會科學輯刊，1984，（01），158～159。

57. 張見，韋海英，司空圖的詩論與張彥遠的畫論〔J〕，北京大學學報，1991，（03），104～128。

58. 黃河濤，藝術的時空結構與藝術的感知〔J〕，文藝研究，1988，（06），57～70。

59. 闞昱靜，藝術的時空體系〔J〕，社會科學輯刊，1989，（04），111～117。

60. 陳望衡，張黔，中西美學本體論比較〔J〕，民族藝術研究，2003，（03），14～28。

61. 王立，惜時思想與文學意象——漢魏六朝時間觀對唐宋元文人的影響〔J〕，哈爾濱工業大學學報，2003，（02），103～106。

62. 張進，高紅霞，意境的時空結構和審美功能系統〔J〕，西北民族學院學報，2001，（02），87～93。

63. 呂孝龍，沖淡與空靈——司空圖美學思想論〔J〕，雲南師範大學哲學社會科學學報，1995，（01），30～37。

64. 邢文，雪中芭蕉：唐人禪畫的時空觀及中國禪畫的基本線索〔J〕，民族藝術，2013，（02），16～21。

65. 王靜，論中國古典文學中的時空超越〔J〕，國際會議，2019，（03），231～237。

66. 宋蒙，中國古典藝術時空的流轉與倒錯〔J〕，美與時代，2013，（05），21～26。

67. 李暉，以恢宏深遠為美——論唐詩的空間描寫藝術〔J〕，學習與探索，1993，（01），112～116。

68. 韓偉，中國美學空間意識的早期發生及演化〔J〕，社會科學戰線，2019，（10），167～175。

69. 席格，與天地精神往來——論莊子美學時空觀及其視域中的逍遙遊〔J〕，商丘師範學院學報，2010，（11），20～24。

70. 王文娟，莊子美學時空觀及其現代意義〔J〕，陝西師範大學學報，1995，（02），118～126。

71. 陳允鋒，論劉禹錫的中道觀及其對文藝思想的影響〔J〕，寧夏社會科學，2005，（02），137～140。

72. 周寅兵，論唐詩意象的心理特徵〔J〕，中國韻文學刊，1995，（01），41～47。

73. 王子海，文學創作中時空觀的美學思考〔J〕，唐山師範學院學報，2013，（06），27～30。

74. 張建煒，《神思》的審美心理時空觀〔J〕，藝術百家，1997，（02），47～50。

75. 張建永，超越象外的主體審美意識〔J〕，吉首大學學報，1987，（03），81～84。

76. 吳承篤，儒家思想中的時間觀念與生態意識〔J〕，雲南社會科學，2014，（02），45～48。

77. 吳念陽，空間意象圖示在時空隱喻理解中的作用〔J〕，心理科學，2010，（02），303～306。

78. 周國權，論古典詩歌意與象的距離〔J〕，同濟大學學報，2002，（05），106～112+124。

79. 張紅運，論近體詩的時空意境創造〔J〕，天中學刊，1996，（01），41～45。

80. 楊景生，論司空圖《詩品》「自然」境界的審美特徵〔J〕，東嶽論叢，2010，（07），109～111。

81. 張永褘，論意境的美學特徵〔J〕，天津社會科學，1986，（01），71～76。

82. 申建中，中國傳統詩學的一座里程碑——皎然意境說初探〔J〕，文藝理論研究，1985，（01），63～68。

83. 關增建，中國古代的時間觀念〔J〕，自然辯證法通訊，1991，（04），50～56+80。

84. 王樹人，中國哲學與文化之根——「象」與「象思維」引論〔J〕，河北學刊，2007，（05），21～25。

後　記

  《唐代意象論中的時空觀研究》這篇著作是我在博士論文基礎上修改而成的，而今有出版機會，十分難得，自己努力的成果終於可以面世，心中不免有一些興奮和激動。

  首先感謝我的博士生導師朱志榮教授。感謝您四年的教誨和幫助，能夠讓我有機會讀博，並且在自己喜歡的領域充分發揮優勢，遨遊於意象時空的海洋，在博士畢業後依舊鼓勵與支持我的學術發展、關心我的工作學習。得遇恩師，此生至幸！

  感謝一路走來幫助過我的其他老師，感謝華師中文系，感謝在上海四年陪伴的朋友同門，也很感謝人的一生中能有如此絢爛而又美好的時光。感謝遇見唐代、走進唐代並詩意地闡釋唐代，一切的一切都將會成為我一生中最難得的、最寶貴的學術財富。難以忘記研究唐代審美意象時空的日子，日日夜夜的閱讀、構思、修改、打磨，才有了今天這樣美好的樣子。

  唐代意象論中的時空觀研究這個選題由來已久，在碩士階段就曾專門研究過詩論中的時間觀念，而這個話題在讀博階段有了延續，由詩文遍及唐代一切思想文化、美學藝術，時空也因而變得生動鮮活、充滿無限探索的可能，也讓唐代變得豐富立體、有意有趣。時空一直是我最擅長也是最熱愛的研究領域，時空與唐代的碰撞必將成為一個值得研究與深入探索的學術領域，在今後我也依舊會走在研究意象時空的道路上，希望能夠在這個領域專研、超越。

  最後，將最真摯的謝意送給我的家人，感謝我的父母、感謝我的小妹，有你們的陪伴、鼓勵，我的學術之路一定會走得越來越好！祝福、祝願，平安喜樂，迎風奔跑，未來星光熠熠。

2022 年 6 月於哈爾濱